√ de l'été

L'auteur

Harriet Reuter Hapgood est journaliste. Elle aime le yoga, les tacos, la pluie, les grosses lunettes de soleil, les chats, la mer, la poésie, Joan Didion, Paris, New York et les peintres italiens. Elle déteste écrire à la 3e personne. Comme celle de Gottie, sa famille est d'origine allemande, composée de vieux hippies fans de maths et de littérature. *La Racine carrée de l'été* est son premier roman.

www.**sophiekinsella**.co.uk

HARRIET REUTER HAPGOOD

LA RACINE CARRÉE
$$\sqrt{\text{de l'été}}$$

*Traduit de l'anglais
par Juliette Lê*

POCKET JEUNESSE
PKJ·

Titre original :
The Square Root of Summer

Publié pour la première fois en 2016 par Roaring Brook Press
a division of Holtzbrink Publishing Holdings
Limited Partnership

Loi n° 49 956 du 16 juillet 1949 sur les publications
destinées à la jeunesse : septembre 2016

Copyright © 2016 by Harriet Reuter Hapgood
© 2016, éditions Pocket Jeunesse, département d'Univers Poche,
pour la traduction française et la présente édition

ISBN : 978-2-266-26466-2

À mes parents, merci pour tout

{1}
PARTICULES

*Le principe d'incertitude énonce que l'on peut déterminer
soit la position exacte d'une particule,
soit sa direction, mais jamais les deux en même temps.
Il semblerait que ce principe s'applique
aux êtres humains.*

*Et quand vous tentez l'expérience, quand vous regardez
de près, votre observation vient tout perturber.
En essayant de déterminer ce qui se produit,
vous interférez avec le destin.*

*Une particule peut se trouver à deux endroits
en même temps. Une particule peut interférer
avec son propre passé. Elle peut avoir de multiples futurs,
et de multiples passés.*

L'univers est complexe.

Samedi 5 juillet

[Moins trois cent sept]

Mes sous-vêtements sont dans le pommier.

Allongée dans l'herbe, je contemple les branches. C'est la fin de l'après-midi. La lumière de soleil de juin est jaune citronnade, mais là-dessous, il fait frais et sombre, les insectes rampent doucement. Lorsque je tourne la tête, je vois le jardin à l'envers, décoré avec des fanions, les plus tristes du monde.

J'ai une sensation de déjà-vu et une pensée réflexe me traverse : *Hé ! Grey est rentré.*

Lorsque notre corde à linge s'est cassée il y a quelques années, mon grand-père, que nous appelons Grey, était dessous.

« Bordel de couilles, allez tous brûler en enfer ! » avait-il rugi avant de balancer les vêtements trempés dans l'arbre pour les faire sécher.

L'effet visuel lui avait tellement plu qu'il avait recommencé tous les ans dès les premiers jours de printemps.

Mais Grey nous a quittés en septembre dernier, et on ne fait plus rien comme avant.

Je ferme les yeux et récite le nombre *pi* jusqu'à la centième décimale. Lorsque je les rouvre, le pommier est toujours fleuri de sous-vêtements. C'est un hommage au passé, et je sais qui en est l'auteur.

J'entends sa voix qui prononce mon nom, elle flotte vers moi par-dessus les buissons :

— Gottie ? Ouais, c'est le génie de la famille.

Je roule sur le ventre et regarde entre les arbres. À l'autre bout du jardin, mon frère Ned sort de la maison par la porte de derrière. Un mètre quatre-vingts et un pantalon slim en peau de serpent. Il a une épingle à nourrice accrochée à son tee-shirt. Depuis qu'il est rentré de son école d'art il y a quelques semaines, il s'évertue à recréer les étés avec Grey : il a sorti les affaires de notre grand-père de la cabane à outils, il a réarrangé les meubles, il écoute ses disques. Il s'étend sur l'herbe en sirotant une bière et en jouant d'une guitare imaginaire. Il est en mouvement perpétuel.

Puis je vois à qui il parle. Alors, d'instinct, je m'aplatis dans l'herbe. Jason. Son meilleur ami et le bassiste de son groupe. Il s'assoit par terre, sans se presser. Je le fixe à en faire un trou dans le dos de sa veste en cuir.

— Il est sept heures passées, dit Ned. Grotsy ne va pas tarder à rentrer, si tu veux lui dire bonjour.

Je fronce le nez en entendant mon surnom en allemand. *Kla Grot*, « petit crapaud ». Les gars ! J'ai dix sept-ans, maintenant.

La voix de Jason me parvient, grave et vibrante.

— Déjà sept heures ? On devrait appeler les autres, qu'ils viennent répéter ici.

Pitié, pas ça. Dégagez... Bon, c'est bien que Ned soit de retour. La maison revit avec sa musique, ses bruits et son bordel. Mais je ne veux pas de Fingerband. Ils ne vont pas gratter leurs guitares et refaire le monde toute la nuit. Pas quand moi, depuis septembre, je n'ai fait que me taire.

Et puis, il y a Jason. Blond ébouriffé aux yeux bleus. Beau, très beau... Et, si vous voulez tout savoir, c'est mon ex.

Mon ex *secret*.

Rhaaa.

À part le jour de l'enterrement, c'est la première fois que je le revois depuis la fin de l'été dernier... depuis qu'on l'a fait sous le soleil.

Je ne savais même pas qu'il était de retour. J'ignore comment j'ai pu rater ça : notre village, Holksea, n'est pas plus grand qu'un timbre-poste. Il n'y a même pas assez de maisons pour faire un Monopoly.

J'ai la nausée. Lorsque Jason est parti pour l'université, ce n'était pas comme ça que j'avais imaginé nos retrouvailles : moi planquée dans le massif comme le grand bouddha en pierre de Grey. Les yeux fixés sur l'arrière de la tête de Jason, je suis comme paralysée. Hors de question de quitter ma cachette. C'en est à la fois trop et pas assez pour mon cœur.

Et là, Umlaut surgit de nulle part.

Une traînée rousse dans le jardin, qui atterrit avec un « miaou » aux côtés des bottes de cow-boy de Ned.

— Bah tiens, p'tit bout, dit Jason, étonné. T'es nouveau, toi.

— Il est à Gottie, dit Ned en guise de non-explication.

Adopter un chaton, ce n'était pas mon idée. Il est apparu un beau matin d'avril, cadeau de papa.

Ned se lève et jette un regard circulaire. J'essaye de me camoufler, de me transformer en feuille d'un mètre soixante-quinze, mais il s'approche déjà d'un pas décidé.

— Grotsac... miaule-t-il en levant un sourcil. Tu joues à cache-cache, ou quoi ?

— Salut, je réponds en roulant sur le dos pour le regarder.

Le visage de mon frère est le reflet du mien : teint mat, yeux noirs, nez busqué. Mais lui, il laisse ses cheveux bruns retomber en désordre sur ses épaules, alors que moi, qui n'ai pas coupé les miens depuis cinq ans, j'ai sur la tête une couronne de tresses. Et puis, seul l'un de nous deux porte de l'eye-liner (indice : ce n'est pas moi).

— Je t'ai trouvée, claironne Ned avec un clin d'œil.

Puis, rapide comme l'éclair, il sort son téléphone de sa poche et me prend en photo.

— Maiiiiiiiiiis ! dis-je en cachant mon visage.

Voilà une chose qui ne m'a pas manqué pendant son absence : la manie de mon frère de jouer au paparazzi.

— Tu devrais sortir de là, dit-il. Je fais des *frikadeller*.

La promesse de boulettes de viande suffit à m'extirper de ma planque. Je me lève et le suis à travers le sous-bois. Sur l'herbe, Jason rêvasse allongé au milieu des pâquerettes. Il a visiblement trouvé un nouveau passe-temps à la fac : il a une cigarette entre les doigts. Il m'adresse un vague salut, sourire en coin.

— Grotsy, dit-il sans me regarder dans les yeux.

Ça, c'est le surnom que me donne Ned. Avant, tu m'appelais *Margot*.

J'ai envie de lui dire bonjour, et bien plus que ça, d'ailleurs, mais les mots s'évanouissent avant d'atteindre ma bouche. Vu comment les choses se sont terminées entre nous, ce serait bien qu'il s'explique un peu. Je sens des racines pousser sous mes pieds tandis que j'attends qu'il se lève. Pour me parler. Pour me *réparer*.

Dans ma poche, mon téléphone pèse une tonne, croulant sous tous les textos qu'il ne m'a pas envoyés. Il ne m'a jamais dit qu'il était de retour.

Jason tourne la tête et tire sur sa clope. Silence.

Au bout d'un moment, Ned claque dans ses mains.

— Allez, les pipelettes, dit-il d'un ton joyeux. On rentre. On a des boulettes à cuire.

Il se dirige vers la maison, sûr de lui. Jason et moi le suivons en silence. Lorsque j'atteins la porte de la cuisine, quelque chose m'arrête dans mon élan. Un peu comme quand on entend son nom, et que tous les sens sont en suspend. Je m'attarde sur le perron, le regard vers le jardin. J'observe le pommier et son linge en fleur.

Derrière nous, la lumière du soir s'épaissit, l'air bourdonne de moustiques et embaume le chèvrefeuille. Je frissonne. Nous ne sommes qu'au début de l'été, pourtant j'ai le sentiment que quelque chose se termine.

C'est peut-être la mort de Grey. L'impression que la lune est tombée du ciel ne m'a toujours pas quittée.

Dimanche 6 juillet

[Moins trois cent huit]

Le lendemain à l'aube je suis dans la cuisine, en train de verser du *birchermuesli* dans un bol, quand je le remarque. Ned a remis les photos sur le frigo, une habitude de Grey que j'ai toujours eue en horreur. Parce qu'on voit le trou, là où maman devrait être.

Elle avait dix-neuf ans à la naissance de Ned et était revenue vivre à Norfolk, en ramenant papa avec elle. Elle avait vingt et un ans quand elle m'a eue, et elle est morte. La première photo sur laquelle je figure après ça, c'est celle où j'ai cinq ans, on est à un mariage, papa, Ned et moi, serrés les uns contre les autres. Derrière nous se tient Grey, droit comme un piquet, avec ses grands cheveux, sa barbe et sa pipe. Un Gandalf géant en jean et en tee-shirt Rolling Stones. J'ai un sourire sans dent, une coupe de cheveux de prisonnier, une chemise et une cravate, un pantalon rentré dans les chaussettes. (Ned porte un costume de lapin rose.)

Il y a quelques années de ça, j'avais demandé à Grey pourquoi on m'avait habillée comme un garçon. Il avait rigolé.

« Grotsy, mon gars, personne ne t'a jamais habillée comme ça. C'est toi. Même cette histoire bizarre de chaussettes. Tes parents tiennent à ce que toi et Ned soyez libres de faire ce que vous voulez. »

Il s'était remis à touiller le ragoût suspect qu'il était en train de cuisiner.

Malgré ma supposée tendance à me déguiser en mec quand j'étais petite, je ne suis pas un garçon manqué. Ils sont peut-être dans un arbre, mais mes soutifs sont roses. N'ayant pas pu fermer l'œil la nuit dernière, je me suis appliqué du vernis rouge cerise sur les doigts de pieds. Au fond de mon armoire – sous une tonne de baskets toutes identiques – se planque une paire de talons hauts. Et ma foi en l'amour est de la taille du Big Bang.

C'est ce qu'on avait, Jason et moi.

Avant de quitter la cuisine, je retourne la photo, et la fixe avec l'aimant.

Dehors, c'est un vrai jardin de campagne à l'anglaise, un petit paradis. De grandes dauphinelles se dressent vers le ciel sans nuage. Je plisse les yeux sous le soleil et je me dirige vers ma chambre : une cabane en brique derrière le pommier. Et là, mon pied heurte un truc dur dans l'herbe. Je fais un vol plané.

Je me relève, je me retourne pour voir : Ned vient de s'asseoir, il se frotte le visage.

— T'imites bien le pissenlit, dis-je.
— Et toi, bonne technique de réveil, marmonne-t-il.

Le téléphone sonne à l'intérieur de la maison. Ned s'étire comme un chat au soleil dans sa chemise en velours froissée.

— Tu viens de rentrer ?

— On peut dire ça, dit-il avec un sourire. Jason et moi, on est sortis après dîner pour une répét avec les Fingerband. On a bu pas mal de tequila. Papa est là ?

Comme si un metteur en scène invisible lui en avait intimé l'ordre, papa sort de la cuisine, une tasse dans chaque main. Dans cette maison pleine de géants aux pas lourds, c'est un *Heinzelmännchen* – un lutin blond de conte de fées allemand. Sans ses baskets rouges, il serait invisible.

Et puis il est aussi terre à terre qu'un ballon. Il ne dit rien en nous voyant étalés sur l'herbe, se tient simplement entre moi et mon bol de céréales renversé. Il tend à Ned un verre de jus de quelque chose.

— Tiens, bois. Il faut que je vous parle d'une proposition à tous les deux.

Ned grogne mais avale. Il est un peu moins vert après avoir bu. Je demande :

— Quelle proposition ?

C'est toujours un peu déconcertant quand papa se connecte à la réalité assez longtemps pour nous faire part de ses idées. En général il manque plutôt de précision et d'efficacité germaniques. Si on fait un pique-nique, il n'oublie pas seulement la couverture, il oublie aussi le déjeuner.

— Ah, bien, dit papa. Vous vous souvenez de nos voisins, les Althorpe ?

Par automatisme, Ned et moi regardons de l'autre côté du jardin, vers la maison derrière la haie. Il y a presque cinq ans, nos voisins ont déménagé au Canada. Comme ils n'ont jamais vendu la maison, il y a toujours eu un espoir qu'ils reviennent. Le grand panneau « À LOUER » a amené un défilé de touristes, de vacanciers et de familles. Depuis quelques mois, la maison est vide.

Après tout ce temps, je revois encore ce garçon cra-cra avec ses lunettes en culs de bouteilles qui se faufilait par le trou de la haie en brandissant une poignée de vers de terre.

Thomas Althorpe.

Dire que c'était mon *meilleur ami*, ce serait faible.

Nés la même semaine, on avait grandi côte à côte. « Thomas et Gottie » – les inséparables, « la terreur fois deux », le club des bizzardos à nous seuls.

Jusqu'à son départ.

Je regarde la cicatrice dans la paume de ma main gauche. Tout ce dont je me souviens, c'est qu'on avait prévu de faire un pacte de sang, et qu'on s'était promis de continuer à se parler. Cinq mille kilomètres n'allaient rien changer. Je me suis réveillée aux urgences, la main bandée, un grand trou noir dans la mémoire. Quand je suis rentrée à la maison, Thomas et ses parents étaient partis.

J'ai attendu longtemps, mais il ne m'a jamais écrit ni lettre ni mail, ni envoyé de message en morse.

— Les Althorpe ? reprend papa en interrompant le fil de mes pensées. Tu te souviens d'eux ? Ils sont en train de divorcer.

— C'est fascinant, coasse Ned.

Même si Thomas m'a abandonnée, mon cœur a mal pour lui.

— Eh oui, dit papa. La mère de Thomas – j'étais au téléphone avec elle – revient vivre en Angleterre en septembre. Thomas l'accompagne.

Il y a quelque chose de l'ordre de la fatalité dans ce qu'il vient d'annoncer. Comme si pendant tout ce temps, je n'avais fait qu'attendre son retour. Il aurait quand même pu prévenir ! Demander à sa mère d'appeler papa. *Quelle poule mouillée.*

— Bref, elle aimerait que Thomas reprenne ses marques avant la rentrée, et je suis d'accord, dit-il en ajoutant une petite exclamation qui laisse entendre qu'il n'a pas révélé toute l'histoire. C'est un peu de la dernière minute, son idée, mais je lui ai dit qu'il pouvait rester avec nous cet été. C'est ça, ma... proposition.

Pas croyable. Non seulement il revient vivre ici, mais en plus il sera de mon côté de la haie. Je sens mon malaise se déployer en moi comme les ramifications d'une algue.

— Thomas Althorpe.

Je me répète, mais Grey disait toujours que prononcer les mots à voix haute les rend plus vrais.

— Il emménage avec nous.
— Quand ça ? s'informe Ned.
— Ah, dit papa en sirotant sa tasse. Mardi.
— Mardi – tu veux dire dans *deux* jours ?

Je pousse un cri aussi perçant que le sifflet d'une bouilloire, mon calme s'est évaporé.

— Eh ben, dit Ned redevenu vert gueule de bois. Je suis censé partager ma chambre avec lui ?

Papa émet un nouveau bruit et balance le Götterdämmerung :

— En fait, j'ai proposé la chambre de Grey.

Quatre cavaliers. Une pluie de grenouilles. Un lac en feu. Je ne connais peut-être pas bien mon Apocalypse, mais aller perturber le sanctuaire qu'est la chambre de Grey, ça, c'est la fin du monde.

À côté de moi, Ned vomit sur l'herbe en silence.

Lundi 7 juillet

[Moins trois cent neuf]

« L'espace-temps ! » inscrit au tableau Mme Adewunmi d'un geste souple de son marqueur.

— C'est l'espace mathématique quadridimensionnel qu'on utilise pour décrire... quoi ?

La physique est mon sujet favori, mais ma prof a beaucoup trop d'énergie : il n'est que neuf heures du matin. Et on est lundi. Je suis restée réveillée toute la nuit, comme presque tous les jours depuis octobre dernier. J'écris : « l'espace-temps ». Puis, pour une raison inconnue, et je le barre tout de suite : « Thomas Althorpe ».

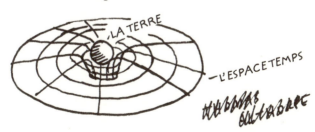

OBJET COURBANT L'ESPACE TEMPS

— E = mc², marmonne Nick Choi à l'autre bout de la salle.

— Merci, Einstein, dit Mme Adewunmi, ce qui fait rire toute la classe. Ça, c'est la théorie de la relativité. L'espace-temps – l'espace est tridimensionnel, le temps est linéaire, mais si on les compile, ça nous fait un terrain de jeu génial pour la physique. Et il a été calculé par… ?

Hermann Minkowski, dis-je dans ma tête en bâillant au lieu de lever la main.

— Ce type, Mike Wazowski ! crie quelqu'un.

— Quoi ? Comme dans *Monstres et compagnie* ? demande Nick.

— Ils voyagent entre les mondes, non ? *MC Deux*, dit une voix derrière moi.

— Minkowski, tente Mme Adewunmi par-dessus les hurlements. Revenons donc à la réalité…

Bon courage. C'est la dernière semaine de l'année, l'ambiance est aussi pétillante que du dioxyde de carbone. C'est sûrement pour ça que Mme Adewunmi ne suit plus le programme et a décidé de s'amuser un peu.

— Quelqu'un d'autre veut nous parler de l'espace interstellaire ? Quelqu'un peut me dire ce qu'est une métrique unidimensionnelle ?

Un trou de ver, je pense. Une métrique unidimensionnelle, c'est une sorte d'éclaboussure du passé. C'est comme ça que je répondrais. C'est Ned qui ressuscite Grey en ressortant ses bouddhas, en laissant des cristaux dans le lavabo et en ajoutant trop de chili au dîner. C'est Jason qui me sourit dans le jardin presque un an après.

C'est Thomas Althorpe.

Mais je n'ai jamais participé dans aucun des cours de Mme Adewunmi. Non que j'ignore les réponses. Dans mon ancienne école, je n'avais aucun problème pour répondre et supporter les regards ahuris des autres qui observaient la génie des maths/intello/chelou. On se connaissait tous depuis toujours. Mais comme beaucoup de villages sur la côte, Holskea est trop petit pour avoir son propre lycée. Une fois qu'on a seize ans, on doit entrer dans l'établissement géant en ville. Ici, les classes sont deux fois plus grandes, et pleines d'inconnus. Mais surtout, depuis la mort de Grey, je me sens vulnérable dès que je prends la parole. Comme si j'étais le contraire d'invisible, et que tout le monde pouvait lire en moi comme dans un livre ouvert.

Lorsque le regard de Mme Adewunmi se pose sur moi, ses sourcils bondissent jusqu'à son afro. Elle sait que je connais la réponse, mais je garde la bouche bien fermée jusqu'à qu'elle se tourne à nouveau vers le tableau.

— Bon, très bien, dit-elle. Je sais que vous allez étudier les fractales au cours d'après alors passons à la suite.

J'écris : « Les fractales, Les motifs infinis autoduplicatifs de la nature. L'histoire globale, dans sa totalité, est constituée de milliers de petites histoires, comme un kaléidoscope. »

Thomas était un kaléidoscope. Il transformait le monde en mille couleurs. Je pourrais vous raconter un millier d'anecdotes sur Thomas, et vous n'auriez toujours pas toute l'histoire. Il a mordu un prof à la jambe. Il est interdit à vie de foire d'été d'Holksea. Il a fourré une méduse dans la boîte de déjeuner de Megumi Yamazaki quand elle a dit que j'avais une maman morte. Il pouvait faire passer des fils de réglisse dans ses narines.

Mais c'était plus que ça. Selon Grey, on a grandi « comme deux loups sur le même coin de territoire ». Thomas n'avait pas sa place de son côté de la haie, où la pelouse était toujours parfaitement tondue et où les règles effrayantes de son père auraient tout aussi bien pu être plastifiées. Et moi, je n'étais pas tout à fait en osmose avec mon monde, où j'avais en permanence le droit de faire ce que je voulais. Ce n'était pas une histoire d'amour ou d'amitié – nous étions simplement toujours ensemble. Nous partagions un même esprit. Et, maintenant, il va revenir...

J'ai la même sensation que lorsqu'on soulève une grosse pierre dans le jardin et qu'on découvre la multitude d'insectes qui rampent dessous.

La sonnerie retentit, trop tôt. Je pense que c'est l'alarme incendie, mais tout le monde rend sa copie. Le tableau est recouvert de mots, rien sur les fractales. Soudain, l'horloge indique qu'il est midi. Et, une à une, Mme Adewunmi ramasse nos copies, les ajoutant à une pile grandissante.

Paniquée, je regarde la feuille devant moi. Il y a un exercice, et je n'ai rien écrit. Je ne me souviens même pas qu'on me l'ait distribué.

Un sac vient me percuter alors qu'on descend du tabouret voisin. Jake Halpern rend son devoir et s'éloigne, les épaules basses. Mme Adewunmi claque des doigts.

— Je... dis-je en la regardant, avant de baisser la tête vers ma copie blanche. J'ai pas eu le temps.

C'est tout ce que j'ai trouvé à dire.

— Bon, d'accord, dit-elle en fronçant les sourcils. Tu as gagné une heure de colle.

C'est la première fois que je suis collée. Lorsque je me pointe après ma dernière heure de cours, un prof que je n'ai jamais vu tamponne ma feuille et, d'un geste las, me fait signe d'aller m'installer.

— Assieds-toi. Lis. Fais tes devoirs, dit-il avant de retourner à ses corrections.

Je traverse la salle qui est à moitié vide. Il fait chaud, je trouve une place près de la fenêtre. Dans mon classeur, il y a le dossier d'inscription à l'université qu'on m'a donné ce matin. Je le fourre au fond de mon sac, je m'en occuperai *plus tard/jamais*, et sors la feuille de contrôle de Mme Adewunmi. Vu que je n'ai rien d'autre à faire, je me mets à écrire.

LA SUPER INTERRO DE L'ESPACE-TEMPS !

Nommez trois caractéristiques de la relativité restreinte

(1) La vitesse de la lumière ne varie JAMAIS (2) Rien ne peut voyager plus rapidement que la lumière, ce qui signifie que (3) selon l'observateur, le temps se déroule à des vitesses différentes. Les horloges sont un moyen de mesurer le temps tel qu'il existe sur Terre. Si le monde tournait plus vite, il nous faudrait un nouveau type de minute.

Qu'est-ce que la relativité générale ?

Elle explique la pesanteur dans le contexte du temps et de l'espace. Un objet – le pommier de Newton peut-être – force l'espace-temps à se courber autour de lui à cause de la force de gravité. C'est pour cela qu'il existe des trous noirs.

Décrivez l'univers de Gödel

C'est une solution à l'équation $E = mc^2$ qui « prouve » que le passé existe toujours. Car si l'espace-temps est courbe, alors on peut le traverser pour s'y rendre.

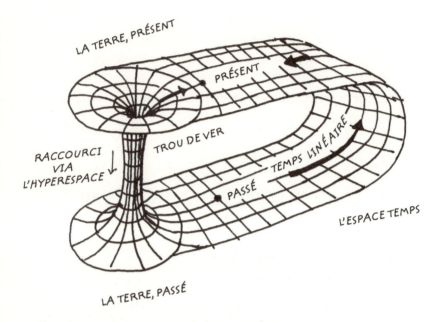

Quelle est la caractéristique majeure d'un ruban de Möbius ?

Il est infini. Pour en créer un, tordre à moitié un long morceau de papier et scotcher les deux bouts. Une fourmi pourrait marcher sur la surface sans jamais en atteindre la fin.

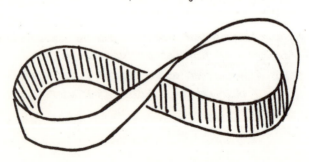

Qu'est-ce que l'horizon d'un trou noir ?

C'est une limite de l'espace-temps — un point de non-retour. Si vous observez un trou noir, vous ne pouvez pas voir à l'intérieur. À l'inverse, au-delà de son horizon, vous pouvez apercevoir les secrets de l'univers. Mais vous ne pouvez pas sortir d'un trou noir.

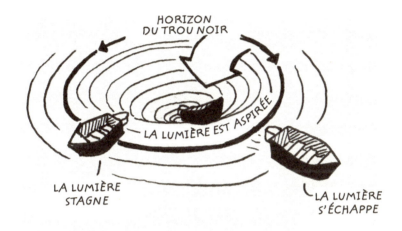

Question bonus : écrivez l'équation pour l'Exception de Weltschmerzian

Alors que j'ai bloqué sur la question pendant des siècles avant de renoncer, il n'est que 16 h 16. Il me reste encore quarante-cinq minutes à tirer.

Résistant au désir de piquer un petit somme, je me mets à dessiner. D'abord la Voie lactée, une constellation de points d'interrogations. Je griffonne des absurdités géométriques, gribouille des vaisseaux spatiaux, écris le nom de Jason, puis le barre, et recommence. Je fais la même chose avec celui de Thomas.

Quand je me redresse pour contempler la feuille, c'est un vrai désastre.

Il est 16 h 21. Je bâille et j'ouvre mon cahier dans l'intention de recopier mes notes au propre :
$E = mc^2$.
Dès que j'ai écrit l'exposant, l'équation se met à clignoter.
Heu... Je bâille, puis je cligne des yeux. Et voilà que mon équation *scintille*. Il ne lui manque plus que des chaussures disco compensées et une boule à facettes.

Je ferme mon cahier, un format standard à lignes. Le cœur palpitant, je lutte un moment avant de le rouvrir à la bonne page. Les lignes s'agitent maintenant comme des ondes sonores.

Une fois, j'ai lu que le manque de sommeil pouvait déclencher des hallucinations. Mais je pensais que c'étaient des auras migraineuses, avec des taches noires dans les yeux, pas des cahiers tout droit sortis d'un dessin animé. Comme pour me faire rentrer dans le crâne que j'ai tort, mon équation se met à tournoyer. Au fond de moi, je sens que je devrais paniquer. Mais ce serait comme essayer de se sortir d'un rêve – on a beau s'ordonner de le faire, rien ne se passe.

Au lieu de ça, je bâille, tourne la tête vers la fenêtre et commence à compter à rebours en nombres premiers à partir de mille : 997, 991... Ma curiosité l'emporte vers 97. Alors je regarde le cahier. L'équation ne bouge plus. Ne reste que la marque de mon stylo sur du papier, rien de plus.

Bon d'accord, ainsi dirait Mme Adewunmi. J'ai dû choper la grippe estivale, ou alors c'est la chaleur qu'il fait ici, ou le fait que je suis debout depuis *hier*. Je secoue les épaules et ramasse mon stylo.

Je suis en train d'écrire *Jason* à nouveau, lorsque le cahier disparaît.

Non, je ne plaisante pas.

Mon stylo est suspendu en l'air au-dessus de l'endroit où la page devrait être – et soudain elle n'est plus là. C'est tellement absurde que je ne peux m'empêcher d'éclater de rire.

— On n'est pas là pour rigoler, mademoiselle Oppenheimer, me prévient le prof.

« *Rigoler* » ? *Non mais il croit qu'on a sept ans, ou quoi ? J'ai déjà fait l'amour ! J'ai pris des décisions irréversibles, des décisions affreuses, énormes. Je suis assez vieille pour CONDUIRE.*

Il me lance un regard noir. Je souris comme une dingo et fais semblant d'écrire sur mon cahier invisible jusqu'à ce que, satisfait, il regarde ailleurs.

Je me concentre à nouveau sur l'absence de mon cahier et étouffe un ricanement. J'ai eu tort : il n'est pas invisible. Si c'était le cas, je pourrais voir le bureau en dessous. Mais au lieu de ça, il y a un rectangle de néant. Une absence. Ça ressemble un peu à la neige sur l'écran noir et blanc des vieux téléviseurs qui ne trouvent pas la chaîne, ou à la substance visqueuse que j'imagine être les frontières de l'univers, le machin dans lequel s'étend le Big Bang.

Est-ce que je deviens folle ?

Je me penche, pour regarder sous la table. Il y a des vieux chewing-gums, un autocollant des Fingerband, et un graffiti gravé dans le bois.

Mais quand je me redresse, le rectangle de néant télévisé est toujours là.

Il ne s'étend pas, ne change pas, ne bouge pas. Je m'avachis sur ma chaise et le fixe, hypnotisée.

Je reviens en arrière, il y a cinq ans. Quand il y avait un garçon.

Un grenier.

Et un premier baiser qui n'a pas eu lieu.

— *Cot, cot, cotcodeeec !* dit Thomas à l'autre bout du grenier. *Poule mouillée. Je parie que y a même pas d'artères dans les mains.*

— Heu...

Je ne lève pas les yeux de l'encyclopédie anatomique. Comme tout dans la librairie de Grey, elle est d'occasion, et il y a des gribouillis sur les planches d'illustration.

— Laisse-moi vérifier.

Il a tort, il y a des artères dans les mains, mais je compte faire le pacte de sang tout de même. J'ai juste envie de regarder ce livre avant. Surtout les pages sur l'anatomie des garçons. Je le tourne sur le côté, penche la tête. Mais comment est-ce que ça... ?

— Gottie, mais qu'est-ce que tu fais ? *demande Thomas en regardant par-dessus mon épaule.*

Je ferme le bouquin d'un coup sec.

— Rien. Tu as raison. Pas d'artères, *dis-je, toute rouge.* Allons-y alors.

— Donne-moi ta main, *dit-il en agitant le couteau.* Oups.

Son couteau fait un vol plané. Quand Thomas se retourne pour l'attraper, il trébuche sur une pile de livres.

— Les enfants, qu'est-ce que vous fabriquez là-haut ? *demande Grey à l'étage inférieur.*

Je crie dans l'escalier :

— Rien. Thomas et moi, on réorganise les livres. On s'est dit qu'on allait utiliser un système révolutionnaire appelé l'alpha-bet.

On entend un juron étouffé suivi d'un éclat de rire. Je me retourne vers Thomas. Il a récupéré son couteau. Il est en train de graver nos initiales dans le bois de la bibliothèque. Il ne sera plus là demain. On ne se reverra jamais plus. Sur quelle planète débile est-ce même possible ?

Et cela veut dire qu'il ne nous reste que quatre heures pour faire ce à quoi je pense depuis des semaines.

— Thomas. Personne ne t'embrassera jamais, *lui dis-je.*

Il lève la tête, et cligne des yeux comme un hibou derrière ses lunettes.

— Et personne ne m'embrassera jamais non plus.

— OK, dit-il en inspirant dans son inhalateur. *On devrait peut-être le faire, alors.*

On se lève, ce qui pose un problème. J'ai grandi de cinq cents mètres cet été. Le plafond est trop bas pour moi, je suis obligée de me courber. Thomas grimpe sur une pile de livres, et maintenant nos bouches sont à la même hauteur. Il se penche en avant, je lèche le beurre de cacahouète coincé dans mes bagues. Et voilà…

— *Ah !!!*

Sa tête me frappe au menton. Les livres se dérobent sous ses pieds. Nos bras s'envolent, on s'agrippe, et on s'écroule sur la bibliothèque. On est en train de se détacher l'un de l'autre lorsque Grey surgit en beuglant et nous chasse en agitant les bras comme un gros papillon poilu.

— *Il pleut,* dis-je d'une voix faussement plaintive.

Nous sommes en bord de mer ; peu m'importe d'être mouillée, mais je veux entendre sa réplique…

— *Tu es une fillette de douze ans, pas la Méchante Sorcière de l'Ouest,* rugit Grey en claquant la porte derrière nous alors que je pouffe de rire.

Sous l'auvent du perron, Thomas et moi chancelons dans l'air chargé de pluie. Il me regarde, les lunettes ruisselantes, ses cheveux tout bouclés par l'humidité. Ses deux mains forment un poing, les petits doigts pointés vers moi.

Un salut, un signal, une promesse.

— *On va chez toi ?* demande-t-il.

J'ignore s'il fait allusion au baiser ou au pacte de sang. Ou aux deux.

— *Je ne sais pas comment exister sans toi,* dis-je.

— *Moi non plus,* dit-il.

Je lève la tête, et j'enroule mes doigts dans les siens. Puis on saute la marche du perron. Nous sommes sous la pluie.

Un doigt taché de peinture tapote sur le néant flouté devant moi et, tout à coup, c'est à nouveau un cahier. Je cligne des yeux en regardant autour de moi, totalement ahurie.

— Qu'est-ce que tu fabriques ? dit Sof debout devant mon pupitre.

Sa silhouette se dessine à contre-jour devant la fenêtre — une chevelure volumineuse, sa robe triangulaire, ses jambes minces et la lumière qui éclabousse autour d'elle. Un ange vengeur, venu me sauver de mon heure de colle !

Je suis désorientée, j'ai sommeil. Alors qu'on s'est à peine saluées dans les couloirs cette année, voilà que Sof balance son carton à dessins par terre et qu'elle s'écroule sur la chaise à côté de moi.

Après avoir cligné des yeux pour chasser les rayons de soleil, j'aperçois ses cheveux bouclés bien rangés, son rouge à lèvres écarlate, ses lunettes à strass. Ma meilleure amie d'antan a profité de la pause dans notre amitié pour se transformer en une héroïne de comédie musicale des années cinquante.

— Heu, salut, je chuchote.

Je ne suis pas certaine qu'on puisse se parler. Non pas parce qu'on est en colle, mais parce que, depuis qu'on a quitté notre ancienne école, on ne s'adresse plus la parole.

Elle se penche pour regarder mon cahier.

— Heu... dit-elle en montrant mes gribouillis où les noms de Jason et Thomas sont maintenant illisibles.

Je suppose que ça explique mon rêve.

— Tu fais ton come-back d'artiste ?

Sa remarque n'est pas anodine. En troisième, Sof avait choisi les options art, géographie et allemand. J'avais fait comme elle pour ne pas avoir à prendre de décision, ce qui résume bien notre amitié. Je ne lui ai jamais dit que j'avais d'autres projets une fois qu'on serait au lycée, c'était plus simple d'attendre qu'elle remarque que je n'étais plus devant le chevalet d'à côté.

Je lui explique :
— C'est une interro de physique.
— Qu'est-ce que t'as fait pour qu'on te jette au goulag ? croasse-t-elle.

Pour une pseudo-hippie adepte de magie blanche, elle a la voix d'une fille qui s'enfile des cigarettes au p'tit déj.
— Je rêvassais, dis-je en jouant avec mon stylo. Et toi ?
— Rien. Il était temps de venir te libérer.

Lorsque je lève la tête, je vois qu'elle a raison. Le prof est parti. La pièce est vide. L'heure de colle s'est terminée il y a une heure. Heu... Je n'ai pas l'impression d'avoir dormi si longtemps.

— Ils ferment le local vélos à cinq heures, déclare-t-elle en se levant et en triturant la bandoulière de son carton à dessins. Tu veux prendre le bus avec moi ?
— Ok... dis-je, à moitié ailleurs.

Je prends mon cahier : ce n'est que du papier, mais je l'enfonce dans les profondeurs de mon sac comme s'il était responsable de ce qui venait de se passer.

Me suis-je réellement endormie ? Est-ce là où j'ai passé la dernière heure ? Je repense à samedi dernier où un après-midi entier a disparu sous le pommier.

Je suis peut-être devenue folle pour de vrai. Cette idée, je la refoule aussitôt, profond.

Sof m'attend à la porte. Le silence entre nous tout au long du chemin du retour est presque une présence en soi. On aurait dû lui payer un ticket de bus.

Lundi 7 juillet (soir)

[Moins trois cent neuf]

Pierre. Papier. Ciseaux.
On a déjà dîné, et cela fait vingt minutes qu'on joue à pierre-papier-ciseaux devant la porte de la chambre de Grey. Fait rarissime, nous avons mangé tous les trois, et en silence, sidérés, après que papa eut suggéré que Ned et moi débarrassions la chambre de Grey.
— Je te défie, dit Ned.
La pierre l'emporte sur *les ciseaux.*
— Toi d'abord, dis-je.
Le papier l'emporte sur *la pierre.*
— Celui qui gagne sur… cinquante ?
Je ne suis entrée dans cette pièce qu'une fois en un an. C'était le lendemain des obsèques. Ned partait pour son école d'art à Londres et papa, effondré, faisait semblant de ne pas l'être en se planquant à la librairie, alors c'est moi qui m'en suis

chargée. Sans vraiment regarder, j'ai attrapé un sac-poubelle, et j'ai ramassé des sticks de déodorant, des bouteilles de bières, des assiettes sales, des journaux à moitié lus. (La philosophie de rangement de Grey : « Partons à l'aventure ! »)

Puis j'ai parcouru la maison, ramassant toutes les choses dont je ne supportais plus la vue – l'énorme plat à gratin orange et le chat porte-bonheur japonais, sa couverture à carreaux préférée et un cendrier en terre cuite tout tordu que j'avais fait pour lui ; des dizaines de petites statues de Bouddha cachées sur les étagères et dans les coins – et j'ai déposé le tout dans la remise. De même avec sa voiture. Papa n'a rien remarqué, ou alors il n'a rien dit, pas même quand j'ai bougé les meubles pour dissimuler les marques de crayon sur le mur, où il avait marqué nos tailles, à maman, Ned et moi. Il y avait même des traits pour Thomas, quelques-uns.

Puis, j'ai fermé la porte de la chambre de Grey, et elle est restée close jusqu'à maintenant.

Le papier l'emporte sur la pierre. J'ai gagné.

— Peu importe, dit Ned en haussant les épaules, l'air de rien.

Mais sa main reste sur la poignée une minute entière avant de la tourner. Ses ongles sont roses. Quand il ouvre enfin la porte, elle grince. Je retiens ma respiration, mais aucun nuage de sauterelles n'en émerge. Il n'y a pas de tremblement de terre. C'est exactement comme je l'ai laissé.

Ce qui n'est pas une bonne nouvelle, parce qu'il y a des livres partout. Une double rangée depuis le sol bancal jusqu'au plafond de guingois. Empilés contre le mur. Fourrés sur le lit. Des stalagmites de mots.

Ned se fraie un chemin dans la pièce et ouvre les rideaux d'un coup sec. Du couloir, j'observe les rayons du soleil qui envahissent la chambre, révélant environ onze milliards de livres de plus et soulevant des tourbillons de poussière.

— Ça alors, dit Ned en se tournant vers moi. Papa m'a dit que t'avais rangé.

— Je l'ai fait !

Zut. Je reste dans le couloir, trop effrayée pour entrer davantage.

— Est-ce que tu vois des tasses moisies ?

— Oui, mais…

Il se retourne et commence à ouvrir des portes de placard, à en sortir des trucs. Il découvre encore des livres dans les tiroirs d'une commode. Quand il ouvre le placard à vêtements, Ned laisse échapper un long sifflement.

Il ne dit rien, et reste planté là comme s'il venait d'apercevoir quelque chose… d'étrange. Aussi bizarre qu'un cahier qui disparaît dans le néant de l'univers.

— T'as trouvé Narnia, là-dedans, ou quoi ?

— Grotsy.

— Qu'est-ce qu'il y a ?

Je fais un pas dans la pièce, les yeux rivés sur Ned pour ne pas avoir à regarder le reste : les photos de maman sont partout. La grande peinture suspendue au-dessus du lit.

— Grotsy, répète Ned sans lever la tête, s'adressant à la penderie. Merde. Ses chaussures sont toujours là.

Ah. Le voilà, notre nuage de sauterelles.

— Je sais.

— C'était trop pour toi, hein ?

Ned me lance un regard compatissant, puis se retourne pour s'asseoir au piano. Quand Grey avait bu un peu trop de vin maison, il laissait la porte ouverte et jouait faux, et fort, des airs de music-hall.

« C'est pas la mélodie qui compte, c'est le volume », disait-il malgré nos protestations.

Ned caresse les touches du bout des doigts. Quelques notes s'échappent, un son étouffé, mais je reconnais le morceau.

Papa nous a laissé une pile de boîtes en carton aplaties sur le lit. Je traverse la pièce pour ne plus avoir à regarder la peinture, et je commence à les assembler. Je fais bien attention à ne pas toucher le lit lui-même, bien qu'il soit recouvert d'un drap anti-poussière. C'est là que dormait Grey. Dans vingt-quatre heures, Thomas va venir effacer ses rêves.

— Ça va prendre un temps fou ! s'exclame Ned, découragé à l'avance.

Après un dernier accord métallique au piano, il pivote sur le tabouret.

— Rien ne devrait t'obliger à faire ça, à être ici. C'est l'idée de papa.

— Tu veux aller lui dire, ou je m'en charge ?

— Ouais, je sais.

Il s'élance et passe derrière moi pour réarranger une pile de livres, mais il n'esquisse pas un geste pour organiser le tout. Il tripote des trucs à droite et à gauche. Il feuillette quelques ouvrages, en lit quelques phrases. Il lève le regard vers moi :

— Grotsac. Tu crois qu'il a fait quoi, Thomas ?

— Comment ça ?

Je fronce les sourcils en me concentrant sur le carton devant moi. J'essaie de placer les livres bien droits, parfaitement imbriqués, mais l'un d'entre eux a les pages gondolées, souvenir de son séjour dans la mer, et tout part de travers.

— Tu sais, dit Ned, pour qu'on le renvoie ici, en exil à Holksea.

— En exil ?

— Réfléchis ! Cette histoire de « prendre l'été pour s'adapter », ça n'a aucun sens, poursuit Ned en jonglant avec deux bouquins. C'est vraiment dernière minute. Le vol a du coûter une fortune. Non, c'est une punition pour un truc – ou alors ils veulent l'éloigner pour je ne sais quelle raison. Je parie qu'il a fait un coup à la M. Tuttle.

M. Tuttle, c'était le hamster de Thomas. Une petite boule de poils qui s'était échappée à l'heure du coucher dix-sept fois d'affilée, jusqu'à ce que son père comprenne ce qui se passait et achète un cadenas.

« Oh non ! disait Thomas d'une voix chagrine alors qu'il avait ouvert la cage cinq minutes plus tôt. M. Tuttle s'est *encore* sauvé. Je vais aller dormir chez Gottie au cas où il aurait filé à côté. » Son sac était déjà prêt.

— Écoute, insiste Ned. Tu sais *bien* comment était Thomas.

Ah. Je ne m'étais pas demandé pourquoi on le renvoyait ici aussi tôt.

Des coups de poing à la porte me tirent de mes pensées.

— Hé ! Oppenheimer ! Tu réponds plus à ton téléphone ? Je te cherche partout, t'as vu l'heure…

Jason s'arrête net en me voyant. Il y a un silence tandis qu'il se transforme sous mes yeux, réajuste sa position : il fait un pas en arrière, s'appuie sur une bibliothèque près de la porte, prend la pause, puis se fend d'un sourire nonchalant et se corrige :

— Salut *les* Oppenheimer.

Ma gorge joue à pierre-papier-ciseaux et décide de se changer en caillou.

— Gottie, dit-il en plongeant ses yeux dans les miens, ses yeux bleus qui me cherchent. Ça va ? ajoute-t-il en appuyant sur chaque syllabe.

J'ai un livre dans une main, et l'autre s'ouvre et se ferme dans le vide. Pour retenir quoi ?

Ned, qui n'a rien vu, laisse tomber un volume sur une stalagmite qui s'effondre immédiatement. Il saute par-dessus les livres écroulés et tape son poing contre celui de Jason.

— Merde, mec, dit Ned alors qu'ils se font un check compliqué (ils ont l'air de se servir beaucoup de leurs pouces). Niall est furieux ?

— Comme d'hab, dit Jason.

Ses mouvements m'apparaissent à nouveau au ralenti. (Ils terminent par une poignée de main.) Il pousse un soupir :

— T'es prêt ?

— Grotsy, dit Ned qui est déjà pratiquement sorti de la pièce. Tu veux échanger ?

Je me concentre sur l'assemblage d'un nouveau carton.

— Il consiste en quoi, ton échange ?

— J'ai oublié qu'on avait une réunion avec Fingerband. Écoute, tu veux bien t'occuper des livres ? Mets-les dans la voiture. Je te promets que je m'occuperai du reste.

Quand je lève la tête vers lui, il ajoute doucement :

— De ses vêtements.

— Vraiment ?

Je n'arrive pas à savoir si Ned veut éviter à tout prix d'empaqueter les livres, ou bien s'il veut me protéger de la suite : des chaussures de Grey, des photos, de *La Saucisse*.

Je me force à regarder la peinture au mur. C'est mon contrôle d'art de fin d'année de l'an passé. Difficile d'être la fille normale d'une maison habitée par Dumbledore, Peter Pan et Axl Rose, surtout quand on a pour amie une artiste affublée d'accessoires à paillettes. Alors j'ai tenté ma chance, et j'ai peint le canal. À l'expo de l'école, Papa n'a jeté qu'un coup d'œil à mon œuvre – un boudin bleu géant – avant de la surnommer *La Saucisse*. Ned en était mort de rire. J'ai fait comme si je m'en fichais, et j'ai ri aussi.

« Gots, mon gars, a dit Grey en m'agrippant fermement l'épaule de sa grande main. Tu as tenté quelque chose de différent. Tu crois que ton frère s'essaierait à un domaine dans lequel il n'excelle pas déjà ? »

On a contemplé la saucisse pendant une minute, puis il a dit :

« Ta mère aimait beaucoup le bleu. »

Quand je détourne la tête de *La Saucisse*, j'ai les larmes aux yeux, et Ned est toujours sur le pas de la porte, à attendre que je me décide.

— D'accord, dis-je.

— OK. À plus, Grotsy ! hurle-t-il avant de disparaître dans le salon. Jase, je vais chercher mon matos, je te retrouve dehors dans cinq minutes.

Tout à coup je suis seule avec Jason pour la première fois depuis la mort de Grey.

Son sourire a la douceur d'un coucher de soleil.

— Margot, dit-il.

Vu la manière dont ça s'est terminé entre nous, par un texto à des centaines de kilomètres de distance, je n'ai jamais pu vraiment tourner la page. Au lieu de ça, j'ai enfoui mon cœur brisé dans une boîte comme celle que je suis en train de fermer, et j'ai attendu. Quand il prononce mon nom, le mot envahit la pièce.

Je pourrais me fondre en lui. Mais au lieu de ça, je souris de toutes mes dents, terrifiante, j'essaie de parler –

…

…

…

…

Jason se décide enfin à briser ce silence gênant par un murmure :

— Comment… tu… vas ?

— Ça va ! dis-je trop fort, trop vite, avant d'ajouter dans un petit cri de souris : Et toi, comment ça va à…

Et merde. Mon cerveau a complètement zappé le nom de son université. On se parlait tous les jours l'été dernier. J'ai passé l'automne à l'espionner sur les réseaux sociaux, mais le nom de son école m'est sorti de la tête.

— À Nottingham Trent, complète-t-il avec un léger haussement d'épaules. C'est pas mal.

La pièce se vide de son oxygène et l'air s'enfuit de mes poumons alors que Jason se détache lentement de la porte pour s'approcher de moi. L'espace d'un instant, j'espère qu'il va passer son bras autour de ma taille, m'aider à oublier cette année affreuse en m'offrant une raison d'exister. Puis, il se laisse tomber près du carton à moitié plein, sur le lit de Grey. Je grimace.

C'en est trop : la chambre de Grey et Jason en même temps... En octobre dernier, seule dans cette maison vide, après avoir passé des semaines à essayer de déterminer ce que nous étions l'un pour l'autre, je lui avais posé la question. Et il avait répondu, par texto, qu'il pensait seulement pouvoir être mon ami pour l'instant. *Pour l'instant.* Mon cœur s'est accroché à cet espoir, et voilà où il en est à présent.

J'agrippe le bord du carton : j'ai besoin d'air. Je me concentre et j'empile les journaux de Grey dans la boîte. J'évite du regard *La Saucisse*. J'essaye d'oublier que Jason s'en était moqué un peu aussi.

— Hé, la rêveuse, dit-il en s'étirant pour me toucher le bras. Et toi ? Comment s'est passée ton année ?

Quand il dit ça, le contenu entier du carton disparaît. Ce n'est plus une boîte de livres, mais une boîte de néant. De la neige à la télé. Comme pendant l'heure de colle cet après-midi.

Non, c'est pas pareil.

Cette fois, l'onde grise semble capter quelque chose, une image se forme, tournoyante, un peu comme, comme... de la fumée. Je peux même sentir l'odeur d'un feu de camp. Il y a un éclair de lumière. Mes doigts se mettent à vibrer. Non ! Pas avec Jason dans la pièce ! Je me penche, pour voir s'il n'a pas fait tomber une cigarette, et je crois apercevoir les carreaux de notre couverture de pique-nique. Je vois notre pelouse couverte de pissenlits. J'entends de la musique. Je tends la main, je pourrais presque toucher...

— Margot ? Gottie ? dit Jason. T'as l'air...

Sa voix me parvient comme de très loin, et je sens qu'on me tire, comme si j'étais...

Je ferme les yeux tandis que l'univers se dilate, puis se contracte.

———

— Salut la rêveuse. Une bière ? demande Jason en me tendant une cannette.
Je la prends, même si je n'ai plus envie de boire. Sof a passé la soirée à siffler en douce de la vodka, mais une seule gorgée m'a laissée dans le cirage – j'ai l'impression de flotter. Et puis, je n'aime pas les fêtes. Lorsque Grey décide de célébrer l'existence des arbres, la migration des oiseaux ou le dernier bœuf musical de l'été, je me planque dans les coins. Ce soir, c'est la soirée de la mi-été, et je me suis réfugiée sous le pommier, où je peux voir tout le monde, et où personne ne me voit. Sauf Jason apparemment.
Il l'a déjà ouverte, la bière en cannette. Les Fingerband se tapent un trip américain casquette de base-ball à la noix. Ils boivent des bières en cannette et ils lèvent le poing au rythme de la musique. Bande d'idiots.
— Comme ça, on n'aura plus besoin de se lever, ajoute Jason.
Il pose un pack de six devant nous, avant de s'écrouler sur la couverture. À côté de moi. Heu. OK ?
— Bien pensé, mec, dis-je d'une grosse voix avant de prendre une gorgée de bière.
Elle est chaude.
Il rit.

— *Tu sais, on fait ça par ironie ? dit-il en se tournant vers moi.*
Je lui rends son regard. Dans le noir, ses yeux sont presque bleu marine.
— *On peut pas s'appeler Fingerband et faire du pur métal.*
— *Du pur métal ? dis-je en prenant une autre gorgée.*
Si seulement cette bière était froide ! Il fait chaud ce soir-là, mais Grey a insisté pour faire un feu de camp. Un peu plus tôt dans la soirée, il sautait par-dessus en hurlant des trucs sur les Vikings. Je souris dans le noir.
— *Tu sais, maquillage façon Kiss, épingles à nourrice dans le nez, en train de hurler des odes à Satan, dit Jason en tentant de se faire des cornes de diable (mais ce n'est pas facile quand on est appuyé sur ses coudes).*
— *C'est pas du punk, ça ? je demande.*
Jason éclate de rire, un doux roulement, comme si je venais de faire une blague, mais je n'essayais pas d'être comique. Je n'ai aucune idée de ce dont il parle. C'est Ned, l'encyclopédie musicale. Moi j'écoute ce qui passe à la radio – et Grey aime changer la fréquence jusqu'à ce qu'on n'entende plus que le bruit blanc.
La plus longue phrase que Jason m'ait jamais adressée en dix ans d'amitié avec Ned, c'est : « Comment ça va, l'excentrique ? »
— *Ce que je veux dire, c'est que c'est plus cool si on joue du métal mais qu'on se comporte comme des imbéciles.*
Il ouvre une nouvelle cannette. Le « clic-pshitt » résonne comme un feu d'artifice dans le jardin sombre, mais personne ne se tourne vers nous. Il se rapproche de moi et chuchote :
— *Margot, pourquoi t'es jamais venue nous regarder répéter ?*
Parce que tu ne m'as jamais invitée. Parce que je préfère encore regarder les mouches voler. Parce que Sof vénère Ned et que si je lui dis qu'on est invitées, elle va nous forcer à y aller – et Fingerband fait le bruit d'une chèvre coincée dans une tondeuse à gazon.
À l'autre bout du jardin, Sof est sur une couverture avec sa petite amie de la semaine, et elles rient toutes les deux en

regardant Ned qui joue de la guitare invisible. Dans ma tête, j'ajoute l'invitation de Jason aux secrets que je ne lui avouerai pas.

— Tu devrais venir, répète-t-il. L'école est finie, non ?
— Ouais, j'ai eu mon dernier contrôle vendredi.

Je commence à avoir des fourmis dans les coudes. Est-ce que c'est pour ça qu'il me parle, maintenant ? Fini le collège, alors je peux me mêler aux gens cool ?

Au loin, Ned hurle quelque chose et se précipite dans la maison en courant. Lorsqu'il a disparu de notre champ de vision, Jason se penche sur mon épaule, et me donne un petit coup de menton.

— Fais-moi goûter un peu.

Je me tourne vers lui, prête à lui dire qu'il peut l'avoir, la bière, elle est dégueu, quand soudain il plante un baiser sur mes lèvres. Je pousse un petit cri de surprise, rencontre sa langue, mais il ne rit pas. Ses lèvres sont pressées contre les miennes, interrogatives. Je l'embrasse à mon tour, mais je ne sais pas quoi faire. Je n'ai jamais embrassé personne avant. C'est chaud, ça a un goût de bière, et c'est Jason ! Pourquoi m'embrasse-t-il ? Et puis il... Je... Nous sommes... Je flotte, je ferme les yeux.

Lorsque je les rouvre, je suis toujours debout dans la chambre de Grey. Seulement, maintenant, il fait nuit et Jason est parti – on vient tout juste de revivre notre premier baiser.

En tout cas, c'est l'impression que j'ai. Le souvenir était si vif : je voyais tout, j'entendais tout, je sentais tout, je pouvais le toucher. J'ai encore la sensation de la couverture sur laquelle nous étions étalés, je sens encore la fumée du feu de bois dans l'air. Il me reste à la bouche le goût de bière sur sa langue, la dureté de son visage contre le mien. Le premier baiser d'un été plein d'étreintes secrètes, quelque chose qui n'appartient qu'à moi.

Et sa perte est à cet instant si réelle et si crue, que ça me donne envie de pleurer.

Je respire un grand coup, pour remplir à fond mes poumons, qui me semblent si petits et si serrés. Jason me manque, le *voir*, c'est pire. Et il me faut un instant pour réaliser ce qui vient de m'arriver et pour penser : non mais c'est quoi ce bordel ?

Je déroule la réflexion que j'ai enfouie pendant ma colle. Un rêve éveillé ne devrait pas durer plus d'une heure. Je ne devrais pas me retrouver comme ça toute seule dans le noir. Pourquoi ne puis-je pas me souvenir du départ de Jason, me rappeler lui avoir dit au revoir ? Et qu'est-ce que c'était que ça, dans la boîte ? On aurait dit que je regardais à travers un télescope dans le mauvais sens, vers un autre temps. Un temps où Grey était encore en vie.

Un vortex. Une métrique unidimensionnelle. Mais ça voudrait dire…

Je titube vers la porte, j'allume la lumière, je regarde autour de moi.

Tout est emballé. Les livres ont disparu, les cartons aussi. Il reste de petites lignes de poussière sur les étagères. Des fantômes de livres. Et la pièce a l'air plus petite, maintenant qu'elle est vide. Le plafond est plus bas, et les murs semblent s'être rapprochés.

C'est peut-être moi qui panique. Je ne me souviens pas d'avoir fait tout ça. Je m'assoie par terre, parce que mes jambes ne me soutiennent plus, et j'essaye de réfléchir.

J'ai tendu la main vers la neige télévisuelle, et je me suis retrouvée avec Jason, l'été dernier. Était-ce une illusion d'optique ? Un rêve ? *Allez, Gottie ! Tu ne penses quand même pas que t'es tombée dans un trou de ver !?*

Les cartons sont emballés. La chambre est vide. C'est moi qui ai dû abattre tout ce boulot. Ma poche émet un petit bip. Je sors mon téléphone, c'est un message de Jason : **C'était** sympa de te revoir... Il ne mentionne pas le fait que je me sois fait aspirer par une boîte en carton. En même temps, ce genre de chose ne se dit peut-être pas par texto. Un message qui se termine par des points de suspension, comme une promesse qu'il y a plus encore à dire.

Existe-t-il un vortex à deux entrées ? L'été dernier d'un côté, cette pièce de l'autre ? Et qui ne permettrait de voir qu'un des deux à la fois ?

Tout cela est vraisemblable. À part le fait que j'ai perdu la tête.

Il reste encore une boîte sur le lit, et je me lève pour fouiller dedans, d'un geste maladroit, en espérant trouver quelque chose qui explique ce que je viens de voir. La preuve que je ne suis pas totalement timbrée.

J'y découvre des objets divers. Une photo encadrée de maman quand elle avait à peine quelques mois de plus que moi aujourd'hui. Je lui ressemble tellement que ça me fait mal. Le journal de Grey est empilé là. Il y racontait tout : une nouvelle recette de spaghettis aux abricots (véridique !), un nid d'oiseau trouvé sur la pelouse, le jour où la supérette du village était en rupture de stock de sauce Marmite. Il était le seul d'entre nous à en manger.

Lorsque mes doigts touchent le fond du carton, je me rends et j'admets en moi-même que j'ai dû tout imaginer. Je n'ai fait que perdre quelques heures de ma mémoire, c'est tout. J'ai dormi debout, comme un cheval dans son écurie, et j'ai rêvé de Jason. J'éteins la lumière d'un coup de menton et je sors avec le dernier carton, que je porte vers la vieille Coccinelle de Grey.

La voiture est garée sur un coin de la pelouse, légèrement enfoncée de travers dans la haie, à ras du sol, si lourde que papa risque d'avoir du mal à lui faire passer les dos d'âne sur le chemin de la librairie, le Book Barn, la « grange à livres ». Je me contorsionne sur la petite pente pour atteindre la poignée, la boîte en équilibre sur un genou, et alors que le coffre s'ouvre, le carton glisse et s'écroule sur la pelouse, éventré, vomissant pièces de monnaie et feuillets divers.

— *Scheisse !*

Je me mets à genoux dans la pénombre pour tout ramasser, replace tant bien que mal les feuilles du journal dans ce qui reste du carton.

POULET RÔTI ET SALADE DE POMMES DE TERRE DANS LE JARDIN

L'écriture illisible de Grey me saute aux yeux à la lumière qui émane de la cuisine : Feuilles de hêtre dans le feu. Je rêve d'être un Viking.

Salade de pommes de terre. Il voulait dire *kartoffelsalat*, un plat allemand de patates chaudes servies avec du vinaigre et de la moutarde, et non de la mayonnaise (c'est-à-dire pas immangeable). La phrase date de la soirée de la mi-été de l'an dernier : la nuit de mon premier baiser avec Jason. Mon premier vrai baiser.

Cela me donne comme un coup au cœur. Et en même temps, voilà une explication : j'ai passé l'après-midi à étudier l'espace-temps, et j'étais en train de lire le journal de Grey en rangeant. C'est pour cela que mon souvenir est si vif. Ned est à la maison, j'ai passé un moment avec Sof, Jason est de retour et il me sourit… C'est pour cela que mon esprit vagabonde vers l'été dernier. Je ne me suis pas allongée sur la couverture dans l'herbe, je n'ai pas senti de feu de bois. Je me fais des films.

Parce que autrement il me faudrait admettre l'existence des trous de ver, et aujourd'hui j'en aurais vu deux. Mais l'arrivée de Thomas demain occupe déjà toutes mes pensées.

Je me penche et referme le journal.

Mardi 8 juillet

[Moins trois cent dix]

Après avoir répondu à Jason par un Pareil ! ☺ que j'ai passé deux heures à pondre, Umlaut et moi passons la nuit à lire le journal de Grey et à nous briser le cœur. Je n'ai pas réussi à les mettre dans la voiture. Une part de moi espère que ces trous de ver sont réels, et qu'on va m'expédier au temps où Grey était encore en vie.

Toutes ses phrases sont plus ou moins cryptées, mais une de ses remarques me fait rire, car je sais à quoi il fait référence.

GOTTIE REFUSE DE MANGER DES FRUITS ET LÉGUMES APRÈS UN COURS D'ÉDUCATION SEXUELLE.
À CAUSE D'UNE HISTOIRE DE BANANE ET DE PRÉSERVATIF.
(EST-CE QUE J'ACHÈTE DES VITAMINES ?)

ENVISAGER D'INVESTIR DANS UN DONJON. ELLE RESSEMBLE TANT À CARO.

Caro, ma mère. Grey avait été très ouvert quand sa fille de dix-neuf ans était tombée enceinte d'un minuscule étudiant allemand tout blond en échange scolaire – il avait également été clair sur un point : il n'allait pas laisser l'histoire se répéter.
Ce jour-là, j'étais rentrée de mon cours d'éducation sexuelle convaincue que Grey dirait : « Fais l'amour dans la mer, Gottie ! Laisse-toi bercer par les vagues ! Neptune protégera tes œufs fertiles ! »
Mais au lieu de ça, il avait tonné : « Je ne sais pas si je crois dans tout ce que je fais, mon gars, ou si j'y crois à moitié et que pour le reste je fais confiance au cosmos. Mais tu peux tomber enceinte à l'envers, pendant ta première fois, dans la mer, sur l'herbe, sous la pleine lune – surtout un jour de pleine lune en fait. Par amour, on en oublie son propre prénom, on laisse tomber le préservatif dans son portefeuille. Alors prends la pilule, nom de Dieu. Prends toutes les pilules du monde. Et utilise un préservatif. Et fais-toi poser un diaphragme. »
Quand je cesse de lire, c'est l'aube. Le soleil se lève, aussi brillant que du magnésium en combustion. Aucun orage spectaculaire n'a fait fermer les aéroports, ce qui veut dire que Thomas sera là dans huit heures exactement.
Que le Sturm und Drang commence.
Mais d'abord, il faut que j'endure la réunion de fin d'année du lycée de ce matin. On a à peine fini notre année qu'on nous pousse déjà dehors. Toutes les semaines, on doit assister à un topo sur les demandes d'inscription, les lettres de motivation, l'emprunt pour payer nos études, et les examens auxquels on peut s'attendre l'an prochain…

— C'est l'été de la dernière chance, dit M. Carlton, notre conseiller d'orientation, chuchotant comme dans un aparté au théâtre. Les examens d'entrée commencent en septembre, mes amis : ne perdez pas votre temps cet été.

Dans la rangée devant moi Jake a posé la tête sur l'épaule de Nick, indifférent à cette annonce apocalyptique. La fille à côté de moi a sorti son téléphone et se plaint sur Twitter de l'injustice de ces devoirs de vacances. À l'autre bout de la salle, je vois Sof, habillée tout en rose, qui prend plein de notes lorsque M. Carlton commence à nous susurrer ce qu'il faut faire pour entrer dans une école d'art. Je devrais lui envoyer un texto pour lui dire que ce n'est pas la peine d'écouter – Ned a fait ça l'année dernière.

Mais je suis trop occupée à paniquer.

Pas seulement à cause de ce qui s'est passé hier soir : le souvenir trou de ver ou je ne sais quoi ; avoir oublié plusieurs heures de ma vie ; *Jason*. Je flippe aussi parce qu'à l'heure qu'il est Thomas doit être à mi-chemin, au-dessus de l'Atlantique. Parce que Ned allume la radio de la cuisine pour écouter le bruit des parasites, ce que Grey aimait faire. (« C'est un bruit cosmique, mon gars, imbattable ! Le son de l'univers en expansion. ») Quant à papa, il flotte au-dessus des nuages, dans les parages de la librairie : il entre et sort de la maison, rachète des céréales, nous apporte des chatons de printemps et des visiteurs pour l'été, mais il n'est pas *présent*.

Il y a tout ça, et voilà que M. Carlton me dit qu'il faut que je décide quoi faire de ma vie, que je déclare ce que vais étudier pendant les quatre prochaines années. Et tout de suite !

On peut presque entendre les points d'exclamation de son discours. Je suis sensée être enthousiaste à l'idée de mon avenir. Tous les autres le sont bien. Ils sont heureux d'échapper à nos villages de bord de mer assoupis, où l'on a passé toute notre vie et où jamais rien n'arrive.

Mais moi je l'aime, ce calme. J'apprécie cette absence d'événement. J'achète la même barre chocolatée dans le même magasin tous les jours, à côté de la mare du village occupée par trois canards, et puis je lis la newsletter d'Holksea, qui annonce qu'il ne s'est rien passé. C'est rassurant. Je peux envelopper ma vie entière dans une couverture.

Je n'ai pas envie de « penser à mon avenir », ainsi que M. Carlton nous incite à le faire. C'est déjà assez difficile de se confronter au présent.

Alors qu'il énonce d'autres raisons terrifiantes de penser au reste de notre vie, je me mets à rêvasser et commence à prendre des notes dans mon cahier. Je suis peut-être incapable d'arrêter le temps qui court vers mon entrée à l'université, qui pousse Ned à recréer un *été comme Grey le ferait* et qui amène Thomas par avion, mais il reste une chose sur laquelle j'ai encore prise.

Je peux déterminer ce qui s'est réellement passé hier soir.

À la fin de la réunion, mon cahier est plein d'équations justifiant mon hypothèse de télescope à deux faces. Un bruit de chaise s'élève tandis que tout le monde s'apprête à partir, et Sof me fait signe à la porte de me joindre à elle et au groupe qui s'échappe. Je secoue la tête en désignant du doigt ma prof de physique, et elle me renvoie un sourire aux lèvres closes.

Mme Adewunmi s'attarde à sa place, sourcils froncés, les yeux sur son emploi du temps. J'espère qu'elle sera heureuse d'entendre ma question sortie de nulle part :

— Comment fonctionne l'espace-temps ? dis-je d'un trait.

Elle me jette un regard sévère.

— Je *savais* que tu n'écoutais pas hier.

— J'écoutais. J'ai répondu aux questions pendant mon heure de colle. Pendant le cours, je suis désolée...

Je ne sais pas comment m'excuser, et ça l'a fait rire.

— Je plaisante ! Qu'est-ce que tu veux savoir, exactement ?

— Je m'interrogeais sur les... vortex. Les trous de ver. Ça ressemblent à quoi, exactement ?

— Est-ce une question théorique, ou dois-je m'inquiéter du fait que des habitants du Norfolk puissent disparaître dans la quatrième dimension ? demande Mme Adewunmi.

— C'est une hypothèse. Je veux dire, c'est une théorie ! Je m'intéresse aux maths qu'il y a derrière, je lui promets. Je sais qu'on ne peut pas créer de trou de ver sans matière noire, et qu'on ne peut pas voyager à travers. Mais est-ce qu'on pourrait *voir* à travers ? Comme une télé longue distance ?

Ma prof m'observe un instant, puis lance un regard à la ronde. Quelques élèves s'attardent encore à la porte. Elle attend qu'ils partent pour se pencher vers moi et murmurer avec empressement :

— Dis moi, quel est le millième nombre premier ?

— Hein ? dis-je sans comprendre et en calculant tout de même. 7 919.

Elle tourne la tête vers la porte.

— Suis-moi.

Mme Adewunmi n'ajoute rien d'autre tandis qu'on longe le couloir. Chaque fois que je tente de poser une question, elle fait un petit « non » de la tête. Je commence à me demander si je me suis mise dans le pétrin. Quand on arrive à son bureau, elle s'assied sur sa chaise, en pousse une autre du pied, me demandant silencieusement d'y prendre place. Elle est vraiment cool, cette prof.

Je m'exécute. Est-ce qu'elle va encore me coller ? D'habitude, elle est tout sourire, même quand elle explique des trucs chiants comme la topologie. Là, elle me regarde très droit dans les yeux. Puis parle enfin.

— Bienvenue au Club des Univers Parallèles.

Je soutiens son regard, le cœur battant.

— Mais, zut ! je *plaisante*, encore une fois, dit-elle en explosant de rire. Qu'est-ce que vous pouvez être crédibles, vous, les jeunes !

Elle essuie ses larmes, rit encore. Super drôle.

— Margot, tous les ans, un de mes élèves vient me voir en disant que les trous de ver existent. En plus c'est la première fois que j'entends le son de ta voix. Laisse-moi rire un peu. D'accord, d'accord. Alors. Théoriquement... qui sait ce qu'on y verrait ? Peut-être que le vortex serait si courbe que l'horizon nous empêcherait de voir au-delà du virage. Et s'il existait une image *visible* à travers le trou de ver, alors la gravité à l'intérieur serait peut-être si forte que les rayons lumineux seraient déformés – on y verrait comme à travers un objectif fish-eye.

Traduction : on ne verrait rien, ou alors à travers des miroirs déformants. Mais le baiser de Jason, hier, c'était de l'action en direct, une vision olfactive, en technicolor, en 3D et en IMAX. Avec du pop-corn.

— Bon, d'accord, dis-je en insistant. Mais mathématiquement. En théorie. Disons que dans l'univers de Gödel le passé continue d'exister, puisque l'espace-temps est courbe. Si on *pouvait* voir le passé, comme à travers un...

La suite, je la marmonne un peu, consciente d'avoir l'air complètement ridicule :

— ... à travers un trou de ver télescopique télévisuel, et que ce n'était pas déformé... Est-ce que regarder le passé aurait un impact sur le temps lui-même ? Le temps tel qu'il est là de l'endroit où on le regarde ? Est-ce que ça modifierait le comportement temporel ?

— Tu veux dire, comme quand une horloge à bord d'un train à grande vitesse va plus lentement qu'une horloge située dans une gare ?

— Oui ! dis-je, ravie.

Cette histoire d'horloge, c'est vrai et c'est *incroyable*.

Je poursuis :

— Je pensais... si on regardait vingt minutes du passé à travers le trou de ver, on perdrait plusieurs heures dans la réalité, non ?

— C'est possible, dit Mme Adewunmi.

Elle me contemple un moment. Puis elle saisit un stylo et se met à écrire.

— Si tu veux étudier la mécanique quantique à l'université, tu devrais commencer par lire tout ça. Et puis tu devrais te concentrer sur tes demandes d'admission.

Du son stylo, elle désigne mon cahier dans lequel j'ai gribouillé « Jason » un peu partout.

Je hoche la tête en tendant la main pour prendre la liste. Mais elle ne me la donne pas.

— Est-ce que tu as déjà réfléchi à la branche qui t'intéresse ? Les maths pures ou la physique ? demande-t-elle en brandissant la feuille légèrement hors de ma portée. Nous ne voudrions pas te perdre au bénéfice de la biologie. Ha ha ha !

— Je ne sais pas encore...

À la pensée de devoir choisir une matière à vie, j'en ai la nausée. Je peux à peine m'en tenir à une émotion plus de cinq minutes.

— Décide-toi tout de même assez vite — je vais avoir besoin d'un peu de temps pour t'écrire une lettre de recommandation... dit-elle en agitant la liste. Je te donnerai ceci si tu veux bien me l'écrire. Ton point de vue sur les trous de ver.

— Des devoirs ?

Je fais la grimace. Cela dit, passer l'été à la bibliothèque, ce sera une bonne manière d'éviter Thomas.

— Vois ça comme ta lettre de motivation. Il me faut la théorie mathématique pour soutenir le tout, bien sûr. Si tu me fournis une théorie du tonnerre sur ton idée de temps télescopique, je t'écrirai une lettre de recommandation qui t'ouvrira toutes les portes et t'emmènera à des millions d'années-lumière de Holksea : tu auras accès à une bourse, des fonds, tout.

Elle agite la feuille vers moi. Je n'ai pas envie de partir à des années-lumière d'ici. Mais je meurs d'envie de savoir ce qui se passe. Alors je la prends.

Je ne suis pas étonnée de ne trouver aucun des livres de la liste de la prof à la bibliothèque de l'école. J'ai vérifié après les cours, mais au milieu de dix mille anthologies de poésie, on ne trouve même pas un vieil exemplaire d'*Une brève histoire du temps*. Les quelques livres qui devraient être là ont été empruntés — je les réserve à l'accueil avant de me diriger vers le local à vélos.

Je sais où trouver ce dont j'ai besoin. Au Book Barn. Grey avait peut-être une conception de l'univers différente de la mienne, n'empêche qu'un étage entier était consacré à la science : de la SF à la physique. Le seul problème, c'est que je ne m'y suis pas rendue une seule fois de l'année. Chaque fois que papa se rapprochait de la surface de la terre pour me demander de venir, j'avais une excuse toute prête – des devoirs à faire, une promenade à vélo, aller nager même quand la mer avait gelé en novembre, ou rester allongée sur mon lit à regarder le plafond pendant des heures.

Si vous envoyez bouler les gens un assez grand nombre de fois, ils finissent par renoncer.

Arrivée au portail, je m'arrête et fouille dans mon sac pour en sortir mon casque. Je trouve le journal de Grey à la place. Je l'ai emporté avec moi ce matin, en guise de talisman. À présent, je l'ouvre pour chercher ce que je faisais ce même jour l'année dernière :

G DEVRAIT REVENIR HABITER DANS LA CHAMBRE DE NED LORSQU'IL PART POUR L'UNIVERSITÉ. REVENIR DANS NOTRE MONDE.

En dessous, il y a un petit dessin de chat, et je sais exactement de quel jour il s'agit.

Les contrôles étaient terminés depuis longtemps, mais je m'étais réfugiée dans le grenier de la librairie pour lire. Jusqu'à ce que Grey vienne s'asseoir avec moi, et m'arrache ma lecture des mains.

— Schrödinger, hein ?

Je l'ai regardé lire un peu le texte, la fameuse théorie du chat. C'était avant Umlaut.

— Donc, pour résumer, a dit Grey : tu mets un chat, de l'uranium, un compteur Geiger, un marteau et un bocal plein de poison dans une boîte. C'est quoi, ce cadeau de Noël de merde ?

J'ai explosé de rire et lui ai expliqué que l'uranium avait cinquante pour cent de chances de se décomposer. Dans ce cas, le compteur Geiger enclenche le marteau qui vient briser le bocal plein de poison, et le chat meurt. Mais si l'uranium ne se décompose pas, alors le chat reste en vie. Avant d'ouvrir la boîte et de constater ce qui s'est passé avec certitude, les deux affirmations sont vraies. Le chat est à la fois mort et vivant.

— Tu veux savoir un truc marrant à propos de Shrödinger ? a demandé Grey en me rendant le livre.

— Oui.

— C'était un grand séducteur, a annoncé Grey d'une grosse voix. Il a baisé la moitié de l'Autriche !

J'ai entendu son rire résonner dans l'escalier alors qu'il retournait en bas et que je réfléchissais à comment deux affirmations opposées pouvaient être vraies en même temps. Jason, c'était mon Schrödinger. À l'intérieur de la boîte, il y avait nous deux : un secret, une relation spéciale ; personne ne pouvait s'en emparer ni venir tout gâcher. Mais cela faisait quatre semaines qu'on était ensemble, et maintenant une nouvelle pensée s'était introduite dans la boîte : je voulais qu'il rende la nouvelle publique.

Avant de quitter la librairie, je suis allée faire un tour du côté des biographies et j'ai vérifié : Schrödinger était bien un grand séducteur. Grey avait raison.

Je ne sais pas comment fait papa pour travailler là-dedans tous les jours.

Mais une fois que j'ai quitté la ville à vélo, suivant le bord de mer en direction de Holksea, je commence à me détendre. L'air sur ma peau a la douceur du miel et, au bout d'un moment, il n'y a plus rien que le soleil, le ciel et la mer. De temps en temps, j'aperçois un bar ou un cimetière dans ma vision périphérique. J'accélère jusqu'à ce que le paysage devienne flou. L'air salé emplit mes poumons. Je prends de grandes inspirations, et me voilà à nouveau une enfant. Pour un instant, plus rien n'a d'importance : ni Thomas, ni Grey, ni Jason.

Au bout de quelques minutes, on aborde un groupe de vieux bâtiments : l'entrée de Holksea. La librairie est sur le front de mer du village. On peut voir l'enseigne de l'espace : Book Barn. Un néon en lettres capitales géantes, rose fluo, pâle au soleil, mais aussi brillant que Grey l'était. Les mots laissent leur empreinte sur mes rétines.

Je suis à quinze mètres et j'avance toujours à vive allure lorsque le néon disparaît. Pouf, les lettres ne sont plus.

Non.

Mon cœur s'accélère, mes pieds ralentissent à peine. Je suis poussée à continuer sur ma lancée. Il reste dix mètres. Là où devrait être l'enseigne, il n'y a plus rien que de l'espace. Et cette fois, je ne parle pas de vide, de néant, d'un nombre entier négatif, ni de la racine carrée de moins dix-sept. Je veux dire : je vois l'espace lui-même. Il y a un trou dans le ciel, à la place du ciel.

Il ne reste que cinq mètres. Je suis à cinq cents mètres de la mer, 52,96 degrés nord, et un milliard d'années-lumière de la terre. Ce n'est plus un télescope de base, c'est le *putain* de télescope Hubble.

Et au bord du trou, là où le ciel redevient bleu, il y a la même neige télévisuelle que j'ai déjà vue deux fois. Qu'a dit Mme Adewunmi à propos des vortex ? Que l'image serait déformée ? Elle est claire comme du cristal.

Je suis terrifiée, mais je ne peux m'empêcher de pédaler. Parce que, merde, merde, merde. La chambre de Grey. Le journal de Grey. La librairie de Grey. Quel que soit ce truc – et il y a véritablement *quelque chose*, hier j'ai vu l'été dernier, et aujourd'hui, il y a trou qui donne sur la Voie lactée ! – il a un lien avec Grey. Et Grey est mort. Ce qui veut dire que tout cela me concerne.

À deux mètres, j'agrippe d'instinct mon guidon, visant le chemin qui descend vers la mer. Je couche mon corps dans le tournant que j'ai pris des millions de fois et plus vite que ça. Mais cette fois, pour une raison ou pour une autre, je suis dans la merde.

Je prend le virage trop vite, je dérape plutôt, et je sens une montée d'adrénaline. Ça va faire mal. La peur me saisit alors que je tente de retrouver l'équilibre en virant à droite. Mon pneu avant est dévié par une pierre ou un trou, et me voilà par terre – aïe ! – mais Je ne m'arrête pas pour autant. Mon coude prend le gros de l'impact, et une douleur aiguë me transperce le bras. Ma cuisse est en feu, tandis que je glisse sur plusieurs mètres, laissant ma peau sur les cailloux. Des buissons m'arrêtent ; le vélo, lui, poursuit sa course, un de mes pieds coincé dans la pédale. Il traîne ma jambe en demi-cercle, me tord la cheville, puis m'abandonne pour aller tournoyer et se fracasser. Il me laisse seule.

Mardi 8 juillet (plus tard)

[Moins trois cent dix]

Je reste allongée une éternité dans la haie, le regard en l'air. Tout ce que je vois, c'est le ciel, le vrai ciel, celui qui doit se trouver là. Il est immense, sans un nuage, d'un bleu éclatant, et très, très loin.

Un siècle plus tard, je regarde ma montre – elle n'a pas survécu, les chiffres électroniques sont épars – et mon téléphone – complètement mort, peu importe la force avec laquelle j'appuie sur les boutons. En revanche je sais que je n'ai aucun trou de mémoire. J'ai ressenti tout ce qui s'est passé. Parce que...

Putain.

Merde...

Aïe !

Ça fait mal.

Mon cœur me fait mal. Je veux voir Jason. Je veux la mère que je n'ai jamais eue. Je veux Grey. Je *veux*.

— Quelqu'un ? dis-je pour voir, pour essayer, d'une voix tremblante. Y a quelqu'un ?

Et j'attends, j'attends, mais personne ne vient me chercher. Je me suis faite de plus en plus petite cette année, jusqu'à en être presque invisible.

Je me relève, teste ma cheville. Elle n'est pas cassée, je ne crois pas. Je l'aurais entendue craquer, comme la fois où Thomas m'a mise au défi de sauter de la jetée : j'ai passé trois mois dans un plâtre sur lequel il a écrit plein de jurons. Mais *merde*, que ça fait mal ! Je boite quelques minutes jusqu'à ce que je puisse m'appuyer sur la haie, et je regarde autour de moi.

De l'autre côté de la route, le néon rose fluo de l'enseigne de la librairie scintille. Tout est totalement normal. Mon vélo repose dans le fossé, sur un tapis de fleurs sauvages blanches. Je me rapproche pour voir, il n'est pas trop endommagé : la roue de devant est tordue et la chaîne a sauté, mais je pourrai réparer tout ça à la maison. Je le sors de son nid floral et m'appuie dessus, boitant et gémissant, pour prendre le chemin de la librairie.

Après l'avoir évité pendant si longtemps, c'est le seul endroit où j'ai envie d'aller.

La porte est fermée. Papa est allé chercher Thomas à l'aéroport. Je lutte un instant avec la clef. À l'intérieur, il fait noir, tout est calme, et je suis frappée par l'odeur de papier, de vieux bois, de pipe et de tapis poussiéreux. Je suis chez moi.

Je laisse la porte ouverte, je n'allume pas la lumière et me faufile entre les étagères étroites, pour émerger dans une petite caverne tapissée de livres. Un labyrinthe de couloirs-bibliothèques s'ouvre dans toutes les directions. Les boîtes que j'ai remplies hier sont empilées dans un coin, près du bureau. Le fauteuil géant de Grey trône derrière.

Je m'y installe, terrassée par la douleur, et tente d'ignorer le tic-tac bien trop fort de la pendule que Grey a toujours refusé de faire réparer. Je fouille le bureau des yeux dans la pénombre, à la recherche de la trousse de premier secours. Le tiroir du haut déborde de morceaux de papier dont la vue me rappelle les fleurs sauvages dans le ravin. Au milieu des reçus et des formulaires de commande, je trouve des barres chocolatées, de l'huile essentielle, une boîte de tabac, un flacon en verre marron. Je l'extirpe de là. C'est un des remèdes hippies de Grey. Il croyait fermement dans les vertus du ginkgo biloba, du millepertuis et de l'onagre. J'avale deux comprimés sans eau, forçant le passage de la gorge.

Tout me fait mal. Ma jambe écorchée par le gravier est ensanglantée. Je vais avoir des croûtes pendant des semaines. Quand j'étais petite et que je tombais, mon grand-père était là pour me poser un bandage et pour me faire un bisou magique.

Je laisse ma tête retomber sur le velours du fauteuil, je respire l'odeur de Grey et je m'enfonce de plus en plus. Papa n'a rien changé dans la librairie – elle est tout aussi poussiéreuse et désorganisée qu'avant, un autel aux valeurs défendues par Grey. (« J'aime les livres, pas les livres de compte ! ») Son fauteuil gigantesque dans lequel je me sens minuscule, le bureau où il écrivait parfois son journal, et cette pendule cassée à la con avec son tic-tac, tic-tac… toc. Les larmes me montent aux yeux, je ne vois plus rien, le velours est de plus en plus flou, jusqu'à ressembler à la neige sur l'écran de télévision, le même néant grisâtre que j'ai vu au-dehors, juste avant de faire un vol plané. Tic…

Tac.
Tic-tac.

———————————

— *Applique-toi, OK ? dis-je.*
Nous sommes dans le pommier, qui est plein de feuilles mouillées et gluantes et j'ai froid aux fesses – Grey dit qu'il est bon de sentir la terre sous nous.
— *Ils sauront pas que c'est nous.*
Ned a dix ans aujourd'hui et il nous a désinvités, Thomas et moi. Grey a dit qu'on était invités et que Ned n'a qu'à bien se tenir, mais je crois qu'on devrait lui chourer son gâteau quand même. Thomas a eu cette idée : on va se maquiller comme des bandits.
— *Bien sûr ! dit Thomas en levant les yeux au ciel. OK, je vais te faire une moustache aussi.*
— *Oui ! dis-je, tout à fait d'accord.*
« Non » n'existe pas entre nous. Je ferme les yeux. La peinture me chatouille.
— *Souviens-toi du signal : quand Grey hurle « la terreur fois deux »...*
— *C'est là qu'on part en courant, termine Thomas. G, ouvre les yeux.*
Lorsque je m'exécute, Thomas est mort de rire, un marqueur indélébile à la main.

———————————

— Qu'est-ce qui s'est passé ? Gottie, ouvre les yeux.
La voix de Papa s'élève dans le noir. Mes paupières sont lourdes et collantes. J'ai dû m'endormir. J'étais en train de rêver de Thomas et moi dans l'arbre, mais ce n'était pas le bon jour, ce n'était pas le jour de son départ...

Lorsque j'entrouvre les paupières, les images s'estompent. Je cligne des yeux. Papa se tient devant moi.

— Je me suis endormie. Oh. Et j'ai fait une chute de vélo, lui dis-je en marmonnant dans l'accoudoir en velours du fauteuil.

Je me contorsionne légèrement pour lui montrer ma jambe.

Il fait un bruit succion exagéré en inspectant mes écorchures. Papa ne supporte pas la vue du sang et fait la grimace devant la moindre coupure. Comment a-t-il fait, à la mort de maman, s'il y avait du sang ? Est-il parti à sa recherche au cœur des trous de ver ?

Je n'arrive pas à rester concentrée sur cette pensée, sur rien d'ailleurs : mes idées s'éparpillent comme des feuilles mortes en automne.

— Est-ce ton vélo dehors ? demande papa.

Mon vélo est rose, avec un panier, et les rayons de mes roues sont ornés des petits machins en plastique qu'on trouve dans les boîtes de céréales, alors je ne sais pas à qui d'autre il imagine qu'il puisse appartenir.

Je me force à m'asseoir, je gémis rien qu'à l'idée du contact de boules de coton imbibées d'eau oxygénée qui pique. Cette sensation m'évoque les bobos de mon enfance et me réveille pour de bon. Je souris à papa pour le convaincre que je vais bien.

— Très bien, dit papa en me renvoyant un sourire. La voiture est garée près de la plage. Je vais la chercher, attends-moi ici d'accord ?

— OK.

Alors que Papa s'éloigne, j'entends :

— Tiens-lui compagnie.

Je ferme les yeux à nouveau, je me recroqueville dans le velours. C'est la Voie lactée. *Tenir compagnie à qui ?* je me demande. *Je suis moi.*

Des pas, puis la porte de la librairie qui claque au loin. Papa est sorti. Au fond, peut-être pas, car il reste là, qui me tient la main. Il m'énerve, en plus, à la tapoter.

— Arrête, dis-je secouant la main pour me libérer, mais des doigts chauds se glissent entre les miens, serrant assez fort pour me réveiller. Papa, *schtop* !

— G ? dit quelqu'un.

C'est une voix de garçon, qui vient de tomber des étoiles.

— Ton père est dehors. C'est moi.

« Moi » a un accent bizarre. Un accent d'ici et d'ailleurs en même temps. J'ouvre les yeux pour voir qui c'est. Un mec de mon âge est penché sur moi, il me tient la main, des lunettes sur le nez, un visage plein de taches de rousseur, une expression soucieuse.

Et il est entouré d'étoiles, tout le temps, partout. Une galaxie entière habite la librairie, flotte autour de lui.

— T'es couvert d'étoiles, dis-je.

Sa bouche se plisse. Thomas Althorpe a toujours souri comme ça – comme si son visage ne pouvait s'empêcher d'exprimer sa vision hilarante du monde, les joues creusées de fossettes. Cette version-là possède des pommettes en plus, et des canines qui viennent s'appuyer sur sa lèvre inférieure. Oh. Des lunettes. Des taches de rousseur. C'est lui.

— Salut G, dit Thomas alors qu'une comète lui frôle la tête. Tu te souviens de moi ?

— Je me souviens. T'es revenu. T'avais promis que tu reviendrais. Mais je me souvenais pas que t'étais aussi beau gosse.

Ce sont les derniers mots que je prononce avant de m'évanouir.

Mercredi 9 juillet

[Moins trois cent onze]

Je me réveille en sueur, enterrée sous un couvre-lit en patchwork et six couvertures que je n'ai jamais sortis. Je vois mon réveil et constate que je suis en retard. Je décide que je m'en fiche, et puis je me tourne pour vomir au pied du lit. Il y a une bassine en plastique prévue à cet effet par terre. Tout cela se déroule en à peu près trente secondes. Je retombe sur mes oreillers.

Je n'irai pas au lycée aujourd'hui.

Les rayons de soleil qui filtrent à travers le lierre prennent les nuances d'une aurore boréale. Je me sens lourde – ma chambre est dotée de sa propre force gravitationnelle et je m'enfonce dans mon matelas. J'ai mal à la jambe sur laquelle je suis tombée, mon sang bat à mes tempes, et le chagrin généralisé causé par l'absence de Jason et de Grey me serre le cœur.

Grey. Mon regard se pose sur son journal. Il y a autre chose, une idée circule autour de ma conscience, il faut que je me souvienne...

La chambre de Grey. Et Thomas Althorpe, à l'autre bout du jardin, qui y dort.

Oh.

Je me souvenais pas que t'étais aussi beau gosse.

Je frissonne. J'ai peut-être réussi à matérialiser ces couvertures grâce à la thermodynamique de la honte, pour avoir quelque chose sous quoi me planquer.

Cela me rappelle la théorie d'hier, juste avant ma chute de vélo : tous ces événements seraient une manifestation de Grey, de ma culpabilité. Tout ça viendrait de moi.

Je n'aurais pas dû prendre ce journal. Je ne devrais pas le lire. Mais c'est plus que ça. C'est cette année entière, c'est l'état dans lequel j'étais le jour de sa mort...

Stop. Je force mon esprit à se concentrer sur Thomas – comparé au reste, c'est un sujet de réflexion plus facile. Je fais claquer ma langue dans ma bouche jusqu'à ce qu'Umlaut saute sur ma jambe blessée. Qu'est-ce qu'il fait là ? Thomas, je veux dire, pas le chaton. Ned dit que c'est une punition. Mais Thomas n'a jamais commis aucun crime qui l'aurait chassé du pays. Il a laissé des cochons s'échapper à la foire du village – événement annuel comprenant des tombolas en série et des stands de confiture maison sur la lace du village. Une fois, il a mangé toute la gelée que Grey avait préparée pour mon anniversaire, puis il a vomi un arc-en-ciel. Mais il n'a rien d'un *criminel*.

J'ai mal à la tête à force d'y penser. La tête me lance, un point c'est tout.

— Je vais aller à la cuisine me chercher un verre d'eau, dis-je tout haut à un Umlaut sceptique. Je suis complètement déshydratée.

Aucun rapport avec Thomas. Je ne veux pas savoir pourquoi il est de retour, ni pourquoi il ne m'a jamais écrit. Je ne pense pas à ses taches de rousseur, ni à ses cheveux sombres, ni à cette vision étoilée que j'ai de lui. Je veux un verre d'eau, rien de plus.

Il me faut dix minutes pour traverser le jardin en boitant, Umlaut trottine à mes côtés, à peine visible dans l'herbe qui a trop poussé. Quand j'arrive dans la cuisine, la porte de la chambre de Ned est fermée. Il y a un message sur le tableau noir, de la main de papa, qui demande à Thomas de rappeler sa mère. J'aperçois sur la table un pain déformé. Cette année, on a surtout mangé des céréales, par poignées, à même la boîte. Moi et papa, on ne s'est pas assis tous les deux seuls à la table géante pour le petit déjeuner. L'espace vide où Grey aurait du être ne faisait que souligner l'absence de Ned, et le fait que maman aurait toujours dû être là.

C'est comme si Grey avait laissé derrière lui un trou plus énorme encore.

— De plus en plus bizarre, dis-je à Umlaut alors que je m'assois devant la miche de pain.

— Qu'est-ce qui est bizarre, Alice ?

La voix de Thomas derrière moi me fait sursauter, mon cœur fait un bond dans ma poitrine. J'en tombe presque de ma chaise. Thomas sort de la douche, ses cheveux noirs sont encore humides, il est pieds nus, il porte un gilet par-dessus son tee-shirt. Il a l'air *propre*. Je passe discrètement la langue sur mes lèvres sèches.

Thomas me salue timidement de la main et disparaît derrière la porte du frigo, maintenant constellée de photos et d'aimants, œuvre de Ned. Je passe en revue les changements qui sont survenus chez lui. À l'époque, il m'arrivait aux épaules, il était potelé et ses lunettes épaisses lui faisaient des yeux de poisson. Maintenant, il est grand et il a des *bras*. Bien sûr, il avait déjà des bras avant, mais pas comme ça. Pas des *bras* auxquels on pense en italique.

Je me redresse sur ma chaise. Thomas se retourne, les bras chargés. Il ne dit rien, sourit légèrement et dispose devant moi du beurre, des pots de confiture, de la sauce Marmite et du beurre de cacahouètes.

— Tu veux du thé ?

Il est tout sourire, à présent, la main suspendue au-dessus des tasses. Une seule nuit, et le voilà déjà chez lui. *Évidemment*, me dis-je : il habitait presque ici. Entre les rugissements de Grey, l'attitude de Ned et l'approche hippy de papa quant à son rôle parental (« Tu veux du chocolat ? Heu… t'as qu'à prendre la boîte. ») Thomas et moi passions la plupart du temps de mon côté de la haie. C'était beaucoup plus intéressant (sans parler du fait que son père nous hurlait dessus).

Thomas remplit la bouilloire. Le silence règne. Il va falloir pourtant qu'on l'ait, cette discussion – il ne peut pas revenir après être parti et demander simplement : « Tu veux du thé ? » En fait, Jason a fait pareil. Ned aussi. C'est ce que font les garçons.

Thomas coupe le pain en tranches et attend que l'eau bouille. Je jette un regard vers lui quand il a le dos tourné, ajoutant des détails à mon dossier : Thomas a des poils aux doigts de pieds ! Thomas porte des lunettes de hipster ! Thomas est *branché*. Avec sa coupe de cheveux rétro – trop courte sur les côtés, de belles boucles sur le dessus – et son tee-shirt imprimé d'une marque de café bio confidentielle. Et son gilet. C'est une vraie trahison. Comment ose-t-il avoir évolué en mec *cool* ? Comment a-t-il pu grandir, d'ailleurs ?

Il pose sous mon nez une pile de tartines et une tasse avant de s'asseoir en face de moi avec une expression qui veut dire : « Nous voilà. » Comme si cinq ans, ce n'était rien.

Le thé est d'une parfaite nuance de brun. Ma tartine est à peine brûlée, comme je les aime. C'est rageant, qu'il ait tout accompli à la perfection. Je repousse la sauce Marmite et j'étale du beurre sur mon pain. Je croque une bouchée et laisse échapper un soupir de ravissement involontaire.

Lorsque je relève la tête, Thomas est en train de m'observer. Il semble perplexe.

— Quoi ? dis-je en époussetant les miettes de mon menton, soudain consciente de mes cheveux gras, de mon pyjama crado et du fait que je ne porte pas de soutien-gorge.

Dès que cette pensée me traverse l'esprit, mon cerveau se met à répéter : *poitrine, poitrine, poitrine*. Je rougis.

— Rien, dit-il en secouant la tête. Hier. Au Book Barn.

Sa voix est plus grave que le jour où il est parti, et son accent n'est pas tout à fait canadien. Apparemment, mon cerveau a décidé de continuer sur sa lancée indécente car je me dis : sa bouche doit avoir un goût de sirop d'érable. *Wie bitte ?*

— Ton père m'a dit que c'était la première fois que tu t'y rendais depuis un moment ? À la librairie.

Thomas est toujours en train de parler. Il faut que je me concentre.

Ça doit lui faire tout drôle. Le Book Barn a toujours été notre refuge contre la pluie. On s'y échappait quand ses parents se disputaient – surtout dans ces moments-là, quand son père passait sa colère sur Thomas – ou alors, quand Ned refusait de jouer avec nous. On sortait du village à vélo, et Grey nous recueillait tant qu'on n'était pas trop bruyants. Je ne sais quoi lui répondre, alors j'enfourne un morceau de tartine dans ma bouche.

— Je vois. Désolé. Comment...

Thomas lève immédiatement un doigt comme pour dire « attends ». Il fouille dans sa poche et en sort son inhalateur, inspire deux fois dedans avant d'ajouter :

— Comment tu te sens ce matin ?

— Hein ?

Je suis décontenancée – j'avais oublié qu'il faisait de l'asthme. J'ajoute mentalement un morceau de scotch à ses lunettes, et mes souvenirs se réarrangent dans ma tête. Le Thomas d'avant et celui-ci commencent à fusionner.

— T'es tombée de vélo, tu te souviens ? me rappelle Thomas. On va pouvoir passer un peu de temps ensemble. Ned m'a dit de te dire de prendre ta journée. Il t'a écrit un faux mot.

Ned a dit quoi ?!

— Ça va.

J'ai tellement pris l'habitude de mentir cette année, que je réplique « ça va » quoi qu'il arrive.

— D'ailleurs, t'as vomi. T'avais pris quelques pilules... de morphine. T'as dit qu'il y avait des étoiles qui me sortaient de la tête.

Thomas agite les bras en parlant, comme s'il jouait avec des battes invisibles. Il faisait toujours ça quand il était content, ou qu'il avait peur, ou qu'il était anxieux. J'ignore ce qu'il ressent aujourd'hui. Mon cerveau tente de se mettre à jour : *de la morphine ?*

— On t'a mise dans la voiture. Ton père a marmonné en allemand sur tout le chemin, et puis pouf ! T'as dégueulé sur mon pantalon. Entre ça et ta jambe ensanglantée, c'était comme le jour de mon départ. Tu te souviens ? La capsule témoin ?

Thomas interrompt son monologue de fou – il a prononcé plus de mots en une minute que je ne l'ai fait en dix mois. Et je n'arrive pas à suivre. Une capsule témoin, comment ça ? Il me regarde. Ses yeux sont marron, couleur de terre, avec une marque sur l'iris droit, comme une tache d'encre. Comment ai-je pu oublier ce détail ?

— T'avais les cheveux courts ce jour-là, dit-il comme s'il plantait un drapeau sur la lune en prouvant qu'il me connaît.

Mais si tout ce qu'il a, c'est une ancienne coupe de cheveux et la cicatrice dans ma main, alors j'avais tort. Il ne me connaît absolument pas.

— G, dit Thomas en penchant la tête. Tu crois que cet e-mail...

Écran noir.

Je ne sais pas comment je pourrais décrire le phénomène autrement. Un instant, Thomas a la tête inclinée, une tasse dans la main, et il parle d'un e-mail. Puis il y a comme une déchirure dans l'air, pendant quelques secondes. Du cellophane se détache à l'autre bout de la pièce. Je vois ce qu'il y a en dessous : tout a l'air exactement pareil, sauf que l'horloge avance d'une minute, et Thomas tient une tartine, et il rit : ses épaules et ses cheveux bouclés s'agitent. Il dit :

— OK. Alors, qu'est-ce qu'on va faire cet été ?

C'est comme si j'avais sauté un morceau de temps. Pas un gros morceau. Imaginez un DVD rayé qui a du mal à restituer une scène. Je crois que je suis la seule à remarquer ce bug, ce qui me rappelle l'idée qui m'est venue hier à propos de mon voyage dans l'espace : cette affaire ne concerne que moi. Moi et Grey. J'ai fait quelque chose qui a un effet « *Eternal Sunshine* » sur la temporalité.

Thomas attend ma réponse, comme si de rien n'était. Je ne sais pas – peut-être qu'il ne s'est rien passé. Peut-être que toutes ces choses, et les trous de ver, c'est uniquement dans ma tête. L'effet de cette supposée « morphine ». Est-ce que c'est un mot d'argo canadien ? Grey avait la médecine moderne en horreur – une fois, on l'a surpris en train de pêcher des sangsues dans l'étang du village, et je ne l'ai jamais vu prendre ne serait-ce qu'une aspirine – alors je pense plutôt que c'était une drogue naturelle ou une herbe super forte.

— G, répète-t-il en appuyant du bout du doigt sur ma jambe intacte. Cet été, on va faire quoi ?

— Faire quoi ? je répète sous le coup de l'incrédulité et de l'agacement. Tu rigoles ? Tu peux pas disparaître dans la nature, puis revenir en pensant qu'on a déjà quelque chose de prévu entre nous.

— J'étais au Canada, dit-il d'une voix calme, en sirotant son thé.

— Quoi, le Canada ?

— C'est dans l'hémisphère nord. À environ cinq mille kilomètre à l'ouest d'ici ?

— Et alors ?

— C'est pas « la nature ».

Quelqu'un qui ne connaîtrait pas Thomas pourrait se méprendre et penser qu'il est calme. Mais il n'y a rien de plus rageant que quelqu'un qui refuse le conflit, et Thomas le sait très bien. Ce qui m'énerve au plus haut point.

— Peu importe. Je vais aller prendre un bain.

Je ne peux pas vraiment sortir d'un pas furieux, mais je sors le plus rapidement possible de la cuisine en boitillant. Une fois dans la salle de bains, je tourne le verrou et j'ouvre les robinets jusqu'à ce qu'un grondement de tonnerre s'en échappe. Je m'assoie au bord de la baignoire et je fixe le lavabo des yeux. Il y a quatre brosses à dents dans le pot, là où il n'y en avait que deux toute l'année. Du dentifrice au bicarbonate. Les produits pour cheveux de Ned sont partout, avec du déodorant pour homme et des bâtons d'encens. Au-dessus, sur miroir plein de buée un doigt a tracé le logo du groupe de Ned.

Sous mes yeux, la vapeur se met à pixéliser. Et même si la nouvelle image ne s'est pas encore formée, lorsque cela se produira, je sais où elle m'emportera. Il est temps de l'admettre.

Peu importe ce que j'ai dit à Mme Adewunmi – à propos de théories et d'hypothèse – le miroir, le baiser de Jason, la galaxie dans le ciel d'hier, même Thomas et moi au Book Barn. Ce sont tous des trous de ver. De véritables tunnels vers le passé.

{2}
TROUS DE VER

*À un milliard d'années-lumière de distance, un trou noir de Shwarzschild a exactement la même apparence qu'un trou de ver. Ils sont identiques.
Notre univers lui-même pourrait être à l'intérieur d'un trou noir, qui existerait dans un autre univers, contenu dans un autre, des univers imbriqués les uns dans les autres comme des poupées russes.*

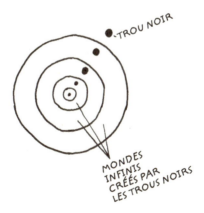

Mondes infinis, univers infinis. Possibilités infinies.

Jeudi 10 juillet

[Moins trois cent douze]

Quand je sors de mon bain, je trouve Thomas recroquevillé dans le salon. Il dort – Umlaut aussi, sous le gilet de Thomas. Ses lunettes, pliées, reposent sur le bras du fauteuil ; sans elles, c'est encore plus difficile de superposer ce trouble-fête aux pommettes saillantes avec le garçon au visage rond d'autrefois.

Il y a un ordinateur portable sur la table. Je suppose que papa ne l'a pas prévenu qu'on habite la seule maison sans wi-fi de toute la planète. « Garde tes cartes magnétiques et tes hoverboards pour toi, mon gars » me disait Grey quand je réclamais une connexion internet digne de ce nom. « Parle moi un peu du cosmos. Quoi de neuf en astrologie ? » « Astronomie » le corrigeais-je. Et on se lançait dans un débat sur le statut de planète de Pluton… c'était Gaïa contre Galilée.

Une part de moi veut réveiller Thomas et lui demander de disparaître. Mais je passe devant lui en boitant à toute vitesse, direction la cuisine, où je prends une boîte de céréales. Je passe le reste de la journée dans ma chambre.

Mais si je compte décrypter les trous de ver – et cette histoire d'écran noir ! – je ne peux pas continuer à jouer les ermites. Le lendemain matin, je dissimule mes bleus sous un jean et une chemise en flanelle à manches longues, et je vais trouver papa assez tôt pour qu'il puisse me conduire à l'école. Sur la route, je lui confies une idée : je pourrais travailler au Book Barn pendant les vacances.

— Très bonne idée, dit papa. En même temps que Thomas ?

J'en avale presque ma langue. Thomas va aider à la librairie ?

— Heu, on devrait peut-être avoir des horaires différents. Comme ça, tu aurais plus d'aide, je suggère avant d'ajouter comme une arrière-pensée : Je suis sûre que Ned aussi voudra mettre la main à la pâte.

Et toc ! T'as mis des photos de maman partout dans la maison, moi, je te fais travailler les vendredis.

À mon grand plaisir, papa approuve, et je lui propose généreusement de faire le planning pour tout le monde.

— Téléphone-moi quand tu seras prête pour que je vienne te chercher, dit-il en me déposant.

Ce n'est qu'après son départ que je me souviens : mon téléphone est cassé.

Après mon cours de maths, je vais chercher les deux livres que j'ai réservés et je passe mon heure de déjeuner à la bibliothèque, à imprimer des diagrammes et à chercher des théorèmes mathématiques sur internet. Lorsque j'ai épuisé le temps qui m'est imparti à l'ordinateur, je range mes feuilles et je me réfugie dans un coin. Je sors le journal de Grey de mon sac et je relis ses mots sur cette soirée de la mi-été.

Je suis sur le point de lire autre chose à propos de l'été dernier. Mon cœur va en souffrir. Des miettes de mon sandwich tombent sur la page – je préférerais manger de la *kartoffelsalat*, plutôt que ce cheddar entre de deux tranches de pain de mie rassis. Je chasse les miettes, et je parcours le jour suivant, puis une semaine, quinze jours plus tard :

*R
ENIVRÉ PAR LES PIVOINES. DES NUAGES DE FLEURS EXPLOSENT PARTOUT DANS LE JARDIN.
GOTTIE EST AMOUREUSE.

Je m'étrangle avec mon sandwich. Grey savait ?
Cette fois-ci, je sens le trou de ver arriver avant de le voir, comme un chatouillement dans l'air. Le son de l'univers en expansion. Je me redresse, je me tiens aux étagères en boitant dans l'allée, parcourant les tranches des livres du regard. Latimer, Lee, L'Engle. Lorsque je sors *Un raccourci dans le temps*, j'entraperçois un morceau de neige télévisuelle, l'odeur du sel, et je…

───────────

Jason m'attend quand je sors de mon bain de mer.
Il fait beau, ses yeux sont du même bleu que le ciel. Cette partie-là de la plage est déserte. Seuls les habitants d'ici vont aussi loin, et nous sommes lundi.
— Salut Margot, dit-il alors que je m'assois à côté de lui. De rien, au fait.
— Hein ?
Je secoue la tête d'un côté, pour essayer de faire sortir l'eau de mon oreille.
— Je t'ai gardé tes affaires, précise-t-il avec un grand geste. Enfin, toi, tu t'inquiètes pas des voleurs, mais…

Mes « *affaires* » : une biographie de Margaret Hamilton (l'ingénieure informatique, pas la sorcière). Une serviette. Un tas de vêtements. La clef du cadenas de mon vélo. Mais c'est gentil.

— On est à Holksea, fais-je remarquer. C'est moi *la plus dangereuse dans le coin*.

Il rit :

— C'est vrai que t'es dangereuse. Surtout dans ce bikini.

Je ne sais pas quoi répondre à ça. C'est le même que j'ai toujours porté, mais les seins qui le remplissent sont tout neufs, livrés en colis express il y a deux mois. Depuis, Sof essaye de m'enseigner la différence entre un bonnet B et une brassière.

La réponse la plus simple, c'est de l'embrasser... Le soleil est chaud sur ma peau et la mer scintille au loin. Je ferme les yeux et on tombe dans les bras l'un de l'autre. Mes lèvres sont salées, mon visage, froid et mouillé, nos bouches sont chaudes. J'ai envie de me coucher sur lui. Mais Jason se détache de moi.

— Écoute, me chuchote-t-il en caressant mes cheveux mouillés pour réarranger mon chignon habituel. On devrait peut-être pas faire ça ici... Quelqu'un pourrait nous voir.

— Qui ça ? Le réseau criminel bien connu d'Holksea ?

Jason sourit, puis pousse un soupir, s'étire et se laisse tomber sur le sable. Je ne sais jamais si j'ai fait quelque chose de mal ; son humeur va et vient comme la marée.

— Allez...

Je me penche sur lui, mon visage près du sien, j'essaye de l'embrasser à nouveau.

— Ned se mettrait à jouer les grands protecteurs, murmure-t-il. T'es plus jeune que moi. Il nous surveillerait à toutes les fêtes et s'assurerait qu'on soit jamais seuls.

Je suis sûre que Sof désapprouverait si elle savait pour Jason : il a deux ans de plus que moi. Il fait partie d'un groupe de musique. Je n'ai jamais eu de petit ami, et Jason n'est pas vraiment ce qu'il faut pour une première relation. Elle désapprouverait, *si je lui faisais part de cette conversation. C'est pour ça que je ne lui dirai rien.*

Même si l'école est finie et que nos choix sont de plus en plus limités – on a déjà reçu des courriers à propos de l'université –, c'est étrange, mais au contraire je sens que mes horizons s'élargissent. Je change. Je veux m'étirer comme un arbre s'étend vers le soleil, le monde au bout des doigts. Et l'amitié de Sof commence à ressembler à une cage. Elle voudrait que je reste exactement comme je suis.

Jason passe ses doigts sous la bretelle de mon bikini, sa main caresse ma peau là où elle n'a pas bronzé. Il a raison pour Ned. Le style vestimentaire années soixante-dix de mon frère reflète sa vision de la différence des sexes, quand il s'agit de moi. Et j'aime la bulle dans laquelle on vit. Ce club privé.

— Gardons ça secret, dis-je comme si c'était mon idée. Pour l'instant.

Je rentre chez moi sur les ailes de cette promesse entre nous.

… je ne suis plus assise par terre dans la bibliothèque. Je traverse le parking de l'école, et je fonce droit sur Sof. Merde.

Je lui fais un coucou de la main, et je trébuche de surprise, puis j'essaye de dissimuler ça en boitant. Le temps a passé dans la vraie vie, exactement comme pendant ma colle ou avec le trou de ver de la chambre de Grey. C'est l'opposé de ce qui se produit dans Narnia.

Sof est assise sur le mur, dans sa robe d'été, en train de siroter un truc mousseux tout vert. Une potion magique aux germes de blé. Ses cheveux sont un nuage de boucles qui s'agitent à mon approche. C'est peut-être pour me dire bonjour.

Je secoue la tête en échange, et tente de me concentrer sur le présent. Je me hisse à côté d'elle, pleine de sueur dans mon jean. Mes pensées sont encore avec Jason. Je me souviens de ce que je ressentais pendant ces premiers jours avec lui. Mon cœur s'élargissait de minute en minute pour laisser place à une centaine de nouveaux sens, au point que j'avais l'impression d'être sur le point d'exploser. Il me faut un moment pour reprendre mes esprits et trouver quoi lui dire. Je me décide finalement :

— Ça te dérange pas si je prends le bus avec toi ?
— Bien sûr que non, dit-elle, méfiante mais ravie.
Puis quelques secondes plus tard, elle ajoute :
— Tu ne prends pas ton vélo ?
— J'ai fait une chute hier.
— Ah, merde. Mais ça va ? dit Sof en se tournant vers moi.

Je lui montre ma cheville.
— Aïe. Tu devrais mettre de l'arnica.
Je la reconnais bien là. Toujours à donner des conseils sans qu'on lui ait rien demandé. Mais elle dit ça pour bien faire, et c'est le genre de remède aux plantes que suggérerait Grey, alors quand elle me demande comment c'est arrivé, j'explique :

— J'ai pris le tournant de Burnham trop vite. C'est pas si grave.
— T'es allée au Book Barn ? demande-t-elle d'un ton léger, comme si de rien n'était.

Elle arrache une feuille de son carnet de croquis pour faire un origami de ses doigts habiles. Elle ne sait pas que je n'y étais pas allée depuis septembre.

— Ouais.

Un silence s'installe, ce qui n'arrivait jamais entre nous. Avant, on parlait sans cesse, de tout : des garçons, des filles, de nos devoirs, des possibilités infinies de l'univers, du meilleur parfum de milk-shake pour tremper ses frites, du fait de laisser Sof me faire une coupe au bol.

À la recherche d'un des livres que j'ai emprunté – *La Machine à explorer le temps* de H. G. Wells – je fouille dans mon sac et vois qu'un muffin à la cannelle s'y est matérialisé à partir du dernier trou de ver. Sof me donne un coup d'épaule. Elle ouvre et referme son origami : c'est une cocotte.

— C'est quoi, cette odeur de Noël qui s'échappe de ton sac ? demande-t-elle. Peu importe. Choisis une couleur.

— Jaune.

— OK.

Sof agite la cocotte et déplie le carré, puis affiche une fausse expression de surprise.

— Gottie viendra à la plage ce dimanche.

Les grandes vacances commencent ce week-end, et on passe toujours les dimanches à la plage. Qu'il pleuve ou qu'il vente, que Ned et sa bande soient ou non de la partie. C'est une des traditions de notre amitié, comme quand on invente des noms de groupe débiles et les titres de chansons qui vont avec, ou qu'on regarde le même film en même temps en s'envoyant des textos. Sauf qu'on n'a fait aucun de ces trucs-là cette année. Sof saisit ce voyage en bus comme une occasion rêvée de faire la paix.

— D'accord.

Puis j'ouvre mon sac et saisit le muffin mystérieux. Il est un peu écrasé, mais je le brandis en guise de gage de réconciliation.

— Tiens, je crois que c'est Ned qui l'a fait.

Mon frère, c'est le héros de Sof, parce qu'il chante sur scène et qu'elle voudrait se lancer elle aussi, mais qu'elle est trop timide. La moitié des noms de groupe qu'elle invente, c'est pour attirer son attention – quand elle a trouvé « Fingerband », Ned lui a tapé dans la main, et elle ne l'a pas lavée pendant une semaine.

— Tu manges de la farine blanche maintenant ?

Je lève la tête. Megumi Yamazaki est plantée devant nous, et fronce le nez en voyant le muffin. C'est dans son déjeuner que Thomas avait planqué la méduse. Sa famille a déménagé plus loin sur la côte, à Brancaster, alors on est allées dans des collèges différents, mais je l'ai aperçue plusieurs fois cette année. Si Sof a un style années cinquante, elle, elle est plutôt sixties, tout droit sortie d'un film de la Nouvelle Vague : tee-shirt rayé, cheveux courts et short mini.

— Meg, tu te souviens de Gottie ? Vous étiez pas à la maternelle ensemble ? Et maintenant... dit Sof en agitant la main pour marquer la transition... on a théâtre ensemble. Moi je m'occupe des décors, et Meg, c'est la star.

Elles se dévorent du regard. Est-ce le nouvel amour de Sof ? On dirait que c'est réciproque. Et je ne peux pas lui en vouloir de ne rien m'avoir dit. Meg ajoute :

— J'essaye de la convaincre de monter sur scène, mais tu sais quoi ? Elle a le trac !

Heu, oui, je suis au courant. Elle n'a jamais fait que du karaoké dans ma chambre.

Le bus arrive. Il s'arrête lentement, mais Sof sautille quand même sur place en lui faisant des signes. Grey la taquinait toujours : « T'es sûre que t'es une hippie, Sofia ? Faut te détendre un peu. »

Je monte en traînant la patte à la suite de Meg et Sof. Elles sont déjà confortablement installées l'une à côté de l'autre, les jambes repliées sous elles. Je m'affale en face d'elles. Meg sort son iPod. J'espère qu'elle va écouter sa musique et nous ignorer, mais elle fourre un écouteur dans son oreille, l'autre dans celle de Sof.

— Désolée, explique Sof. C'est notre tradition dans le bus.

Je hoche la tête, m'efforçant de respecter leur intimité. Elles se chuchotent des trucs. Je croque un morceau de

muffin : il a un goût d'automne, même si le soleil brille de tous ses rayons.
— Sof, on va voir les Fingerband, demain ? murmure Meg.
— Ned est le frère de Gottie, lui rappelle Sof en me jetant un regard.
Je ne savais pas que le groupe donnait un concert.
— Ah oui, dit Meg.
Elle se penche sur Sof et détaille ma tenue. Elle doit se demander comment je peux être de la même famille que Ned. Pour lui, un imprimé léopard est une couleur unie.
— Tu vas aller à la répétition ? Cette fête de fin d'été va être géniale, non ? Est-ce que le grand-père de Ned a vraiment sacrifié une chèvre, une année ?
Ces paroles provoquent une explosion dans ma tête. Tous les ans au mois d'août, Grey organisait une « bacchanale » dans le jardin. L'année dernière, il s'était fait des couettes et avait demandé à Ned de sortir le piano dehors pour pouvoir jouer *Der Flohwalzer* au milieu des rhododendrons. Comment Ned peut-il organiser une pareille fête ?
— Tu connais Jason, alors ?
Meg ne fait que poser des questions, sans attendre les réponses. J'ai envie de lui demander comment *elle* le connaît, quand est-ce qu'ils se sont parlé, pourquoi elle n'est pas certaine qu'on se connaît, suis-je toujours un secret ?
— C'est vrai qu'un garçon va emménager chez Ned ?
Merde. Sur Sof, le retour de Thomas n'a pas le même impact, elle a emménagé ici l'année de son départ. Mais elle sait de qui il s'agit. J'ai passé les six premiers mois de notre amitié à me lamenter sur son étrange disparition. Je ne sais pas si tout ça veut dire qu'on est de nouveau amies, mais à sa façon de pivoter la tête vers moi comme une chouette, je constate qu'elle pense que j'aurais déjà dû lui en parler.
Trop tard. Rouge comme une tomate, je lui annonce :

— Euh... Thomas Althorpe est de retour. Depuis hier.

Meg fronce le nez. Elle n'est pas au courant. Elle continue d'envoyer des textos, de bavarder et de mettre les pieds dans le plat, tout ça en même temps.

— Thomas, de la maternelle ? Il va vraiment vivre dans la chambre du grand-père de Ned ?

J'aurais *vraiment* dû dire qu'il occupe la chambre de Grey.

Sof reste silencieuse une longue minute, puis se tourne vers Meg d'un air déterminé et dit :

— Les Romantiques de la grammaire.

Meg ne réagit pas. Elle pianote sur son téléphone, ses bagues scintillent au soleil.

— Un collectif de hip-hop féminin, développe Sof en lui flanquant un coup d'épaule. On fera du rap sur des histoires d'amour et sur la ponctuation.

Dans le temps, j'inventais des paroles, ou une mise en scène. Mais visiblement ce n'est pas ce que veut Sof. En jouant à *notre* jeu avec Meg, elle veut marquer un point.

Meg fronce les sourcils, replaçant gracieusement son téléphone dans la poche ultra serrée de son short.

— Mais de quoi tu parles ?

Sof ne me regarde toujours pas, mais je *sens* son énergie dirigée vers moi. Le bus en vibre presque. Lorsque je ne peux plus supporter cette tension, je m'adresse au siège en face de moi :

— Elle m'a trompée, la ridicule. J'l'abandonne comme une particule.

Silence.

Puis :

— Peu importe, râle Sof à l'adresse de Meg.

Le regard de Meg passe de Sof à moi, perplexe. *C'était mon amie en premier !* ai-je envie de hurler comme une gamine de cinq ans. *Je suis la seule qui ait le droit de savoir qu'elle a le trac ! Elle dit à tout le monde que c'est à cause de ses végétations !*

Grey dirait que je n'ai aucun droit là-dessus.

Je me remets à regarder le paysage flou par la fenêtre, tout de vert et d'or. Quelques minutes plus tard, les couleurs forment à nouveau des arbres et des champs, et le bus s'arrête à Brancaster.

— Je descends là, dit Meg en se levant. Sympa de te revoir, Gottie. On va aller à la plage dimanche. Tu devrais venir.

C'est une invitation à quelque chose dont je fais déjà partie et j'ai le sentiment d'être rejetée.

Meg descend l'allée d'un pas insouciant. Sof se lève aussi en faisant un geste vers elle.

— Je... On... projet artistique, marmonne-t-elle avant de laisser tomber un truc sur mes genoux. Pour toi.

Elle fonce dehors. Par la fenêtre, je la vois qui rattrape Meg, sa robe à pois virevolte. Le bus s'éloigne et je regarde ce qu'elle m'a donné : la cocotte en papier. Sous chaque pli, elle a écrit : *Tu te rappelles quand on était amies ?*

Rentrée à la maison, je trouve Thomas et Ned en train de jouer au Scrabble, version Grey : sans le plateau. Les mots s'étalent dans les pâquerettes. Je crois lire D-E-S-t-I-N-É, mais ça pourrait tout aussi bien être D-E-N-S-I-t-É.

Thomas sourit en me voyant.

— G, dit-il. Tu veux...

— Nan.

Je passe devant eux en traînant ma jambe douloureuse. Soudain, sans raison, je suis furieuse. Je voudrais remonter le temps. Qu'on me laisse revivre cette année. Parce que je suis certaine que j'ai merdé.

Par deux fois déjà, je suis allée retrouver Jason dans un trou de ver – et en même temps, la fille que j'étais il y a peu.

Le monde essaye de me communiquer quelque chose.

Je prends un stylo et j'écris sur le mur à côté de mon lit, en gros, au marqueur noir :

$$\langle e_\mu, e_\nu \rangle = \eta_{\mu\nu}$$

C'est le continuum espace-temps de Minkowski. Un défi lancé à l'univers. J'attends l'arrivée de l'écran noir, comme hier à la cuisine, ou encore un autre trou de ver. N'importe quoi qui m'emporterait loin de cette réalité archi nulle.

Rien.

Vendredi 11 juillet

[Moins trois cent treize]

Vendredi soir, on mange du fish and chips dans le jardin, à même l'emballage papier. On trinque à l'arrivée de Thomas avec nos tasses de thé.

Je grignote les frites, parlant à peine, sauf pour demander le ketchup.

Et puis, papa annonce la nouvelle : Thomas va travailler à la librairie les mardis et jeudis.

— Jusqu'à ce que ta mère arrive. Oh, et Ned, ajoute-t-il. Gottie a suggéré que tu travailles les mercredis et vendredis.

Ned me lance un regard noir. J'affiche un air innocent :

— Je me suis portée volontaire pour les samedis.

J'espère à moitié que Ned va éclater de rire et jurer vengeance comme un gamin, mais notre connexion frère-sœur est rouillée.

— Hmmm, dit-il avant de bombarder Thomas de questions sur la scène musicale de Toronto.

Il cite des milliers de groupes de métal canadien, et demande à Thomas s'il les a vus en concert. Il répond principalement par la négative. J'ai le sentiment que Thomas n'est pas aussi branché que ses tee-shirts voudraient nous le faire croire. Ned ne mentionne pas la fête.

Il finit par se rendre à sa répétition de Fingerband, les cheveux pleins de laque. Papa retourne à l'intérieur l'air de rien, marmonnant vaguement « ne veillez pas trop tard », et il rappelle à Thomas de passer un coup de fil à sa mère.

Il n'y a plus que lui et moi. C'est la première fois qu'on est seuls depuis notre dispute d'avant-hier. Je refuse de m'excuser.

La nuit tombe, les chauves-souris font leur apparition, volant d'arbre en arbre, à la recherche des insectes qui ne sont pas encore sortis.

Je relève les genoux sous mon menton et entoure mes jambes de mes bras, consciente de ma taille d'ado. Sans le bavardage incessant de Ned, le silence est palpable. Quand Thomas et moi on était petits, on pouvait rester silencieux pendant des après-midi entiers, côte à côte, main dans la main dans un arbre, derrière une forteresse de coussins, dans notre tanière, sans fin. (Le contraire de Sof et moi l'an dernier.) Il était inutile de chercher à quoi l'autre pensait, on communiquait par télépathie.

Je lance un regard vers Thomas, qui tient un morceau de poisson en l'air devant Umlaut. Ce silence est insupportable. Il s'ennuie, il préférerait être resté à Toronto pour parler à une fille qui elle, lui répondrait. Une fille *cool*. Sa copine canadienne canon qu'il aimerait appeler pour lui dire à quel point son amie d'enfance est étrange.

On commence à se faire dévorer par les moustiques. Thomas éternue. Et une fois de plus. Encore.

— G, dit-il en reniflant après avoir pris une bouffée de son inhalateur. C'est le pollen de fin de journée. Tu veux bien qu'on aille à l'intérieur ?
— Heu, d'accord.
Je me lève, une femme géante qui se déplie. Thomas est encore sur l'herbe. Le gilet vert mousse d'aujourd'hui a l'air tout doux. Il se relève à son tour. J'aperçois un instant son ventre au-dessus de son jean. Il se tourne vers les arbres, et non vers la maison. Ah. Il veut qu'on aille dans *ma* chambre.
— Je me suis demandé... dit-il pendant que nous traversons le jardin. Je voulais te demander depuis le début de la semaine : depuis quand tu vis dans la cabane ?
— Depuis cinq ans ? dis-je, comme si c'était une question.
Je repousse une ronce. Pour moi, les années qu'il a ratées sont celles qui comptent. J'ai eu mes règles, mon premier soutif. J'ai terminé le collège, j'ai fait l'amour. J'ai été amoureuse. Je n'ai pas toujours pris les meilleures décisions.
Je suis allée à un enterrement.
— Environ six mois après ta disparition, j'explique sèchement. Le délire de Ned c'était de péter sans arrêt. Alors Sof – mon amie Sofia Petrakis, elle a emménagé à Holksea juste après ton départ – m'a encouragée à réclamer mes droits pendant un repas. Une chambre à soi, par exemple.
Une fois devant le pommier – qui, heureusement, ne porte plus de sous-vêtements – Thomas s'arrête, et tente de détacher un fruit pas encore mûr de sa branche noueuse. Je m'appuie sur le tronc en face de lui, l'air entre nous tout vibrant de moucherons.
— Incroyable, dit-il en levant la tête. La voilà...
Thomas pousse un cri de surprise et la jeune pomme qu'il tient se détache. En se rétractant la branche nous arrose de morceaux d'écorce poisseux et couverts de mousse, et Thomas trébuche vers moi.

— Oups.

Il fourre la pomme dans la poche de son pull et me regarde, mort de rire. Son visage est maculé de trucs dégueu. Le mien doit l'être aussi.

— Désolé, dit-il d'un ton ironique. Je t'ai fait des taches de rousseur végétales.

Les véritables taches de rousseur de Thomas, sous l'écorce, sont à peine visibles, transparentes, comme des étoiles dans le brouillard. Il tire sur la manche de son gilet pour s'en couvrir la main et la lève vers mes joues. Je retiens ma respiration. Que s'est-il passé sous cet arbre il y a cinq ans qui le pousse au silence ?

Toutes les étoiles du ciel s'éteignent.

Littéralement. La seule lumière dans le jardin est celle de la cuisine. Il n'y a ni lune, ni étoiles, ni réalité.

Thomas ne remarque rien. C'est comme si nous nous trouvions dans deux univers séparés : pour lui, tout est normal. Pour moi, le ciel s'est vidé. C'est un écran noir super géant.

Lorsqu'il baisse le bras et recule, toutes les étoiles reviennent. Tout ça n'a duré que quelques secondes – tel un raté de néon qui clignote.

— Et voilà.

Thomas me scrute, perplexe. En fait, peut-être que lui aussi a remarqué que le monde vient de redémarrer façon Ctrl+Alt+Suppr. Mais il dit juste :

— Tu sais, je pensais que t'aurais les cheveux courts.

Quoi qu'il vienne de se passer, ça n'est arrivé qu'à moi, c'est certain. Ou alors ça nous est arrivé à tous les deux, mais je suis la seule à l'avoir vu – nous étions tous les deux à l'opposé de l'horizon du trou de ver. Au point de non-retour. Je n'ose pas me demander de quel côté du trou je me situe.

— Eh ben, dit Thomas une fois dans ma chambre. Comme dirait Grey, c'est du délire.

Je me vautre sur mon lit. J'avais oublié que c'était si vide ici. Thomas étudie le dessus de ma commode : une brosse à cheveux, un déodorant, un télescope. C'est tout.

— C'est minimaliste, dit-il en détaillant la pièce.

Ça n'a pas toujours été aussi austère. Quand j'ai emménagé, Grey a peint le parquet, monté le lit, et m'a donné une lampe de poche en me conseillant de ne jamais porter de chaussures pour traverser le jardin. « Il est bon de sentir la terre entre tes doigts de pieds, Gottie, laisse-la te guider. » (Je porte toujours des baskets.) Papa m'a donné un billet de vingt, et Sof a joué les décoratrices d'intérieur. Je n'ai pas pu l'empêcher d'acheter des coussins et une guirlande lumineuse, et de mettre des autocollants sur mon placard.

Lorsque j'ai nettoyé la maison à l'automne dernier, je me suis débarrassée de presque tout le contenu de ma chambre. J'ai créé un espace vide. C'était comme une libération. Mais aujourd'hui, à travers le regard de Thomas, mon tableau nu où ne pend que mon emploi du temps du lycée me paraît bien triste. Il n'y a rien à voir, ici, rien qui montrer que j'existe. C'est là où je vis, où je respire, où je reste éveillée toute la nuit.

— Où sont les étoiles ? demande Thomas.

Il tourne en rond, scrute le plafond, tandis que moi, j'observe comment s'emboîtent les parties de son corps : ses *bras*, ses épaules, sa poitrine.

— Quoi ? dis-je une fois que je me rends compte que je suis censée répondre.

— Au plafond, dit-il en se tournant vers moi. T'as toujours eu des étoiles collées. Elles brillaient dans le noir. C'était magique.

— La magie du sulfate de zinc, je précise.

— C'était ça que je voulais dire par « les étoiles ». T'as compris toutes mes références, non ? Dans mon e-mail.

La
    chambre
        tourne
            à
                l'écran
                    noir
                        et
                            je
                                reste
                                    perplexe.

C'est la deuxième fois qu'il mentionne un e-mail – et une fois de plus le temps chancelle dès qu'il en parle. Je ne pige pas. Même s'il avait mon adresse mail, *moi* je n'en ai pas. J'ai tout effacé, après Jason. Et pourquoi Thomas m'enverrait-il un mail maintenant, cinq ans après ? Pour me prévenir de son arrivée surprise ? Ça voudrait dire que je lui pardonne. Mais je suis déterminée à lui en vouloir.

Mon cerveau refuse de tourner la page.

À présent, Thomas est assis sur mon lit, il continua à observer mon environnement. Il secoue les pieds pour retirer ses chaussures. Je suis perturbée par le fait qu'il se sente si à l'aise dans ma chambre. Il prend mon réveil sur le rebord de la fenêtre et se met à jouer avec.

— Qu'est-ce que c'est que ça ? demande-t-il en montrant l'équation sur le mur.

— Des maths, j'explique.

Et puis, comme il est évident qu'il s'agit d'un truc mathématique, je fais ma maligne et ajoute :

— C'est une équation.

— Ah ?

Thomas laisse tomber le réveil sur le duvet, me frôle en passant et avance à quatre pattes pour voir de plus près. J'aperçois sa chair à travers un trou dans sa chaussette. Je me suis trouvée nue avec Jason une douzaine de fois, on s'est même baignés tout nus, et là, c'est juste un orteil, mais étrangement, ça me paraît intime.

— Et qu'est-ce qu'elle fabrique sur ton mur ?

Je règle mon réveil et le remets à sa place, pendant que Thomas se laisse retomber sur les oreillers, comme chez lui.

— C'est un devoir pour l'école.

Je n'ai rien d'autre à ajouter – je n'ai aucune envie d'expliquer l'offre de Mme Adewunmi, je ne suis même pas certaine d'être intéressée –, mais Thomas attend que je développe.

— Je suis censée trouver ma propre théorie mathématique. Je travaille sur l'idée que le temps qu'il faudrait pour aller et venir dans un trou de ver paraîtrait plus loin à l'observateur qu'au voyageur. On en ressortirait très en retard.

— L'opposé de Narnia, dit Thomas en hochant la tête.

Il en a tiré la même conclusion que moi. Manifestation de notre télépathie.

— OK. T'as toujours été Mlle Astronaute, génie des Maths. Mais qu'est-il arrivé à toutes tes affaires ?

— J'ai plein de trucs, dis-je, tout de suite sur la défensive.

Je pointe du doigt les journaux de Grey, toujours empilés sur le bureau et… victoire !

— Regarde, il y a un bol de céréales sur ma chaise.

— Ah ! Un *bol* ! T'as besoin de t'entourer d'OBJETS. Ma chambre ressemble à une porcherie : des assiettes partout, des tasses. Il y a un poster des Maple Leafs, des livres de cuisine, un Puissance 4… J'ai des cartes postales de tous les lieux que je n'ai pas encore visités. Des feutres, des bandes dessinées. Quand tu entres, tu sais tout de suite : alors ce mec dessine, il veut voyager, il préfère Marvel à DC. C'est déjà beaucoup.

Je regarde ma chambre en pensant : *Non, c'est faux. Cela ne me dit pas si tu es jamais tombé amoureux, ou si tu détestes toujours les tomates, ou quand est-ce que t'as laissé tombé tes sweats pour des gilets. Cela ne me dit rien sur ce qui s'est passé après ton départ, ni pourquoi tu es revenu.* Mais il faut avouer, tout ce que j'ai, c'est les journaux de Grey, et les autocollants de Sof. La propriété des autres. Les Martiens seraient bien embêtés.

— Ma chambre est une capsule témoin de ma personnalité...

Les yeux de Thomas s'élargissent, il appuie sur les mots. *Bien sûr, une capsule témoin.* Comme celle qu'il a mentionnée un peu plus tôt cette semaine.

— ... de qui je suis aujourd'hui, poursuit-il. Thomas Matthew Althorpe, dix-sept ans. Les archéologues en déduiraient : il était bordélique.

Un silence s'installe. Je l'imagine aujourd'hui dans la chambre de Grey. Sans tous ses *objets*. Puis Thomas me donne un petit coup de sa chaussette trouée, et déclare sans transition :

— J'ai versé du whisky sur la moquette de Grey.

— Hein, quoi ? Mais pourquoi ?

— Un rituel. En sa mémoire. Parce que c'était sa chambre.

— Ouais...

— Je n'y avais pas réfléchi avant. Ton père m'a filé la chambre de Grey pour l'été, je n'avais pas envie de faire comme si c'était rien, emménager et m'approprier l'espace. Un rituel s'imposait.

— Du whisky s'imposait ?

— Exactement.

Il roule les manches de son gilet et mime le geste d'en verser. J'essaye de digérer ça. Non seulement Thomas comprend que son occupation de la chambre de Grey, *ce n'est pas rien*, mais en plus, il a pris le temps de faire un geste qui ressemble tant à Grey : verser du whisky sur la moquette, un mélange de superstition, de rituel et de foutoir.

— Ton retour n'est pas ce que j'imaginais.

— Tu croyais que j'allais te parler de sirop d'érable et d'élans, n'est-ce pas ? dit Thomas sans prendre mon commentaire au sérieux.

Il fouille dans sa poche, sort la pomme et une poignée de pièces. Il empile le tout sur le rebord de la fenêtre.

— Voilà, dit-il, ravi. La chambre de Grey avait besoin d'un coup de whisky. Ta chambre a besoin d'objets. Qui viennent tout droit du Canada. Et heu… de ton jardin. Une capsule témoin de toi-même : Margot Hella Oppenheimer, l'été de sa dix-huitième année.

Je me sens légèrement irritée. Ce sont ses affaires, pas les miennes : cela ne reflète rien de moi. Ma capsule serait pleine de silence, de mensonges, de regrets, et il me faudrait une boîte aussi immense que Jupiter.

— C'est quoi cette obsession avec les capsules témoins ?

— J'aime cette idée de conservation, explique-t-il. D'avoir quelque chose à dire. De déclarer « voilà qui je suis », même si nous ne sommes plus cette personne. J'en ai laissé une derrière moi à Toronto.

— Qu'est-ce que tu y as mis ?

— Des marqueurs. Des BD. Mes vieilles lunettes. Un porte-clefs pour ma voiture, que j'ai eue pendant à peine deux mois avant de la vendre pour venir ici. De toute façon je n'en ai plus besoin pour échapper à mon père. Voilà pour Toronto. C'est comme pour ça…

Il lève sa main gauche, et me montre sa cicatrice rose longue de cinq centimètres.

— Je n'ai plus douze ans, et on ne s'est peut-être pas parlé depuis des années, dit-il en me lançant un regard, mais j'ai toujours eu ça, pour me souvenir de ce jour-là.

Incroyable. Sa cicatrice est identique à la mienne. Je ne savais pas qu'il en avait une.

Ça ne veut pas dire pour autant qu'il me connaît.

— Je ne veux pas ouvrir notre capsule témoin, dis-je sans me soucier de savoir si on en a vraiment laissé une, de plus en plus agacée. Je ne veux pas me souvenir de mes douze ans. Alors quoi, t'as une cicatrice toi aussi ? Ce n'est pas une excuse pour ne pas m'avoir écrit !

Maman, Grey, Jason – aucune d'entre eux ne peut me répondre. Ça fait du bien de pouvoir enfin crier sur quelqu'un.

Thomas saute du lit et ramasse ses chaussures. Mes mots viennent de déloger les fossettes de son visage. Sa voix est aussi plate que le paysage quand il annonce :

— Tu t'es déjà dit que ça marchait dans les deux sens ? Que toi non plus, tu ne m'as jamais écrit ?

Une fois qu'il est sorti, à l'autre bout du jardin, les lumières de la cuisine restent allumées longtemps.

Je reste éveillée moi aussi. D'abord, je compte les pièces sur le rebord de la fenêtre. Il y a exactement quatre dollars quatre-vingt-dix-neuf cents. Puis je prends mon marqueur et je trace un cercle autour de l'équation de Minkowski, en écrivant dessous :

TROUS DE VER – DEUX INSTANTS EN MÊME TEMPS
ÉCRANS NOIRS – DEUX RÉALITÉS EN SIMULTANÉ

En haut du mur, j'inscris : *Le Principe de Gottie H. Oppenheimer, v 1.0*

Dimanche 13 juillet

[Moins trois cent quinze]

— Sainte-Môme de Beauvoir.
— Quoi ?
Je suis en train de surligner des passages d'*Une brève histoire du temps* et je n'écoute Sof que d'une oreille. Elle m'arrache le livre des mains. Mon stylo trace un zig-zag sur la page, une sorte d'éclair.
— Mais heu !
— Siphonne de Beauvoir mérite toute ton attention.
— Qui ça ?
Mon esprit est dans les trous de ver, pas sur la plage avec Sof. J'ai travaillé au Book Barn pour la première fois hier, avec papa et en évitant Thomas, et j'ai enfin réussi à dénicher tous les titres de la liste de Mme A.
Quand Sof a appelé la librairie pour faire la paix, je pensais que me pointer aujourd'hui serait assez. Mais elle tente à

tout prix de recréer la dynamique d'autrefois entre nous, sans s'apercevoir qu'il nous est impossible de retrouver le rythme, comme si le bonheur était une robe prête à porter. Ni l'une ni l'autre ne mentionnons sa cocotte en papier ou son mot.

Il fait gris et triste, l'air froid sent la pluie. Sof et moi, on allait toujours à la plage le dimanche, qu'il pleuve ou qu'il vente, mais Ned et sa bande ne se montraient que lorsque le soleil était au rendez-vous. Je me souviens d'avoir chuchoté à Jason, perplexe :

— Mais je croyais que vous étiez des goths ?

Il a rigolé en m'expliquant que les goths, les punks et les métalleux étaient complètement différents. Pas pour moi : ils portent tous du noir.

Il y a une éclaircie. Il viendra peut-être.

— C'est mon nom de scène, râle Sof en agitant mon livre devant mon visage. Soliste dans un groupe féminin de punk-disco. Des rugissements, des guitares, des paillettes et des paroles de la féministe Gloria Steinem.

C'est vraiment un genre de musique, le disco-punk ? Je renonce à reprendre possession de mon livre et je frictionne mes bleus à la crème d'arnica – le miracle homéopathique dont Sof parlait. J'en ai trouvé un tube tout neuf dans l'armoire à pharmacie. Avec, il y avait de l'huile de noix et un morceau de quartz rose. De la part de Ned. Lui et Sof jouent dans la même pièce, qui a pour thème « l'été dernier ». Moi, j'ai oublié mes répliques.

— C'est quoi, le nom du groupe ? je finis par demander.

— Accroche-toi bien, dit Sof en regardant par-dessus ses lunettes de soleil en forme de cœurs.

Elles sont assorties à son bikini rose. Si elle pouvait, elle transformerait sûrement ses points de chair de poule en cœur.

— La Sang-Fard.

— Berk, dis-je pour faire un effort. Tes chansons, elles parlent toutes de tes règles ?

Sof laisse échapper un petit rire et retourne le livre pour lire la quatrième de couverture.

— Zut. T'as pas de la lecture pour quelqu'un de normal ? Elle fouille dans mon sac, puis s'exclame :

— Eh ben, dis donc !

J'ai peur qu'elle vienne de découvrir le journal de Grey, mais elle sort mon exemplaire usé de *Pour toujours*.

— Ça, c'est *vraiment* hors cursus !

En fait, c'est un des deux seuls livres sur la liste de Mme Adewunmi qui étaient disponibles à la bibliothèque. Je suis même allée vérifier lors du dernier cours si elle voulait bien parler du roman de Judy Blume. Elle a ri en agitant un doigt à l'ongle doré, et m'a souhaité un bon été, en me demandant de lui écrire cette dissertation.

— Je n'ai pas lu ça depuis... une éternité. Qu'est-ce que tu fais avec ? dit Sof en feuilletant rapidement l'ouvrage et en murmurant pour elle même : Oh ! *Ralph*. J'avais complètement oublié. Ils sont vraiment bizarres, les hétéros.

— Je ne l'ai jamais lu.

— Mais pourquoi tu... NAN !

Son regard bondit sur moi.

— Tu couches avec quelqu'un, c'est ça ?

— Quoi ? Mais non ! Donne-moi ça, dis-je en reprenant mon exemplaire de *Pour toujours*.

Mais de quoi parle ce livre ?

— Gottie... Je plaisante ! Je *sais* que tu ne couches avec personne. Tu m'en aurais d'abord parlé, dit-elle d'un ton supérieur, sûre d'elle. OK, je vais me chercher un verre.

Elle se lève et enfile sa robe.

— Tu pourrais me rapporter une glace à l'orange ? je lui demande même si elle n'a rien proposé.

Ce n'est pas un temps à manger de la glace, mais je n'ai pas petit-déjeuné.

Elle tend la main pour prendre mon argent, et je l'entends chanter à tue-tête : « T-A-M-P-O-N... » alors qu'elle s'éloigne sur la plage. Il n'y a personne d'autre en vue.

Je rouvre tout de suite *Une brève histoire du temps*, et j'essaye de comprendre les deux parties de la théorie des cordes. 1 – Les particules sont des boucles unidimensionnelles, et non des points. 2 – Il y a des cordes d'énergie tendues dans l'espace-temps.

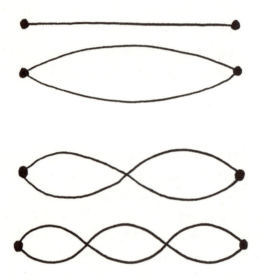

Grey insistait pour dire que le terme était « cordes cosmiques », et qu'il faisait référence à une harpe géante dans le ciel. S'il a raison, alors l'univers est désaccordé.

Je lève la tête quand quelqu'un fait écran devant mon soleil.

— C'était rapide, tu...

Je m'arrête en apercevant Meg au-dessus de moi.

— Salut, dit-elle.

— Sof est partie chercher quelque chose à grignoter.

— Ouais. Je viens de la voir, dit-elle d'un ton léger avant de s'approprier un bout de couverture.

Je n'arrive pas à savoir si elle et Sof sont ensemble, ou juste amies.

— Elle a dit que t'étais là.

Je baisse la tête sur mon livre. Elle sort un petit flacon vert de son sac et commence à se mettre du vernis à ongles sur les pieds. Je n'ai rien contre Meg. Mais depuis la mort de Grey, j'arrive à peine à m'adresser à mes amis, alors des inconnus... Tous mes mots sont partis en fumée avec sa crémation.

Heureusement, j'entends la voix de Sof qui arrive. Mais pas seule. Tout le groupe des Fingerband est là avec son entourage. Derrière eux, Thomas. Je ne l'ai pas revu depuis qu'il est sorti, furieux, de ma chambre vendredi soir. Un des avantages que papa ait la tête dans les nuages, c'est l'absence de dîners en famille. C'est comme ça que je décrocherais mon Nobel : une fille fait l'expérience de ne se nourrir que de céréales, dans sa chambre, un été entier.

Ned et Sof mènent la marche. Il a passé le bras autour de ses épaules, et elle rit. Elle doit se moquer de sa tenue. Où a-t-il pu dénicher un pull orange à Holksea ? Derrière eux suivent Niall, le batteur de Fingerband, et Jason, le seul habillé pour le temps qu'il fait, en jean noir délavé avec sa veste en cuir habituelle. Une belle image de bad boy, mais je sais que c'est sa mère qui lui a tricoté son pull. Le voir ici n'a rien de surprenant – on est dans le Northfolk, il n'y a rien à faire à part aller voir les vaches ou se rendre à la plage – mais mon corps réagit tout de même. Tout à coup j'ai froid, puis chaud, puis froid, et ma gorge se noue.

Il me lance un sourire discret, et je repense à ce moment dans la chambre de Grey, quand il m'a touché la main, m'a appelée Margot.

Je frissonne. Je ne veux plus de la glace que me tend Sof.

— Prends ça, j'ai les doigts congelés, dit-elle alors que tout le monde débarque. Ils avaient que du chocolat. Et tu me dois vingt centimes.

— Merci.

Thomas est planqué derrière le groupe, les mains fourrées dans les poches, la tête dans les épaules. Il me fait un signe, et moi je me concentre sur le déballage de ma glace afin de ne pas fixer Jason pendant mille ans devant Thomas. Je suis tellement absorbée par ma fausse concentration qu'il me faut un moment pour m'apercevoir que tout le monde est resté debout : on attend que je bouge.

— Repositionnement de couverture, explique Sof en jetant un regard à Ned. D'ailleurs, ce serait un bon nom de groupe.

— Allez les shoegazers, dit-il pour la taquiner tandis qu'on se rassemble pour la photo. Je parie que d'ici la fin de l'été, je vous ferai danser sur du Savage Messiah.

— Tu n'auras qu'à me payer à la fête, dit Sof en battant des paupières, quand tu pourras plus te passer de Repositionnement de couverture.

En me levant, je me retrouve en sandwich entre Thomas et Jason. Ned lutte avec son réglage. Ça dure une éternité car aujourd'hui, au lieu de son téléphone, il a apporté un des cent appareils photo argentiques de sa collection. Thomas et Jason passent tous les deux un bras autour de mes épaules pour la photo et se cognent juste au moment où Ned beugle :

— OK, maintenant dites tous : « Ziggy Stardust » !

On entend un clic-clac et le brouhaha alors que tout le monde gueule un truc différent. Je crois entendre Thomas hurler « la terreur fois deux ! », mais quand je le regarde, il affiche une parfaite innocence.

Quand il nous laisse enfin nous asseoir, on se dispute le centre de la couverture. Niall avec ses cheveux en bataille et ses piercings se fait une place à coups de Doc. Moi je suis poussée dans le coin. Maintenant on est deux par deux : Sof et Ned au milieu, Thomas avec Niall, Meg avec Jason, lequel me lance un de ses regards. Je suis compressée derrière Thomas et Niall, en marge du groupe. *Guten tag*, voilà à quoi ressemble ma vie. Sauf que... l'été dernier, j'avais Jason, et Sof avant lui, et il y a longtemps c'était « Thomas et Gottie ». Comment me suis-je retrouvée dans cette situation ?

Le ciel gris crachote de la pluie.

Ned et Sof sont en pleine discussion sérieuse sur la playlist de la fête, dont, en passant, il ne m'a pas encore parlé. Papa n'a rien dit non plus – il n'est peut-être pas au courant. Il n'est pas le genre de père à refuser quoi que soit, sauf quand Ned voulait se faire faire un tatouage dans le cou, mais de toute façon, on ne demande jamais rien. On se démerde tout seuls.

Je croque dans ma glace et je suis incapable d'avaler, puis je montre ma bouche du doigt pour ne pas à avoir parler à Niall. Il a tellement de piercings qu'on pourrait détacher son oreille comme un timbre. Je ne sais jamais quoi lui dire : « Sympa, tes trous » ? Il se coiffe de ses écouteurs et m'ignore.

Thomas se retourne maladroitement. La couverture se plisse sous ses pieds, soulevant un tonnerre de protestation. Ses lunettes sont couvertes de gouttelettes salées, ses cheveux sont aussi bouclés que ceux de Sof.

— Salut.

— Chalut, je marmonne, regrettant ma bouchée de glace.

Les excuses n'ont jamais fait partie du vocabulaire « Thomas et Gottie ». C'était un de nos accords tacites. J'ajoute simplement :

— Est-ce qu'on t'a présenté à tout le monde ?

— G, je te connais déjà, toi, Ned et les autres, fait-il remarquer. Il y a que Sof qui est nouvelle, et elle n'a pas eu peur de se présenter.

— Oh, dis-je.

J'ai encore un peu de mal à réconcilier *ce* Thomas et le Thomas d'autrefois.

— Glisser une méduse dans mon déjeuner, c'est me connaître, alors ? lui lance Meg.

Thomas se retourne à nouveau, bougeant la couverture, si bien que je me retrouve sur le sable froid. Comme il a le dos tourné, je n'entends pas sa réponse. Je fixe les taches de rousseur de son cou tandis que Meg, Sof et lui éclatent de rire. Je réussis à capter quelques mots. On dirait qu'ils parlent de bandes dessinées.

Utilisant Thomas pour me couvrir, je décide de fixer Jason. Le col de sa chemise est remonté, ses cheveux blonds ramenés en arrière. Il se tourne dans ma direction pour présenter à l'objectif de Ned son meilleur profil à contre-jour. La dernière fois que je l'ai vu, c'était dans la chambre de Grey, quand… *Quand quoi, Gottie ? Tu crois vraiment que t'es allée visiter l'été dernier ? Que ta conscience s'est divisée en deux ?*

Il faut que je demande à Jason ce qui s'est passé de son point de vue. J'ai besoin de voir Jason, seul à seul. Pour lui expliquer que je ne l'ignore pas, que mon téléphone est cassé.

Il me surprend à le regarder, et il sourit. Puis il chipe une frite à Ned, taquine Meg pour son vernis à ongles, et fait un doigt d'honneur à Sof. Cette scène pourrait aussi bien être tout droit sortie de l'été dernier – mais je suis près de lui, pas *avec* lui. J'étouffe.

Je me concentre sur mon livre. J'écris au crayon des formules dans la marge, en essayant de me convaincre que ça ne fait rien si je n'ai plus de bulle secrète et que Ned n'est pas en train d'organiser une fête que je n'ai pas du tout envie de voir se faire. De minuscules gouttes de pluie tombent sur la page et font baver mes notes. Une grosse larme vient s'y joindre.

Quand Niall fourre un mouchoir dans ma main, je suis stupéfaite. Il est dégueulasse – tout sale et déchiré, probablement plein de morve. Il ne dit rien, ne me regarde même pas : bien sûr, je suis trop pathétique. Il faut que j'arrête de pleurnicher et que je fasse quelque chose. Autrement, la capsule témoin de Margot H. Oppenheimer, l'été de sa dix-huitième année, ne sera qu'un foutoir humide.

Je fourre le mouchoir sale dans mon sac, au-dessus du journal de Grey. Il s'agit de celui d'il y a cinq ans. Un marque-page commémore le jour du départ de Thomas. Des cœurs et des fleurs sont gribouillées sur toute la page. Autrefois, il faisait ça sur nos bulletins de notes et autres paperasses scolaires. (Demander à papa de signer quoi que ce soit, c'est comme tenter d'attraper un ballon d'hélium dans une tornade.) On a failli me refuser mon vaccin contre la rougeole parce qu'il y avait des smiley dans tous les O.

Quand je relève la tête, je remarque deux choses : 1. Il y a un trou de ver à vingt mètres de la berge. Et 2. Thomas nous regarde alternativement, Jason et moi, en fronçant les sourcils.

— Je vais nager, dis-je en me levant.

Je préfère me lancer dans un trou de ver trempé que de rester ici.

Tous les regards sont braqués sur moi.

— Tu viens de manger, dit Sof qui a les pieds sur les genoux de Ned. Et l'eau doit être congelée.

— OK, maman. Je vais aller barboter alors, je réplique.

Je tire sur les talons de mes baskets pour les retirer.

— OK, je vais venir avec toi alors, répond-elle à contrecœur.

Elle claque des dents en ôtant sa robe. Meg déclare qu'elle s'est fait mal au volley et qu'elle ne peut pas nager. Et je me dis, méchamment : *t'étais pas invitée.*

On commence à marcher vers le bord de l'eau à tâtons sur les cailloux tranchants et les tapis d'algues. Il nous faut quelques minutes – la marée basse s'étend sur des kilomètres – et nous ne disons pas grand-chose. Un vent glacial souffle de la mer. À part le trou de ver, l'eau est vide. Sof sautille sur place en faisant des « brrr » exagérés. Je lui lance :

— Si t'as froid maintenant, attends un peu d'être dans l'eau.

Elle trempe un orteil et fait un bond en arrière.

— Merde. Ouais, y a pas moyen que je me baigne.

— Bah ouais ! dis-je en tâtant l'eau à mon tour.

Puis je plonge le pied entier. Je ne bouge plus. Ce n'est pas *si* froid que ça... Je fais un pas de plus, les deux pieds dans la mer. Puis j'avance encore, et encore.

— Gottie, gémit Sof quand je suis dans l'eau jusqu'aux mollets. Reviens, je suis congelée.

— Une seconde, dis-je sans me retourner.

La mer, le ciel et les trous de ver sont gris. *Grey*. J'ai envie de nager... jusqu'au pôle Nord, loin de ma vie. Puis je me retourne et reviens vers Sof en traînant les pieds dans l'eau.

— Ah, ouf ! Si tu t'étais baignée et pas moi, ton frère m'aurait traitée de poule m... attends, mais qu'est-ce que tu fais ?

Je retire mon sweat et le lui tends ainsi que mon short, puis je saute dans l'eau en tee-shirt et sous-vêtements. L'eau salée met le feu à mes égratignures, mais la douleur me fait du bien – elle me réveille. Je marche jusqu'au trou de ver. L'eau m'arrive aux genoux.

— Gottie ! hurle Sof en me voyant enfoncée maintenant jusqu'à la taille.

Le froid soudain me coupe le souffle, et la seule façon de le supporter consiste à me plonger complètement – je me baisse jusqu'à ce que l'eau m'arrive au cou, mes poumons protestent, et je fais deux ou trois brasses pour rejoindre le tour de ver. Le sable me frôle les genoux tandis que j'avance en me propulsant, les algues retenant mes chevilles. Voilà, je suis arrivée.

Je ne peux plus voir la mer, seulement cette neige d'écran de télévision, mais l'eau me semble profonde ici, je suis enfoncée jusqu'aux oreilles. J'entends Sof qui hurle quelque chose, mais je suis trop loin pour comprendre. Ma cheville est entravée, le courant sous l'eau m'entraîne...

Et me voilà nageant à travers l'univers.

———————————

— *Est-ce que je suis adoptée ?*
J'aide Grey qui vient de repeindre le Book Barn. Au lieu de tout nettoyer, le mois dernier, il a tout repeint en jaune pissenlit par-dessus la crasse. Je n'avais pas pu l'aider parce que ma main était encore bandée après le départ de Thomas. La couleur a tenu deux semaines, jusqu'à ce qu'il passe la porte de la cuisine il y a quelques jours :
— Que les couilles et la sodomie aillent au diable ! On dirait une putain de boutique à cupcakes !
Alors hier, on a tout repeint en blanc cassé, une couleur qui a l'air sale même quand elle est encore fraîche. Je l'ai aidé. Et maintenant, on est en train de tout ranger. Une fois de plus.
— T'es pas adoptée, mon gars, dit Grey du haut de son échelle. Passe-moi cette boîte, veux-tu ?
Je la hisse jusqu'à lui à grand-peine, puis je me rassois pour contempler l'album de famille que j'ai trouvé. C'est comme ça au Book Barn : il y a des milliards de livres de poche, la moitié appartenant au magasin, l'autre moitié à nous. Parfois, Grey est en train d'écrire un reçu, et soudain, il reprend le volume en disant qu'il n'est pas à vendre.
— Mais il n'y a aucune photo de moi.
Il y en a des centaines de Ned, tout petit et fripé, avec maman et papa qui le regardent, l'air étonné. Puis quelques pages blanches, et enfin j'apparais, sur des photos en vrac qui ne sont même pas collées, et j'ai déjà un an, comme venue de nulle part. Adoptée.

Lorsqu'il y a à nouveau des photos, beaucoup moins qu'avant, papa a pris un sacré coup de vieux. Il a une expression fanée. Il n'y a plus de photos de maman.

Grey pousse un soupir et regarde vers moi en laissant son rayon de livres à l'eau de rose. Je ne lui dis pas que les tranches sont à l'envers.

— Gottie, ma petite. Parfois… on est trop occupés à vivre pour prendre des photos. On a pas le temps de s'arrêter pour sauvegarder l'instant, parce qu'on est dedans.

— Et Ned, alors ?

Ned a eu un appareil polaroid pour ses dix ans, et maintenant, il ne cesse de capturer des instants. Je retourne au début, au mariage de papa et maman. Elle porte une robe jaune, serrée autour de son ventre en forme de ballon de plage. Un ruban sur le front remplace un voile. Ses cheveux sont courts avec nuque longue, la coupe mulet, comme moi quand j'étais petite. Comme Ned, elle est complètement en décalage avec la mode, mais a quand même l'air cool. Papa est à moitié coupé sur toutes les photos, Grey a des fleurs plantées dans ses nattes.

— Regarde, dit Grey en descendant de l'échelle grinçante.

Il sort une photo froissée de son portefeuille. Je ne l'ai jamais vue avant. C'est maman et, comme d'habitude, j'essaie de retrouver mon visage dans le sien. On a toutes les deux un grand nez, le même teint mat, yeux foncés, cheveux noirs, et j'ignore pourquoi j'ai cessé de coupé les miens… Puis je remarque qu'elle tient un bébé. Tout petit, tout rose, et qui n'est pas Ned…

— C'est moi ?

— Oui, dit Grey.

Jusqu'à maintenant, je pensais que tout était arrivé en même temps : j'étais née et elle était morte. Personne ne m'avait jamais dit qu'il y avait eu un moment entre ces deux événements, où j'avais eu une mère.

Je cligne des yeux et je suis dans la cuisine, le téléphone fixe contre mon oreille. Ça sonne au lointain, j'ai déjà composé le numéro, sauf que je ne me rappelle pas l'avoir fait. La seule chose dont je me souvienne, avant le trou de ver, c'était que j'étais à la plage avec tout le monde et que je nageais dans la mer qui était très, très froide.

Dans mon autre main, je tiens la photo que Grey m'a donnée au Book Barn, il y a presque cinq ans. Celle de maman. Je l'avais perdue tout de suite après, et je ne le lui avais jamais avoué. Maintenant, elle est dans ma main.

Quand suis-je ?

Je mets la tête entre mes genoux, j'essaye de respirer. Ces caprices du temps, je peux m'y faire. Mais revoir mon grand-père, c'est trop. Mon corps entier me fait mal. Je ne sais pas comment je suis censée supporter tout ça. Je ne comprends pas comment on peut en être capable. Je compte jusqu'à dix. Je tiens toujours le téléphone et j'entends une voix répondre :

— Oui ?

Mon regard s'évade à l'autre bout de la cuisine. Par la fenêtre, je vois des roses couleur pêche ; au-delà, la pelouse a un air décoiffé. Le manteau de fourrure de Ned est posé sur une chaise, et il y a une charlotte sur la table. À côté, il y a des décorations pour la fête – des piñatas, un paquet de ballons. Et encore un nouveau message pour Thomas sur le tableau noir, il faut qu'il rappelle sa mère quand il rentrera du Book Barn. On est dans le présent.

Je suis plutôt sûre d'avoir deviné :

— Jason ?

— Ouais... dit-il. C'est qui ?

Je tousse.

— Aaaargot. Margot. Je veux dire... c'est moi. Salut, dis-je d'une voix aussi glissante qu'un concombre (une expression de papa).

— Gottie ? fait-il d'une voix taquine, comme s'il connaissait plusieurs Margot, et utilisant mon surnom, qu'il n'a jamais employé jusqu'ici. Comment ça va ?

Je me rappelle ce qu'il faut que je lui demande : que s'est-il passé quand j'ai disparu dans le trou de ver ? Mes théories de vortex à deux faces n'auront plus aucune valeur s'il s'avère que j'ai disparu dans un nuage de fumée. Mais je n'arrive pas à formuler ma question. Mon cerveau n'a pas encore rattrapé mon corps, et la complexité de ce que j'ai à dire dépasse mes capacités pour le moment.

— Est-ce qu'on peut se voir ? C'est important, dis-je à la place. Désolée. Mon portable est cassé. Je pouvais pas t'envoyer un texto...

— Peut-être, répond-il d'une voix traînante avant d'ajouter : T'as l'air un peu bizarre. Ça va ?

J'appuie la tête contre le mur, je me noie dans sa question. Dans tout ce que je voudrais qu'il veuille dire. Pour que je puisse rentrer à la maison. Je mens :

— C'est à propos de la fête. Je veux faire une surprise à Ned.

Je m'en veux d'utiliser cette fête débile comme excuse. Mais je pourrais peut-être convaincre Jason de convaincre Ned d'annuler.

— Tu veux prendre un café au café, samedi en huit ? Ned est occupé ce jour-là. Je t'enverrai un texto.

Ned choisit cet instant pour débarquer du jardin. Je marmonne un « OKsalutàplustard » et je détache le combiné de mon oreille avant de lui rappeler que mon portable ne marche plus.

— T'es censée le poser contre ton oreille, me dit Ned en me montrant d'un geste de la main.

Puis, parce que c'est Ned, il mime un téléphone de l'autre main, transforme le tout en petites cornes de diable, avant de me faire un salut vulcain. Au moins, lui, il se comporte normalement.

— J'ai réparé ton vélo, au fait, ajoute-t-il. Tu veux aller faire une balade ce week-end ?

— Ned... on est quel jour ? Je veux dire, quelle date ?

— Le téléphone ? me rappelle-t-il en se dandinant vers le frigo pour fouiller dedans, son cul moulé dans du lycra violet motif cachemire. On est mardi, quinze juillet, l'année du diable deux mille...

— *Merci.*

Je raccroche soudain le combiné.

Ned ferme la porte du frigo d'un coup de pied et se hisse sur le rebord de la fenêtre, buvant du lait à même la brique.

— C'était un faux numéro ? demande-t-il.

— J'entendais une grosse respiration à l'autre bout, je mens.

Ce que Ned sait sur moi et Jason ? Absolument rien. Et je compte bien que ça reste comme ça.

— Qu'est-ce que tu fais, Freddie Mercury ?

Ned essuie sa moustache de lait avant de répondre.

— Je passe du temps dans le garage. J'ai réparé ton vélo, et je me prépare pour la fête. Mon solo de guitare va être...

Il joue de la guitare invisible, la langue entre les dents :

— Whaou !

Je souris, malgré la mention de la fête et la photo dans ma main, malgré ma vision de Grey dans le trou de ver, malgré l'attitude complètement normale de Ned comparée à la mienne. Parce que j'ai téléphoné et que Jason est d'accord pour me voir – ça veut dire que je vais avoir des réponses. Cela veut bien dire quelque chose, non ?

Jeudi 17 juillet

[Moins trois cent dix-neuf]

Vas te faire voir, H.G. Wells !
C'est peut-être un classique de la science-fiction, mais *La Machine à explorer le temps* est en fait cent pour cent fiction et zéro pour cent science – il y a des sphinx et des troglodytes là où j'attends des équations et de la mécanique. Je jette le livre sur mon lit et je lève la tête vers le mur où j'ai inscrit mes notes. Ma chambre commence à ressembler à la tanière d'un meurtrier en série dérangé du cerveau.

C'est la première fois de toute la soirée que j'ai du temps pour moi. Fingerband était dans la cuisine, en train de réfléchir à un « truc de malade » pour la fête de fin d'été, tandis que papa entrait et sortait. Leurs deux nouvelles groupies Sof et Meg étaient de la partie, et quand Thomas est rentré de sa journée au Book Barn, ils se sont lancés tous les trois dans un débat animé sur la bande dessinée. Je suis restée dans mon coin, savourant la chaleur du secret que je partageais à nouveau avec Jason.

Maintenant, il est plus de minuit. Je fais des hypothèses, en essayant de déterminer ce que les trous de ver ont en commun.

« Miaou. » Sur mon bureau, Umlaut bondit autour de la pile de journaux. Je me lève pour aller les chercher – les journaux et le chaton – et je porte le tout sur mon lit. Alors que je me déplace dans ma chambre, j'aperçois les lumières de la cuisine, encore allumées.

Les journaux. Grey a parlé du jour de mon premier baiser avec Jason. Il y avait ENIVRÉ AUX PIVOINES le jour où on s'est retrouvés à la plage. Si je peux trouver d'autres trous de ver, je pourrai identifier les dates. Établir un modèle.

Je me laisse emporter par les pages, me faisant saigner le cœur en me replongeant dans le monde tel qu'il était avant.

Umlaut agite ses pattes sur le duvet, et je trouve le jour au Book Barn. Grey a écrit RANGEMENT DES LIVRES AVEC CARO, avant de barrer et de mettre mon nom à la place. Dans le journal de l'année dernière, je trouve encore plusieurs astérisques *R, parsemés sur toutes les pages. Il n'y a aucun *R dans les pages d'avant, mais je trouve une phrase sur le jour où Thomas et moi sommes allés au musée des Sciences avec l'école, une sortie qui s'était mal terminée : il était resté coincé dans la sonde spatiale.

Voir les mots tracés sur les pages me rappelle qu'avant les bêtises, il y avait eu une projection de la galaxie au plafond. Étalés au sol, le regard en l'air, c'était...

Comme si on voyait la Voie lactée.

Il n'y a pas qu'une phrase dans ce journal qui corresponde à un vortex. Tous les trous de ver sont là.

Le journal est-il la cause de tout cela ? Ça ne peut pas être une coïncidence – même si ça n'explique pas les écrans noirs, ou les étoiles éteintes dans le jardin. Cela veut dire que je ne peux prendre des trous de ver que vers les jours dont Grey a parlé. Je ne serai pas obligée de revivre son enterrement.

Je n'aurai pas à revoir le jour de sa mort.

J'attrape le premier livre qui vient et je consulte l'index. *Causalité... Einstein... Théorie des cordes... Exception de Weltschmerzian...* Ces mots me sautent aux yeux, vaguement familiers, déjà surlignés en jaune. À la page indiquée, il n'y a qu'une brève description :

L'exception de Weltschmerzian se manifeste entre deux points, où les règles de l'espace-temps ne s'appliquent plus. En plus de vortex défiant toutes les lois, l'observateur serait témoin d'effets d'arrêt-démarrage, une sorte de redémarrage visuel s'effectuant lors du passage entre deux instants temporels. Selon des théories sur l'énergie négative, ou matière noire, développée par le spécialiste en physique détenteur du prix Nobel...

La page suivante a été arrachée, mettant fin aux informations disponibles.

Les règles de l'espace-temps ne s'appliquent plus...

Des « vortex défiant toutes les lois » – il doit s'agir de trous de ver, ce qui ne serait pas réel. Mais j'en ai été témoin.

Le Principe de Gottie H. Oppenheimer, v 2.0. Le monde a effectué un « redémarrage visuel » par deux fois, chaque fois que Thomas a fait référence à l'e-mail. Un e-mail que je n'ai jamais reçu. Et s'il n'existait pas dans ma réalité ? Thomas et moi, on semble partager une ligne temporelle, à l'exception de ce détail, alors chaque fois qu'il en parle, le monde effectue un redémarrage ? Est-ce possible ?

Lorsque je replace les journaux sur la table, je me rends compte que les lumières de la cuisine sont toujours allumées. Je maudis Ned en enfilant mes baskets. *La terre n'a pas intérêt à s'approcher de mes orteils*, me dis-je en tapant des pieds au cœur de la nuit.

Quand j'ouvre la porte de la cuisine, je trouve Thomas. En train de faire du pain.

Alors que je me remets de ma surprise, il sourit, et continue de badigeonner la pâte d'une substance chaude à la senteur divine.

Les dernières semaines me reviennent : le pain déformé, le premier jour. Le muffin à la cannelle dans mon sac. Le désordre dans le placard, que j'attribuais Ned. Et il n'a jamais menti : « C'est moi. » Il est aussi secret que moi.

— C'était toi. Tu sais *faire du pain*, lui dis-je d'un ton accusateur.

— Et des gâteaux… la cuisine en général… je suis super doué !

Il lève son pinceau en l'air à la manière d'une baguette. La baguette s'écrase au sol, éclaboussant le carrelage de miel.

— Oups.

— Papa utilise ce pinceau pour vernir la table, lui dis-je.

Il s'arrête avant de le ramasser.

— Mais pourquoi tu fais du pain *maintenant* ? Il est presque une heure du matin.

— Je suis en décalage horaire.

Je pointe la pâte du doigt.

— C'est quoi ?

— C'est quand on voyage vers un fuseau horaire différent et qu'il faut un peu de temps au corps pour s'ajuster.

Thomas réussit à maintenir une expression sérieuse pendant deux secondes, puis sa bouche se met à trembler, et il rit de sa propre blague.

— Très drôle, dis-je, la bouche tremblante. Je voulais dire, *ça*.

— Du pain à la lavande. Tiens, sens-moi ça.

Il soulève la plaque à pâtisserie et s'avance vers moi. Je secoue la tête, il hausse les épaules, puis tourne les talons en direction du four. En enfournant le pain, il me lance :

— C'est bon avec du fromage... du fromage normal, pas les trucs bizarres allemands.

— C'est normal, le Rauchkäse, dis-je par reflexe, me surprenant moi-même.

Thomas réussit sans cesse à me soutirer des mots. C'est peut-être la mémoire musculaire de notre amitié.

— Tu fais vraiment la cuisine maintenant ? C'est ça que tu fais ?

— Tu crois qu'elle venait d'où la nourriture ?

Thomas s'assied sur une chaise. Je fais de même. Nos genoux se touchent par hasard. On est trop grands tous les deux. Je ne sais toujours pas quoi penser de lui.

— Je croyais que Ned faisait des courses, j'explique. C'est un gourmet... enfin, il habite Londres.

On est sûrement en train d'empêcher Ned de dormir, sa chambre donne sur la cuisine. Quoique, il est peut-être sorti après la réunion des Fingerband. La plupart du temps, il réapparaît à l'aube, vomit dans le jardin puis dort toute la matinée. Des paillettes, une guitare et un « salut je dois y aller » nous quittent chaque après-midi.

— Tu crois que quiconque sait faire plus que cuire une patate est un gourmet, me fait remarquer Thomas avant de bondir en levant la main.

— Attends une minute !

Je m'assois, perplexe. Quand il revient de la réserve, il empile des ingrédients sur la table : de la farine, du beurre, des œufs, ainsi que des trucs dont j'ignorais l'existence chez nous, comme un sachet de noix et des morceaux de chocolat noir amer enveloppés dans du papier vert. Cela me rappelle ce premier matin, il y a une semaine, quand il m'a fait une tartine et a sorti hors de leur sanctuaire la confiture et les pots de Marmite de Grey.

— La meilleure façon de comprendre ce qu'il y a de génial dans la cuisine, dit Thomas en se rasseyant, c'est de mettre la main à la pâte. Je voudrais ouvrir ma propre pâtisserie.

Il se penche vers moi, tout sourire. Je résiste à la tentation inattendue de tendre la main pour toucher ses fossettes.

— Une pâtisserie, je répète, du même ton que s'il venait de suggérer un crime en passant.

Je n'arrive pas à m'imaginer le Thomas que je connaissais responsable de fours brûlants, de couteaux et de machins à manger. Enfin si, mais ça se terminerait de manière désastreuse.

— Aïe. Oui, une pâtisserie. T'as même mangé un de mes muffins… tu vas pas me dire que je ne suis pas le Maître du Sucre.

…

— Le Roi des Muffins.

…

— L'Empereur des Crêpes.

Je maintiens ma bouche toute droite. Il n'est pas drôle du tout. Un lutin farfelu. On se regarde dans le blanc des yeux, puis Thomas craque en premier, il sourit en cassant un œuf dans un bol.

— Franchement ? C'est amusant, et contre toute attente je suis doué, explique-t-il. Tu sais à quel point c'est rare de trouver quelque chose qui implique les deux ? Tu n'as sans doute aucune idée en fait, puisque tu es douée en tout.

Arf. J'ai horreur de ça – comme si des excellentes notes en maths me décrivaient tout entière. Cela ne me vient pas si facilement. Je ne connais aucun nom de groupe de musique. Je ne sais pas danser, ni me mettre de l'eye-liner, ni conjuguer les verbes. Alors que j'ai fait cuire au four plus de cent patates cette année, je n'arrive toujours pas à en faire croustiller la peau. Et je n'ai aucune idée de ce que vais faire de mon avenir.

Ned est né star de rock des années soixante-dix, et veut être photographe depuis qu'il a eu son premier appareil. Sof est lesbienne depuis qu'elle sait parler, et elle a toujours peint. Jason va être avocat, et maintenant, même Thomas – la théorie du chaos incarnée – va ouvrir une putain de pâtisserie ? Tout ce que j'aie jamais voulu, c'est rester à Holksea et découvrir le monde à travers les livres. Mais ce n'est pas assez.

— Je ne suis pas douée en tout, tu sais. *La Saucisse ?* dis-je à Thomas en guise de preuve. La peinture au-dessus du lit de Grey – au-dessus de ton lit.

— G, pour l'amour de... dit-il en agitant des ailes de chauve-souris virtuelles, ou plutôt en faisant le ptérodactyle. Mais pourquoi voudrais-tu peindre ça ?

Tout bas, il ajoute :

— J'arrive pas à croire que tu m'aies caché que Grey faisait de *l'art érotique*.

— Non, c'est...

Le rire m'envahit, c'est si soudain que je n'arrive pas à sortir ma phrase. Thomas doit penser que j'ai complètement perdu la tête, pliée en deux, à ne plus pouvoir respirer, et à agiter mes mains devant mon visage.

— Attends, attends, dis-je entre deux bouffées d'air.

Ce rire est un immense soulagement. Il me rappelle ce que c'est que d'être heureuse des pieds à la tête.

Thomas lui aussi éclate de rire.

— G, c'est trop drôle ! Je suis obligée de dormir en dessous. Je crois qu'elle m'*observe*.

Je ris davantage, je ne peux plus respirer, ça commence à virer à l'hystérie. Une sorte de folie heureuse qui menace de déborder, de se transformer en quelque chose de pire.

Je respire un grand coup, repoussant au fond de moi ce rire avec tout le reste.

— Non, c'est *moi* qui l'ai peint. J'ai eu une sale note.

— G, tu plaisantes.

Il s'assoit en face de moi, ahuri. Pas étonnant, s'il pense qu'il s'agit d'un pénis d'un mètre quatre-vingts ! C'est peut-être le cas, je suis peut-être une obsédée sexuelle... ce serait ça, mon problème depuis toujours. Je me demande si le Book Barn a quoi que ce soit sur Freud.

— Je t'ai dit que j'étais nulle, dis-je joyeusement.

J'avais forcé mon rire à l'exposition de l'école, en prétendant me moquer de moi-même, mais avec Thomas, c'est bien réel. Je suis nulle et ce n'est pas grave.

— À ton tour. Pourquoi la pâtisserie ?

— Tout le monde dit qu'il faut être super précis pour faire de la pâtisserie – comme pour ton truc pour l'école, ton projet de voyage dans le temps. Un mauvais calcul et tout s'écroule. C'est ça ?

— Ouais...

— C'est n'importe quoi ! fait Thomas, ravi.

Sa joie me rappelle le jour des cochons à la foire. Il pointe le bol du doigt :

— Regarde-moi ça. Il y a un morceau de coquille. Il n'y a qu'à le ramasser avec le bout du doigt, qu'est-ce qu'on s'en fout. On peut mettre trop de farine, oublier le beurre, lâcher le plat par terre – peu importe toutes les erreurs qu'on fait, généralement, c'est bon quand même. Et quand c'est pas le cas, il suffit de recouvrir le tout d'un glaçage.

— C'est vrai ?

Je ne suis pas sûre que Thomas comprenne les mesures d'hygiène et de sécurité professionnelles.

— Probablement. C'est surtout une métaphore, mais je suppose que t'avais pas compris. Regarde.

Il sort le chocolat de son emballage de papier vert et j'en casse un morceau.

— OK. Je ne vais pas te faire un dessin. Mon père ne voit pas mes ambitions d'un œil favorable. Ni mes notes désastreuses, d'ailleurs.

— Tu vas redoubler ? je demande.

Après avoir avoué pour *La Saucisse*, j'ai un sac plein de questions. Le Grand Questionnaire de Thomas Althorpe ! On a cinq ans à rattraper. Je me tais depuis trop longtemps. Ce désir d'utiliser ma bouche, pour parler et rire, est aussi satisfaisant qu'un orage qui éclate enfin.

— Je suis le meilleur en pâtisserie, et mes notes sont pas mal. Mais cette idée de faire des cookies plutôt que d'aller à l'université, ça passe pas auprès de papa.

Il dit ça sur un ton désinvolte, mais je sens que c'est dur pour lui. Je m'imagine bien la réponse de M. Althorpe à cette idée saugrenue de faire des petits pains.

— Est-ce que c'est pour ça que tes parents divorcent ? dis-je en grignotant mon chocolat.

— Merde, G, dit Thomas, retrouvant soudain son accent british. C'est ça que j'aime chez toi – ta grande sensibilité teutonne. C'est un paradoxe d'œuf et de poule.

Il fixe le bol d'un air mécontent, donne une chiquenaude à un sac de farine.

— Ils se disputaient tout le temps de toute façon. Mes heures de colle en série ont pas dû aider. J'ai été un conduit... je veux dire un catalyseur. Enfin bref, papa était furieux quand maman a décidé de me soutenir pour la pâtisserie. Je l'ai convaincue avec mes *chocolatines*.

— Et elle a voulu que tu viennes vivre à Holksea avec elle ? Ton père a pas essayé de te retenir à Toronto ?

— Vivre à Holksea...

Il s'arrête dans sa pensée.

Un silence s'installe, se répand dans toute la pièce. Ma bouche est à nouveau pleine de pierre, et je fourre le reste de chocolat dedans pour en dissiper le goût.

— Le Canada, c'était pas si terrible, admet-il. C'était pas non plus le paradis. C'était entre les deux. Pas mal, tu vois ? Maman comptait déménager en Angleterre. J'ai eu la chance de pouvoir revenir en coupant aux années de transition de l'adolescence. Et je dois avouer : j'étais curieux.

— À propos de quoi ?

Il tend son poing fermé vers moi, le petit doigt en l'air. Notre signal de l'enfance, une promesse, une salutation, peu importe. J'avale mon chocolat, mais je ne lève pas la main. Je ne peux pas. Pas encore. Je ne bouge pas. Lui non plus. Puis il dit :

— De toi.

Cette fois, nos regards se figent l'un dans l'autre pendant une éternité. Je suis sûre que Thomas a des centaines de raisons d'être revenu à Holksea. Je n'en suis qu'une parmi d'autres. Mais il vient de faire un aveu. Je lui en dois un, que je lui fais sous forme de question.

— Thomas. Quand t'es parti... pourquoi tu ne m'as pas écrit ? Et s'il te plaît, ne retourne pas tout contre moi, parce qu'il faut que je sache. Tu as... disparu.

— Je sais que tu t'attends à une grande révélation, finit-il par dire en se renversant dans sa chaise, les mains sur les genoux. La vérité bien ennuyeuse, c'est que ça été une combinaison de pleins de choses. Je ne connaissais ni ton e-mail ni ton numéro de téléphone. Quand je voulais te voir, je rampais sous la haie. Et puis, je ne savais pas où trouver des timbres. Ça a pris huit heures d'arriver à New York, puis on est restés dans un hôtel et mes parents me surveillaient comme deux aigles, à cause de notre pacte de sang. Quand on est arrivés à Toronto, mon père m'a donné des milliers de corvées dans la nouvelle maison, et puis j'ai dû m'inscrire à l'école et maman m'a forcé à me faire couper les cheveux, parce que c'est tout ce dont on a besoin pour sa rentrée dans une nouvelle école : une coupe au bol façon Moyen Âge.

Thomas est de plus en plus nerveux, il agite les mains en l'air.

— Mon père gardait son bureau fermé à clef et quand on a enfin eu un tiroir de cuisine plein de trombones et de timbres et d'élastiques avec un stylo avec un petit troll au bout, j'étais tout prêt à t'écrire, quand tu sais ce que j'ai remarqué ? Ça faisait un mois, et *toi*, tu ne m'avais pas écrit.

Je n'arrive pas à croire que ce n'était que ça. Pendant tout ce temps, j'avais cru à une décision qu'il avait prise, un grand acte de trahison. Je ne m'étais jamais dit que c'était peut-être juste Thomas faisant son Thomas – douze ans, désorganisé et têtu. C'était une question de géographie. Quelle différence ça aurait fait pendant ces cinq dernières années, si je lui avais écrit, tout simplement.

Cette année aurait probablement été complètement différente.

— On est quittes ? dit Thomas en me tendant sa main à serrer.

— Ok, dis-je en prenant sa main.

Il y a un craquement, et Umlaut apparaît, soudain enroulé autour de ma cheville. Je ne savais pas qu'il était dans la cuisine. Thomas et moi nous lâchons la main et le chaton saute sur mes genoux.

J'attends. Umlaut tourne en rond sur mes genoux en ronronnant comme un moteur.

— J'ai cherché ton e-mail. Je ne l'ai pas trouvé. Est-ce que t'as utilisé l'adresse du Book Barn ? Parce qu'il n'y est pas. Peut-être que papa l'a effacé.

— Non, j'ai utilisé la tienne.

Heu, l'un de nous deux a perdu la tête. Et ce n'est pas moi. Je n'ai *pas* d'adresse e-mail.

Il y a eu un moment cet automne où je ne pouvais plus me passer de l'internet, je surveillais tous les mouvements de Jason sur les réseaux sociaux : il parlait à tout le monde sauf à moi. Je savais qu'il me fallait attendre un tête-à-tête. Voir sa vie en direct, c'était comme du jus de citron sur une petite coupure, alors j'ai complètement cessé de me connecter, j'ai désactivé mes notifications, supprimé tous mes profils. J'ai attendu.

Je suis sur le point de dire à Thomas que je n'ai pas d'adresse mail, que la personne à qui il a écrit n'est pas de cette réalité, quand

    le temps

    redémarre

    une nouvelle fois.

Umlaut n'est plus là. Thomas n'est plus sur la chaise en face de moi, mais en train de glisser quelque chose dans le four en demandant par dessus son épaule :

— Tu veux regarder la télé ?

— Il est tard. Je m'étais levée pour aller éteindre la lumière, dis-je en marmonnant.

Je me lève. J'aime que ma théorie des cordes reste théorique, pas qu'elle se manifeste dans la cuisine au milieu de la nuit. Le charme est rompu. Je veux une chance de revivre l'été dernier, pas celui d'il y a cinq ans.

— Peut-être une autre fois…

Alors que je me dirige vers la porte, je m'attends à ce que Thomas râle ou fasse un bruit de poule, mais il bâille et s'étire. Il se serre dans son pull.

— Tu as raison. On a tout l'été, dit-il en se penchant sur le four. On a tout le temps.

Je le salue du jardin. Dehors, le jour se lève. Thomas et moi avons veillé toute la nuit. Je croise Ned sur le chemin de ma chambre.

— Grotsy, dit-il en me lançant un salut formel de la tête, avant de vomir paisiblement dans les buissons.

De retour sur mon lit, je repense à ce qu'a dit Thomas. Qu'on a tout le temps. Ce n'est pas vrai, mais ce mensonge me réconforte. Je l'écris sur un mur, puis je m'endors. Je rêve de chocolat et de lavande.

Vendredi 18 juillet

[Moins trois cent vingt]

Quelques heures plus tard je m'éveille, accueillie par un grand soleil et un gâteau au chocolat devant ma porte. Il est posé sur un plat, la différence entre le Thomas d'avant et le Thomas d'aujourd'hui. Quel autre pâtissier de nuit aurait bien pu déposer un gâteau devant ma chambre – Umlaut ? Il renifle mes chevilles. Coincé sous le plat, pour qu'il ne s'envole pas, il y a un morceau de papier plié. Thomas y a inscrit, en petites majuscules :

FOUETTER LE BEURRE ET LE SUCRE JUSQU'À OBTENIR UN MÉLANGE LISSE. Y VERSER LES ŒUFS BATTUS ET AJOUTER LA FARINE À LEVURE INCORPORÉE. UTILISER 110 GRAMMES DE CHAQUE INGRÉDIENT POUR DEUX ŒUFS. AJOUTER DEUX CUILLÈRE À SOUPE DE CHOCOLAT EN POUDRE À

LA FARINE POUR UN GÂTEAU AU CHOCOLAT. FAIRE CUIRE À 150 °C PENDANT UNE HEURE. MÊME TOI, TU PEUX LE FAIRE. FAIS-MOI CONFIANCE.

Les hortensias sont en fleur, le soleil brille, et j'ai enfin dormi. *Alles is gut.* Avouer cette histoire de *saucisse*, si ce n'est pas le pire, m'a permis de fermer les yeux pour une raison ou une autre. Thomas et moi sommes-nous amis ? À douze ans, si quelqu'un m'avait posé la question, je lui aurais donné un coup de poing dans le nez. Notre amitié existait, tout simplement, comme la gravité ou les narcisses au printemps.

Je reste plantée sur le seuil de ma chambre avec le gâteau, le mot et le chaton, et je pense : on a parlé jusqu'au lever du soleil. Et je n'ai qu'une envie, parler davantage. À côté de moi, Umlaut fait des pirouettes au soleil.

Je le ramasse et me dirige vers la cuisine, où ma seconde surprise de la journée m'attend : un nouveau téléphone. Là aussi, je trouve un mot, un peu plus éducatif : *Sie sing verantwortlich für die Zahlung der Rechnung. Dein, Papa.* (« Tu es en charge de la facture. Bisous, papa. »)

J'abandonne le gâteau sur le rebord de la fenêtre et je déchire l'emballage du téléphone, comme un matin de Noël, pour le mettre à charger. Papa a scotché ma vieille carte SIM sur la boîte. Je vais pouvoir regarder si Jason m'a envoyé un message pour me donner l'heure du rendez-vous. Je serai à même de lui demander ce qui s'est passé dans la chambre de Grey : ai-je disparu ?

Et puis, la véritable question : que s'est-il passé entre nous ?

— Lébonsgateau.

Je lève les yeux de mon téléphone en charge et aperçois Ned en bas de pyjama, les cheveux en bataille, qui vient d'émerger de son nid. Les mercredis et vendredis, il travaille au Book Barn, alors il est levé plus ou moins tôt. Il est en train de dévorer mon gâteau pour le petit déjeuner. « *Schrountch.* »

Il avale tout d'un coup, comme un serpent, et refait une tentative :

— Tu crois que Thomas pourrait en faire un géant pour la fête ?

C'est la première fois qu'il s'adresse directement à moi à propos de la fête – mais il ne m'a toujours pas demandé si j'étais d'accord. Tous les hortensias du monde et un siècle de sommeil ne pourraient pas arranger les choses. Je prends ma sacoche et mon téléphone à moitié chargé et je sors de la maison en courant.

Mon téléphone bipe au rythme des cloches de l'église. Ça fait des heures que je suis planquée dans le cimetière, pliée comme un origami entre le grand if et le mur. C'est un message de Jason. On se retrouve pour le déjeuner, dans huit jours.

Des cahiers et des pages du journal sont étalés tout autour de moi sur l'herbe jaunie. Personne ne peut me voir : ni de l'église, ni de l'intérieur du cimetière, ni de la route. On est venus ici une fois.

C'était au début du mois d'août, sept semaines environ après notre premier baiser. Nous n'avions pas encore fait l'amour, mais soudain, je voyais pointer l'événement à l'horizon. Tout me faisait palpiter : l'air, le soleil. Le sang battait à tout rompre dans mes veines. Dès qu'on se retrouvait seuls, nos paroles et nos vêtements disparaissaient. Le journal de Grey, ce jour-là, dit : HOMARD AVEC DU BEURRE À L'AIL SAUVAGE AU BARBECUE. Derrière l'arbre, la main de Jason a glissé entre mes jambes, et je lui ai mordillé le cou. J'avais envie de le dévorer.

Où est passé tout cet amour ? Où est passée cette fille, qui était si vivante ?

Mon téléphone émet une série de bips. Je me précipite dessus. Mais il s'agit de vieux messages de Sof. Ils arrivent tous en même temps. D'abord elle me demande si ça va, après notre dispute à la plage, mais elle parle aussi de la fête à venir dont je maudis l'existence. Je ne peux répondre à ça, alors je balance mon téléphone dans l'herbe et je prends un cahier.

L'Exception de Weltschmerzian.

Ça a commencé le jour où j'ai revu Jason. Je suis en train d'écrire son nom quand une ombre se dessine sur la page. Thomas sort de derrière l'arbre.

— Je dirais que tu m'évites, dit-il en s'asseyant en face de moi, contre le mur. Mais tu sais bien que je connais toutes nos cachettes.

Il étend ses jambes et pose ses pieds sur le tronc à côté de moi. Il est presque à l'horizontale. Quel que soit le paysage dans lequel il se trouve, il se fond dans le décor. Après avoir analysé sa phrase, je dis :

— Alors tu veux dire… que je t'attends, en fait ?

— C'est *toi* qui le dis.

Il éclate de rire.

Je me suis fait prendre à mon propre piège.

— Il t'a plu, le gâteau ? demande-t-il.

— Délicieux.

— C'est marrant, Ned aussi a dit ça.

Douze ans de complicité. Je le regarde droit dans les yeux, le visage impassible. Puis Thomas cligne des paupières et dit :

— Bon, changeons de sujet. C'est ton projet pour l'école ?

Il fait un geste pour demander la permission de voir le cahier, posé en équilibre sur mes jambes nues. Ses doigts frôlent mes genoux quand il l'attrape. Il jette un œil et il dit :

— Les cours de terminale doivent être intenses ici.

Je regarde ce qu'il est en train de lire. Il y a une série de chiffres incompréhensibles, et, comme un grand drapeau rouge, le nom de Jason. J'ignore pourquoi, mais il me semble important que Thomas reste dans le noir concernant ce secret-là. C'est à mon tour de changer de sujet.

— Comment ça va, ton décalage horaire ?

— Je crois que mes fuseaux horaires ne sont pas encore alignés, dit Thomas en bâillant.

— Comme les aiguilles d'une montre ?

C'est ce genre de jeu de mots absurde, m'a expliqué Sof, qui fait que je ne suis jamais invitée aux fêtes où je voudrais me rendre.

— Vraiment ? OK, mon sens temporel a perdu la tête, si tu préfères.

Thomas ferme les yeux. Pas de gilet aujourd'hui. Il porte un tee-shirt avec une poche, dans laquelle il a glissé ses lunettes. Son allure n'a pas l'air aussi étudiée quand elles ne sont pas sur son nez. Il ressemble à quelqu'un qui pourrait être mon ami.

— Je suis resté éveillé trop longtemps, marmonne-t-il. Mais ne me laisse pas m'endormir. Continue de parler.

— J'ai besoin d'un sujet. Sauf si tu veux entendre parler de Copernic.

— Pas de Copain Nique, dit-il. Umlaut. Il vient d'où ?

— Papa l'a rapporté à la maison en avril.

Je me penche et reprends mon cahier sur les genoux de Thomas, aussi délicatement que possible. Mais il ouvre les yeux et fronce les sourcils. Au soleil, ses iris ponctués ressemblent à deux nébuleuses.

— G, tu ne me dis rien. C'est une réponse trop factuelle. Je veux des détails.

— OK. Heu... J'étais en train de faire mes devoirs dans la cuisine après les cours, quand un *machin* orange a bondi de sous le frigo, a foncé à travers la pièce en passant devant le four, et a atterri sur la pile de bois. Alors j'ai pris une louche...

— Une louche ? marmonne Thomas en refermant les yeux.

— Tu sais... pour la soupe ?

(Ils appellent peut-être ça différemment au Canada.)

Il émet un petit rire.

— Je sais ce que c'est qu'une louche. Je veux savoir *pourquoi* t'es allée prendre une louche...

— Je croyais que c'était une souris.

— Qu'est-ce que t'allais faire, la cueillir avec ?

Je lui donne un coup de crayon sur le genou et il se tait, un sourire aux lèvres. Je récapitule :

— Pile de bois, machin qui court, louche, moi.

Alors que j'énonce chaque chose, l'image dans ma tête se clarifie, et je me souviens soudain de ce qui s'est passé juste avant l'arrivée du machin roux courant par terre : la cuisine s'est transformée en *écran noir*. À l'époque, je l'avais attribué à mon mal de tête. Est-ce que le temps est distordu depuis lors ? C'était il y a trois mois.

— G ? murmure Thomas à moitié endormi, en me tapotant l'épaule du pied.

— Ah ! Oui. Et puis ce chaton est apparu derrière une bûche. Et c'était Umlaut.

— C'est tout ?

— Ensuite je l'ai mis dans mon sweat et j'ai appelé la librairie, parce que je me suis dit que papa pourrait mettre une affiche. Et il a répondu : « *Guten tag, Liebling.* Est-ce que t'as vu mon mot ? » J'ai regardé autour de moi, et je l'ai vu sur le tableau. Il disait simplement : « Gottie ? Chat. »

Mon histoire fait rire Thomas. Les plis de sa bouche font l'effet d'une bombe dans ma tête, et je me rappelle soudain ma phrase à la librairie : *Je me souvenais pas que t'étais aussi beau gosse.*

Je commence à réciter le nombre *pi* jusqu'à la centième décimale. Sauf que mon cerveau ne veut pas jouer à ce jeu, et que ça finit par ressembler à ça :

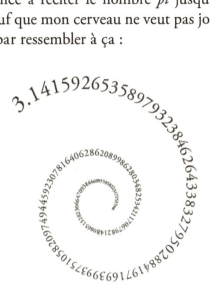

Je commence à me demander : que se serait-il passé si j'avais embrassé Thomas il y a cinq ans ? S'il n'était jamais parti ? Serais-je quand même tombée amoureuse de Jason, ou aurais-je passé ce moment derrière l'arbre, l'été dernier, avec Thomas à la place ? Alors que je laisse vagabonder mes pensées, le cimetière se remplit peu à peu de tous les chiffres que je récitais dans ma tête. Ils sont suspendus en l'air comme des boules de noël, ils tiennent tout seuls. Nous nous envolons à travers la galaxie, vers les étoiles. Et c'est magnifique.

C'est la théorie des cordes de Grey : une harpe cosmique. Que me dirait mon grand-père aujourd'hui ? Je l'imagine me piquant mon cahier et jetant un œil sur l'Exception de Weltschmerzian.

« *Les règles de l'espace-temps sont en piteux état, hein ? Invente tes propres règles.* »

— Thomas ? je demande. Ce mail que tu m'as envoyé. C'était quoi ?

— Un mail. C'est une forme de communication qui passe par l'In-ter-net.

Thomas se redresse et pianote dans les airs. Adorable. Il est complètement indifférent à la pluie mathématique et ne sait rien de la pensée qui a tout déclenché : une version du monde où on se serait embrassés.

— Ah.

Je lui tape dans la jambe avec ma basket et il m'attrape la cheville pendant une fraction de seconde, en souriant, son visage illuminé par les chiffres tout autour.

— G, c'est pas grave. Je t'ai écrit que je venais. Je n'ai fait que te répondre.

Les chiffres chutent, pluie argentée sur l'herbe, et ils disparaissent. Tout est de retour à la normale.

Tout est normal... Sauf que j'ai envoyé un e-mail à Thomas dans une autre ligne temporelle.

— Je n'ai pas compris ce que tu voulais dire jusqu'à ce que j'arrive, poursuit-il. Ton père m'a expliqué sur le chemin depuis l'aéroport. Pour Grey.

J'entends le bruit d'un disque rayé, une voiture qui dérape. Je peux faire comme si la vie continuait, avec des histoires de chaton et d'e-mails, mais la mort vient tout arrêter en plein élan. Mon visage se referme. Thomas doit savoir pourquoi, car il montre le cahier du doigt et dit avec prudence :

— Parle-moi du temps-espace.

Je le corrige.

— L'espace-temps.

Je fais glisser mon derrière sur l'herbe pour venir à côté de lui, m'accrochant à ce nouveau sujet de conversation comme à un bateau de sauvetage. Nos épaules sont alignées.

— Le voyage dans le temps. Je suis encore en train de démêler les règles. Comment ça pourrait fonctionner, si c'était réel.

— Cool. Et t'irais où ? Moi je voudrais voir les dinosaures. Ou alors j'irais saluer notre vieux Copain Nique.

Il se penche en avant. Son bras frôle le mien. On dirait qu'il est couvert de neige, avec toutes ses pâquerettes.

— Ou alors je resterais à Holksea, et j'irais au Moyen Âge, me faire mettre au pilori.

Je l'interromps :

— Je retournerais en août dernier. C'est là que j'irais.

— C'est nul, dit-il en chantonnant. Il s'est passé quoi, en août dernier ?

Jason. Grey. Tout.

— Merde, dit-il en comprenant. Désolé.

— C'est rien.

J'arrache une poignée d'herbe sèche. Je ne veux pas... Avoir parlé à Thomas hier soir, lui parler aujourd'hui : c'est la première fois depuis longtemps que les mots me viennent sans encombre...

À côté de moi, Thomas pose une main sur les miennes, pour les calmer. Les cloches de l'église sonnent six coups. Une musique d'enterrement.

— On devrait y aller, dis-je. Umlaut doit avoir faim.

Je me lève, je fourre les livres en désordre dans mon sac. Thomas en ramasse la moitié. On traverse la pelouse, et je vois qu'il tient les journaux de Grey.

— Est-ce que c'est là que... hésite-t-il.

Il est évident qu'il a été infecté par la maladie de Gottie H. Oppenheimer, laquelle a pour effet principal de vous rendre incapable de parler du pire.

— Est-ce que... Grey...

Mon Dieu. Je suis vraiment glauque de chez glauque. Je lis les journaux d'un mort au milieu des tombes. Ça a toujours été une de nos cachettes, même si maman est enterrée de l'autre côté de l'église. Mais c'est différent – elle ne m'appartient pas comme Grey m'appartenait. Maman est une inconnue.

— Non, dis-je sèchement. Il... On n'a pas...

Je prends une grande inspiration.

— Il y a eu une crémation.

On longe le chemin qui contourne l'église et passe devant la tombe de maman. Ça me fait toujours un choc, la date couverte de mousse : ma date de naissance. Sa mort. Gravée dans la pierre, la dure réalité : que nous n'avons eu que quelques heures ensemble, avant qu'un caillot de sang... son cerveau... qu'elle s'effondre. Personne n'a rien pu faire. Thomas se penche et ramasse un caillou, d'un geste naturel il le pose sur la tombe. Et poursuit son chemin.

Un autre rituel. Un nouveau cette fois. Je l'aime bien, ce mec.

— C'est bien que tu aies ça, dit Thomas en montrant le journal. C'est comme s'il était toujours là. Et cette idée me plaît beaucoup plus maintenant que tu m'as avoué que c'était toi l'artiste de *La Saucisse*.

Je ris. Parfois, c'est facile. Par moments, j'ai l'impression que je vais imploser. Ça me vient de manière totalement aléatoire : sous la douche. Quand je suis en train de manger un cornichon à l'ail. Quand je taille un crayon. Soudain, j'ai envie de pleurer. Je ne comprends pas. Le choc, la colère, le marchandage, la dépression et l'acceptation. Ce sont les étapes du deuil que promettent tous les livres. Mais à la place, je me retrouve avec un principe d'incertitude : je ne sais jamais à quelles émotions m'attendre.

— J'aurais bien aimé que M. Tuttle nous laisse son journal à sa mort, dit Thomas en me donnant un coup de coude.

Je ris une nouvelle fois.

— M. Tuttle est enfin mort ? Je croyais qu'il allait durer pour toujours.

— En fait, il y a eu en tout six hamsters. Mon père a cessé de le ressusciter l'année dernière. Je crois qu'il avait peur de s'en voir confier la garde.

Nous avons atteint le portail. Thomas se retourne si vite que je sursaute. Je me retrouve bien trop près de lui. En passant, si on est à quelques centimètres l'un de l'autre, il est en plein soleil, et moi je suis dans l'ombre.

— G. Je voulais te dire avant… Je t'ai rien dit. Mais je suis vraiment désolé. Pour Grey.

Et il me prend dans ses bras. D'abord, je ne sais pas quoi faire de mes bras. C'est la première fois que quelqu'un me fait un câlin depuis Oma et Opa, à Noël. Je reste plantée là, un paquet de coudes, alors qu'il m'enlace comme un ours. Puis je me laisse aller contre lui. Son câlin est aussi doux qu'un pain à la cannelle, il m'emporte.

Et là, je sens que quelque chose au fin fond de ma personne – quelque chose que, après Jason, je pensais complètement disparu – se réveille.

Samedi 26 juillet

[Moins trois cent vingt-huit]

Une semaine plus tard, il se met à pleuvoir.

Une pluie torrentielle qui tambourine sur le toit du Book Barn, et fait trembler les étagères. Exactement comme le jour du départ de Thomas. En fin de matinée, je monte au grenier. Papa, assis comme un lutin sur une chaise de camping, tape des pieds dans ses baskets rouges au rythme de la radio. Il est en train de dés-alphabétiser le rayon poésie. Il entretient le sanctuaire de Grey. Lui et Ned sont complices.

Il agite un exemplaire de *La Terre vaine* sous mon nez.

— *Hallo*, y a pas de client ?

— J'ai éteint l'enseigne, lui dis-je en m'avançant vers la lucarne.

Il pleut à l'horizontale. C'est pas un temps à touristes ni au type déterminé à trouver une première édition. Je regarde dehors. Le monde a l'air couvert de bleus. Par-delà les marais, la mer se déchaîne en vagues moutonneuses. Il est onze heures, mais on se croirait à minuit – tout est allumé à l'intérieur. Protégés par la librairie, lumière dans la nuit, nous sommes dans un vaisseau spatial.

Et j'ai envie de décoller. La dernière fois que j'étais ici, c'était dans un trou de ver, avec Grey.

Je ne sais toujours pas concrètement ce qui se passe. Je croyais avoir tout compris sur les trous de ver – qu'ils étaient des souvenirs haute définition – et puis je suis revenue avec la photo de maman.

Il existe un principe appelé le rasoir d'Occam qui stipule que lorsque vous vous trouvez en présence de plusieurs théories, sans aucun fait sur lesquels vous appuyer, l'explication la plus simple – celle qui implique le moins d'actes de foi – est la bonne. Et l'explication la plus simple, dans mon cas, c'est : 1) J'étais en train de lire un des journaux et la photo se trouvait entre les pages. Ce qui veut dire que : 2) J'ai inventé les trous de ver parce que la douleur d'avoir perdu mon grand-père m'a rendue folle.

Alors c'est ça ? Je suis timbrée ?

Je n'ai pas envie d'explorer cette éventualité. Même si tout est dans ma tête, même si j'ai tout inventé… je veux que tout ceci soit réel. Chaque fois que je tombe dans un vortex, j'embrasse Jason. Je vois Grey. Je me retrouve.

— Tu crois que je devrais mettre Ted à côté de Sylvia ? demande papa.

— Si tu veux que Sof organise une manifestation, dis-je en me détournant de la fenêtre.

— C'est romantique, *nein* ?

Il les aligne l'un à côté de l'autre sur l'étagère, puis me regarde.

— C'est comme toi et le retour de Thomas. Tu sais, je n'étais qu'un tout petit peu plus âgé que toi quand j'ai rencontré ta mère.

Je cligne des yeux de surprise.

— Il y a un livre pour toi sur le bureau, dit-il. Je crois que c'est de la part de Grey.

— Oh.

Je m'attarde à la porte, attendant qu'il élabore. Qu'il parle encore de ma mère, de Grey. Il ne dit rien alors j'ajoute :

— J'ai rendez-vous avec un ami au café. Tu veux que je te rapporte un sandwich ?

— *Ja.*

Il me fait un vague salut de la main. Je parie qu'il ne lèvera pas le nez pendant des heures – si je ne lui mets pas un sandwich devant lui, il en oubliera de manger. Son deuil, il le fait dans sa tête, comme il l'a toujours fait. Les choses seraient-elles différentes si maman était encore en vie ? Ned et moi, on n'aurait peut-être même pas grandi ici, avec Grey.

En bas, je fouille dans le désordre du bureau et déterre une biographie de Cecilia Payne-Gaposchkin, l'étudiante qui a découvert de quoi était fait l'univers. Le soleil, les étoiles, tout – tout est hydrogène.

Dans l'écriture de Grey, je lis :

POUR GOTTIE. QUE TOI AUSSI TU DÉCOUVRES L'UNIVERS.

J'ai eu dix-sept ans en octobre après sa mort. C'était ça, mon cadeau ? Un livre ? Grey ne donnait jamais de livres. Il disait que c'était être flémard. Ned, Sof et Papa, ils me donnaient des trucs genre tee-shirt, vernis à ongles couleur lavande et cartes cadeaux. Grey m'a offert un télescope. Des insectes conservés dans de la résine. Des lunettes de protection de laboratoire avec mes initiales en monogramme sur les branches. Un abonnement à *Sciences et Vie*. Des boucles d'oreilles en argent en forme de racine carrée.

Je ne sais pas quoi penser de ce livre.

Quand mon téléphone bipe, je veux/suis certaine/espère que c'est Jason. Mais c'est Thomas. Contre toute attente, lui, Sof et Meg ont sympathisé en parlant BD et ils sont en route pour Londres. Ils vont à une dédicace à Forbidden Planet, et il m'a envoyé une photo d'un exemplaire des *Vengeurs de la côte ouest : perdus dans l'espace-temps*. Je reconnais les doigts tachés de peinture de Sof qui le tient devant l'appareil. Et il y a un message : **Je suppose que t'es celui en collants verts ?**

Il y aussi un texto de Sof. Je les ignore tous les deux et retourne au mot que m'a laissé Grey dans le livre. Je prends un stylo, et j'écris à l'intérieur de la couverture : *Le principe de Gottie H. Oppenheimer, v 3.0.*

L'univers est presque entièrement constitué d'hydrogène — les cinq pour cent qu'on peut voir en tout cas. Le reste, c'est de l'énergie sombre, et de la matière noire. Tout ce qu'on n'a pas encore compris.

Et s'il s'agissait de toutes les autres possibilités ?

S'il existait plus de deux présents ? Schrödinger le grand séducteur dit que chaque fois qu'un atome se décompose — ou reste intact — à chaque décision que l'on prend, l'univers se divise. À partir du Big Bang, le monde s'étend comme les branches d'un arbre. Et c'est ça qu'on appelle l'infini.

Je nomme les différentes branches :

UN MONDE OÙ JE N'AI JAMAIS EMBRASSÉ JASON
UN MONDE OÙ NOTRE HISTOIRE N'ÉTAIT PAS UN SECRET
UN MONDE OÙ ON EST ENCORE L'ÉTÉ DERNIER
UN MONDE OÙ LES TROUS DE VER EXISTENT
UN MONDE OÙ ILS N'EXISTENT PAS

La question est : quelle est la bonne. ?

L'ordinateur préhistorique gronde bruyamment quand je l'allume. Trois minutes après m'être connectée à internet, j'ai une nouvelle adresse e-mail : gottie.h.oppenheimer@gmail.com.

Je relis mes notes, tapant à toute vitesse mes hypothèses sur les différents mondes possibles, et j'envoie le tout à Mme Adewunmi. Je ne dis pas que j'ai accepté son offre, que j'écris une dissertation en échange de son aide pour entrer à l'université. Appelons ça simplement... une possibilité.

Il est temps d'aller retrouver Jason. Je crie dans l'escalier :
— Papa, je vais au café.

Aucune réponse.

Je ne perds pas mon temps sous la pluie à fermer la porte à clef, ou à essayer de lutter avec un parapluie. Je traverse les quelques mètres de pelouse en courant. Le café est vide, les vitres embuées. Je me fraye un chemin entre les tables en formica et commande un sandwich au hareng avec du pain de seigle pour Papa, et un sandwich au thon grillé pour moi. J'aurai l'air complètement relax quand Jason arrivera – avec mon sandwich et tout, super cool. Même si mon estomac fait des bonds.

— Il faut attendre un quart d'heure pour le thon grillé, grogne le type derrière le comptoir. J'ai pas encore allumé le gril.

Super.

— Je peux aller aux toilettes ? je demande.

Il lève le pouce pour confirmer.

Les toilettes sont bancales, avec une chasse d'eau à l'ancienne accrochée au-dessus, mais c'est un vrai palais comparé à celles du Book Barn. Je m'installe et frissonne dans le courant d'air, et puis je vois une trace de sang. Oh. Je n'ai rien avec moi. J'ai de l'argent, mais le café n'est pas le genre d'endroit où on trouve des distributeurs de tampons.

Je place du papier toilette de mauvaise qualité dans ma culotte et me dandine vers le lavabo en faisant un bruit de papier froissé. Quand j'ai eu mes règles pour la première fois, j'ai marché jusqu'à la pharmacie les cuisses serrées. Je ne voulais l'avouer à personne. Grey aurait essayé de célébrer ça en bon païen. Et j'ai acheté des énormes serviettes à rabats qui me grattaient entre les cuisses et me donnaient de l'eczéma. Puis Sof m'a donné un cours de « vaginacrobatique ». Je venais d'avoir treize ans, et elle avait eu les siennes à douze – apparemment, je ne savais rien de rien. Elle m'a forcée à écrire « tampons » sur la liste de courses de la maison.

« Autrement, je vais former un groupe d'art performance appelé Gottie es-tu là ? Nous voici, menstruations. »

Je fixe mon regard dans le miroir en me lavant les mains à l'eau froide avec un savon grumeleux. Je n'ai pas vraiment revu Sof depuis cette journée à la plage il y a deux semaines. On s'est fait un signe de tête tandis qu'elle suivait, en compagnie de Meg, les Fingerband. Je m'essuie les mains sur mon jean et je réponds à ses messages. Plus ou moins. J'ignore ses questions sur la fête et j'écris le nom du groupe d'art performance, puis : … **Tu te souviens ?** Peut-être qu'on pourrait tous aller à la plage demain, quand la pluie aura cessé. Si elle me répond.

Si seulement je n'avais pas la nausée.

Quand je sors des toilettes, je le trouve à la caisse, il est en train de plaisanter avec le type derrière le comptoir, et il commande un café noir. Du café noir. Sa veste en cuir noire. Ses cheveux blonds foncés par la pluie, ramenés en arrière, style « cul de canard » comme disait Grey. *Jason.* Il est plus petit que Thomas. Je ne le remarque que maintenant.

Je suis contente qu'il ait le dos tourné. Comme ça, je peux le mater tranquillement. J'ignore si je peux le prendre dans mes bras, ou même le toucher, et c'est une sensation affreuse. L'été dernier, je savais que je pouvais chasser le foin de ses épaules, épousseter le sable sur son ventre, retirer les brins d'herbe de ses jambes. Même quand les autres étaient là, je trouvais toujours mille excuses pour le toucher. Et je savais qu'il en avait autant envie que moi.

Je suis en train de perdre tous mes moyens quand le type crie :

— Sandwich au thon pour la demoiselle !

Jason se retourne.

— Margot. T'es allée nager ?

— Non, dis-je en lissant ma natte. Il pleut. La mer doit être froide.

— Je plaisantais, dit-il d'une voix traînante. T'as les cheveux mouillés.

— Thon *grillé*, dit le type du comptoir avec irritation.

— Ah, oui. Ha ha ha !

Je cherche l'argent dans ma poche, puis échange une poignée de monnaie contre deux sacs gras.

L'odeur du hareng de papa se mélange à celle du thon, et mon estomac émet un grognement anxieux.

— Ça va ? demande Jason en penchant la tête.

Il est toujours appuyé sur le comptoir, il ne fait pas un geste vers moi. J'aimerais penser qu'il est aussi stressé que moi. J'aimerais tant que ce soit le cas.

— Ça va, je réponds, nauséeuse. Il paye son café et on va s'asseoir.

— Tu vas manger ça ?

Mon sandwich est toujours dans l'emballage. Jason construit une tour avec les morceaux de sucre.

Je croque une bouchée comme un automate. Ça me prend une heure pour mâcher et avaler étant donné l'énorme boule qui s'est formée dans ma gorge. J'ai les chevilles qui tressautent, désireuses d'aller entourer l'une des siennes, de faire un bretzel de nos corps. Nous sommes venus dans ce café une fois déjà. Tous les autres étaient à la plage ce jour-là, alors on est venus ici au lieu d'aller manger à la paillotte, même si les frites ne sont pas aussi bonnes. On les a à peine mangées, de toute façon, on se souriait comme des idiots, et elles ont refroidi jusqu'à prendre un aspect de guimauve. C'était le jour où il m'a demandé : « Est-ce que tu m'aimes ? » C'était ce jour-là...

Reprends-toi, Gottie, il faut que tu lui demandes pour le trou de ver.

— Jason, quand t'es venu à la maison il a quelques semaines – quand on était dans la chambre de Grey en train de tout emballer. Qu'est-ce qui s'est passé ?

Sa tour de sucre s'écroule sur la table. Voilà. C'est là qu'il va me dire que j'ai disparu.

— Aïe, c'est chaud, dit-il après une gorgée de café. Ouais, c'était un peu bizarre, hein ? Ça fait un moment. On manque d'entraînement.

Il me sourit, et j'essaie de faire de même.

— Mais, dis-je en insistant. Je... j'étais là, n'est-ce pas ?

— Ouais. Je vois ce que tu veux dire, dit-il en fronçant les sourcils. T'avais un peu la tête ailleurs.

Je cherche le meilleur moyen de demander : *je n'ai pas disparu comme par magie n'est-ce pas ?* Mais je ne trouve rien. Jason refait sa pile de sucre, indifférent. Il l'aurait mentionné, si j'avais disparu. Mais il faut que je lui demande.

— Qu'est-ce qui était bizarre ?

J'imagine que me faire aspirer par une boîte en carton serait de cet ordre-là.

— Heu... J'essayais de te parler de l'université – que j'étais très occupé avec tout le travail que ça demande. Que c'était injuste pour toi, le fait que je sois aussi pris. Et puis

Ned nous a interrompus, et comme je t'ai dit – on manque d'entraînement. Il faut que tu te trouves de meilleures excuses.

Il me fait un clin d'œil.

Je devrais être soulagée. Ça veut dire que je ne disparais pas. J'ai raison pour les vortex à deux faces – mon esprit vagabonde dans les souvenirs –, mais en même temps je me déplace et je parle toujours dans cette réalité.

Mais tout ce à quoi je pense, c'est à la première fois qu'on était là, quand il a dit : « Margot. Oublie les frites. Allons chez moi. » C'était le jour où on a couché ensemble pour la première fois.

— Mais tout va bien entre nous, n'est-ce pas ? On est amis, soutient Jason.

Il me rappelle Sof, à me dicter mes opinions.

— La fille au thon ! Le mec au café ! interrompt le type au comptoir. Désolé, les gens, mais si c'est ça, le rush du déjeuner, moi, je vais rentrer chez moi.

On se lève et nos chaises raclent le sol. À la porte, j'hésite, les doigts serrés sur les sacs des sandwichs.

— Bonne nage, dit Jason en pointant le menton vers la pluie. Ah, merde, t'allais me dire quelque chose sur la fête de Ned.

— Tu veux venir à la librairie ? Papa est là-haut, mais il fait chaud. On peut partager mon sandwich…

Une fois de plus, je prie pour qu'il me suive à l'intérieur, qu'il traverse la pelouse, qu'il entre dans mon vaisseau spatial. Qu'on se mette à courir sous la pluie, qu'il m'embrasse comme l'été dernier. Mais il froisse sa tasse en papier vide et la jette à la poubelle.

— Je peux pas. Désolé. C'est… comment on dit ?

Il mime un pistolet de ses doigts, un écho du salut des Fingerband, et il trouve les mots qu'il cherche :

— C'est à mi-chemin. Je peux prendre le bus d'ici. Ma copine vit à Brancaster. Meg, tu la connais.

Il continue de parler, mais mes oreilles bourdonnent – *copine, copine, copine* – et bien sûr, il s'agit de Meg, Meg la fille parfaite. Moi, il m'a gardée secrète, mais pas elle. Je pars en courant : je suis dehors, je traverse la pelouse, sous la pluie, le tonnerre gronde. La porte du Book Barn s'est ouverte sous une bourrasque, mais à l'intérieur, je ne trouve pas la librairie, ce n'est pas mon vaisseau spatial. C'est le néant, la neige sur l'écran de télévision, c'est un trou de ver, une déchirure dans le putain d'espace-temps.

Et cette fois, je choisis de plonger droit dedans.

… On entre tous les deux dans la cuisine, en plein baiser, morts de rire. Peu m'importe si on nous surprend. Mais Jason lâche ma main.

Il y a un mot sur le tableau. C'est l'écriture de papa, et ça n'a aucun sens. Les mots s'agitent devant mes yeux. Il me faut lire les lettres une à une, et quand j'ai tout déchiffré, je dois m'être trompée, car il est écrit :

G-R-E-Y-E-S-t-À-L-H-Ô-P-I-t-A-L

C'est trop pour moi. Je veux retourner dans les champs avec Jason, le soleil sur sa peau. J'essaye de lui prendre la main, pour lui montrer.

— Merde, dit-il en passant ses deux mains dans les cheveux. Merde.

Je le regarde, et je voudrais qu'il comprenne, qu'il dise : faisons comme si nous n'avions pas vu, comme si ce n'était pas vrai, profitons encore de ces quelques heures. Nous ne sommes jamais venus dans la cuisine. Nous sommes encore dans notre château dans les prés, sous le soleil.

Mais il ne lit pas dans mes pensées. Il dit :

— Merde, il faut que t'y aille. Il faut que... merde. Ma mère pourrait t'y conduire. Ou tu peux prendre ton vélo jusqu'à Brancaster et prendre le bus pour l'hôpital.

Il parle toujours, mais je ne l'entends plus, comme quand je ne pouvais pas lire le mot : la mer se déchaîne dans mes oreilles, il n'y a plus assez de gravité dans la pièce. Où est passé l'oxygène ?

— Gottie ? Vas-y. Je vais envoyer un texto à Ned pour lui dire que t'es en route.

Je trouve enfin ma voix :

— Tu ne viens pas avec moi.

— Je peux pas. Il faut que j'aille travailler.

Jason travaille au pub. Parfois, je me faufile dans les cuisines et il me donne des frites.

— Mais...

Je pointe du doigt le mot sur le tableau. Peut-être que lui non plus ne comprend pas.

— Grey est à l'hôpital.

— Ouais, merde. Je sais. Mais tout ira bien. Ils n'auraient pas laissé un mot si c'était pas le cas.

Il m'entraîne hors de la cuisine, referme la porte derrière nous. Il me tient par la main, il me guide jusqu'à mon vélo. Il est couché sur l'herbe, là où je l'ai laissé. Bizarrement, je regarde vers le trou dans la haie et je pense à Thomas Althorpe. À cause de qui je me suis retrouvée dans le même hôpital, il y a longtemps.

Je m'y reprends à deux fois pour grimper sur mon vélo. Je voudrais ne jamais avoir quitté le champ.

Je voudrais appeler Sof pour tout lui avouer : moi et Jason !

Je voudrais qu'on se tienne la main sous une couverture, qu'on se parle en murmurant.

Je voudrais revenir en arrière. Il y a dix minutes. Si on était allés directement dans ma chambre, au lieu de rentrer dans la cuisine, nous n'aurions pas vu le mot. Grey ne serait pas à l'hôpital, et je serais nue avec Jason.

Ce ne sont pas des pensées à avoir. Je suis déplorable.
— Tu m'enverras un texto ? dit Jason en me lançant un regard en biais.

Je ne peux voir le bleu de ses yeux pourtant bleus. Le monde se replie sur lui-même, une douleur m'aveugle, on me serre, mon cœur me fait mal…

———

Et me voilà pliée en deux devant les marches de la cuisine, en train de cracher de la bile sur l'herbe entre mes pieds. Il fait nuit, et il pleut. Une main fait de petits cercles doux sur mon dos. La voix de Thomas chuchote : « Est-ce que ça va ? » La douleur du trou de ver ne m'a pas encore quittée et soudain, je suis frappée par la vérité : Jason ne m'a jamais aimée. Il n'existe aucun univers dans lequel il ne m'aurait pas brisé le cœur.

Je peux résoudre $f(x) = \int_{-\infty}^{\infty}$ dans ma tête, alors il m'est facile de calculer le temps que j'ai perdu avec lui depuis le 9 octobre de l'année dernière : 293 jours, 7 032 heures, 421 920 minutes.

Ce mec, qui ne m'a même pas tenu la main à l'enterrement.

Assez. Ça suffit.

— Thomas, dis-je en me redressant.

Sa main reste sur mon dos, son visage à moitié éclairé par la cuisine derrière nous, et il scrute mon visage à la recherche de ce qui ne va pas :

— Tu veux aller ouvrir la capsule témoin ?

{3}
FRACTALES

*Les fractales sont des motifs répétés à l'infini
que l'on trouve dans la nature :
les rivières, les éclairs, les galaxies, les vaisseaux sanguins.
Ce sont des erreurs.
Un tronc d'arbre se divise en trois.
Chaque section se divise en trois branches.
De chaque branche pousse trois brindilles. Jusqu'à l'infini.
La simplicité mène à la complexité.*

La complexité mène au chaos.

Mercredi 30 juillet

[Moins trois cent trente-deux]

Il pleut pendant les quatre jours qui suivent. Thomas se dispense de travailler au Book Barn, et d'un accord tacite, on se réfugie dans ma chambre, et on joue à Puissance 4 en mangeant des *schneeballs* déformées. Je déroule mon poster de Marie Curie et je le remets au mur. Je dépoussière mon télescope. Je pense aux trous de ver, feuillette les journaux de Grey, ignore les textos de Sof. Thomas lit des BD, griffonne des notes dans ses livres de cuisine, répand ses chaussettes dans toute la pièce comme s'il vivait ici. Et je me fais à l'idée que c'est le cas.

C'est comme s'il n'était jamais parti. Et puis, depuis ce câlin dans le cimetière, il y a quelque chose de plus. De temps en temps, on se demande, en silence…

Quand il cesse enfin de pleuvoir, on émerge et on part à la recherche de la capsule témoin. L'incident de la pomme arrachée ne date que de trois semaines, mais ça pourrait tout aussi bien être des années : le lierre grimpe partout, un essaim de guêpes se dispute une orgie de fruits en décomposition par terre, et l'herbe a dépassé le stade du « il faudrait penser à tondre la pelouse » pour entrer dans la même phase que les cheveux de Ned.

Grey nous tuerait. Il aimait donner au jardin un air sauvage, où la pelouse, les bancs de fleur et les arbres sont indistincts. La plupart des années, on ne pouvait pas s'étendre sur la pelouse, car il plantait les tulipes n'importe où. Mais cette année, le terrain est négligé. C'est le bordel. Comme si, sans lui, on n'en avait plus rien à faire.

— Ça m'a manqué, dit-il en retirant son imperméable. Cette odeur après la pluie. Je te jure, ça sent différemment au Canada.

Le paradoxe de Bentley stipule que toute matière tend vers un point de gravité unique. Apparemment, pour Thomas et moi, ce point, c'est cet arbre. Thomas s'étend vers le haut, plus haut encore, dévoilant une partie de son ventre, et il lance son manteau sur une branche en l'air, nous arrosant de pluie.

— Oups, dit Thomas en se retournant vers moi. Cet arbre, il est spécial, n'est-ce pas ?

Nous sommes tous les deux trempés maintenant, et des gouttes argentées s'accrochent à nos cheveux comme de la rosée. Il m'observe pendant que je m'essuie le visage avec un bout de ma manche.

— Pétrichor, je marmonne.

— C'est du klingon ?

— L'odeur d'après la pluie. C'est comme ça que ça s'appelle. De la bactérie mouillée.

Bravo, Gottie. La dernière fois que t'étais sous cet arbre avec Thomas, les étoiles se sont éteintes. Maintenant, te voilà en train de parler de *bactérie mouillée*.

— Pétrichor, vraiment ? dit Thomas. On dirait un des groupes imaginaires de Sof. Ou ton père, quand il parle allemand.

— Ça me rappelle… Papa m'a dit de te dire de rappeler ta mère, et d'arrêter d'effacer les messages sur le tableau en prétendant que tu l'as appelée, dis-je en donnant un coup de pied dans la terre. Peu importe ce que t'as fait, il faudra que tu lui parles un jour. Quand on sera de nouveau voisins, dans un mois peut-être.

— Ah, dit Thomas. Voisins.

Il s'appuie contre le tronc de l'arbre.

Un silence s'installe. Je sais qu'il ne s'entend pas bien avec son père – d'ailleurs, aucun des messages sur le tableau n'a été de lui. Mais est-ce que j'aurais dû aussi éviter de mentionner sa mère ?

Puis il affiche un sourire espiègle :

— Pourquoi tu penses que *c'est moi* qui ai fait quelque chose de mal ?

— L'instinct, dis-je sans réfléchir. Mon expérience. La fois avec les cochons. M. Tuttle. Un sombre pressentiment.

En dressant la liste de nos bêtises passées, mon esprit pense soudain au futur – Thomas, à nouveau mon voisin, rampant sous la haie. Nous deux à vélos, direction le lycée, mangeant des céréales ensemble, passant notre temps au Book Barn. Il est rentré, et l'année qui arrive s'annonce si différente de celle qui vient de s'écouler.

Thomas sourit et se détache du tronc d'arbre.

— On fait la course ? dit-il en balançant ses jambes par-dessus une branche basse.

En un instant, le voilà grimpé haut, au-dessus de moi ; je vois le dessous de ses baskets Adidas.

— Elle est toujours là !

— Mais de *quoi* tu parles ?

Je croyais qu'on s'apprêtait à déterrer une capsule témoin ?

— Monte, je vais te montrer.

Il sort la tête des feuilles, me tend la main.

Une fois assise sur une branche bien stable à côté de lui, j'ouvre la bouche, mais il pose un doigt sur mes lèvres et me montre. Nichée dans l'arbre, il y a une boîte en métal rouillée, une de ces mini-valises avec une poignée pour la transporter et de quoi y accrocher un cadenas. Nos noms sont inscrits au marqueur sur le couvercle et dessus trône une grenouille.

— Oh, dis-je sans la reconnaître.

Je parle de la boîte, pas de la grenouille. Bien que je sois quasi certaine de ne l'avoir jamais vue non plus.

— C'est ça, la capsule témoin ? On n'a pas essayé de l'enterrer ?

Thomas secoue la tête :

— On l'a trouvée.

Je tourne la tête pour le regarder, l'ombre des feuilles se dessine sur son visage. Autrefois, on montait ici tout le temps, mais aujourd'hui, nous sommes trop grands pour l'arbre, nous tenons à peine, recroquevillés.

— Oh. Tu ne te souviens vraiment pas ? demande-t-il.

Il me faut m'agripper à une de ses épaules d'une main, pour pouvoir lui montrer mon autre main sans perdre l'équilibre.

— Tout ce que je sais, c'est qu'on a parlé d'un pacte de sang au Book Barn, dis-je en agitant la paume, et puis, je me suis réveillée à l'hôpital avec ça.

— Oui. C'est pas étonnant. Attends.

Il se penche prudemment et soulève la grenouille d'un doigt, puis se met debout sur la branche bancale pour aller la poser sur une feuilles.

J'en tomberais bien de l'arbre si ce n'était pas un acte à la Isaac Newton. Thomas fait écho à cette pensée.

— Ahhh !!

Alors qu'il se retourne pour se rasseoir, son pied glisse sur la branche mouillée. Il n'a rien pour se retenir, et il fait des moulins avec les bras pendant un instant, un pied en équilibre au-dessus du vide. Paralysée, je visionne déjà un futur où il tombe au ralenti.

Le temps s'accélère alors qu'il retrouve l'équilibre, lance un « ouf ! » et me fait un grand sourire.

— Je crois que j'ai remporté la médaille d'or de gymnastique pour le Canada, hein ?

— Très gracieux, dis-je pour cacher ma panique.

Je l'attrape par le coude et il se rassoit. Son centre de gravité s'en est très bien sorti. Et là, il me prend le bras à son tour, brisant toutes les lois du Principe des Bras Spaghettis.

— Merci, dit-il en se rapprochant de moi.

On se tient toujours les bras. Pas les mains. *Les bras*. Moi et Thomas Althorpe, on se tient les coudes, c'est ridicule.

Et on ne veut pas lâcher prise.

— Prête ? dit-il en me regardant.

Ses yeux ne sont pas marron foncé, ils sont noisette.

Je me mâchouille la lèvre, indécise. J'aime qu'on se tienne les coudes avec Thomas, j'aime qu'on mange du gâteau et qu'on rigole à cause de *La Saucisse*. Contre toute attente, j'aime qu'il débarque dans ma chambre à l'improviste, qu'il se vautre sur mon lit et chatouille les oreilles d'Umlaut. J'aime qu'on soit à nouveau amis – et qu'il y ait ce quelque chose en plus entre nous, ce petit quelque chose qui génère de l'électricité dans l'air.

Mais cette boîte contient tout ce qui s'est passé le jour où il m'a abandonnée. Suis-je prête à me souvenir ?

— C'est juste une boîte, dit Thomas. Cot-cot-cot...

Sans réfléchir une seconde de plus, j'attrape le couvercle et l'ouvre brutalement.

Elle est vide. Il y a une traînée noire dedans, comme si des limaces y avaient fait leur nid, et l'intérieur du couvercle

porte des traces de suie et des gribouillis illisibles au marqueur. À part ça, rien. Quelle déception.
— G, tu l'as déjà ouverte ?
— Je te l'ai dit, je ne savais même pas que ce... truc existait. Qu'est-ce que c'est ?
Je sens Thomas hausser les épaules à côté de moi.
— Plus rien, maintenant, j'imagine.
— Qu'est-ce que tu croyais qu'on y trouverait ?
— Je sais pas !
Il a l'air extrêmement frustré, comme s'il voulait secouer le pommier jusqu'à ce que toutes les pommes nous tombent sur la tête et qu'on trouve la réponse.
— On avait rassemblé un tas de machins, et puis on a fait notre pacte de sang. Je t'ai laissée ici pour aller chercher Grey, et quand je suis revenu, le couvercle était refermé. Je me suis toujours demandé...
— Quoi ?
— Rien, dit-il en secouant la tête comme un chien mouillé. Rien. On l'a peut-être ouverte trop tôt. Je ne sais pas.
Je pivote vers lui pour le regarder, je glisse un bras derrière lui pour ne pas tomber. De l'autre main, j'attrape à nouveau son coude.
Il y a un mois, je ne voulais pas de nouveaux souvenirs de cet été. Maintenant, je n'en suis plus si sûre. Je commence à me souvenir qu'il y a toujours deux membres dans une équation.
— Thomas, écoute. Elle est vide, et alors ? On peut y mettre quelque chose de nouveau. Faire une capsule témoin de toi et moi. De qui nous sommes aujourd'hui.
Il se tourne pour me prendre le coude. Ce qui veut dire que maintenant, nous ne pouvons bouger ni l'un ni l'autre sans perdre l'équilibre. Mon visage doit être aussi sérieux

que le sien. On se regarde. J'ai envie de demander : *Mais qui es tu, au fait ? Pourquoi es-tu revenu ?*

— Alors, qui sommes-nous aujourd'hui ? dit-on en chœur.

— Notre télépathie, dit Thomas.

Son sourire pourrait bien mettre le feu à l'arbre.

En un instant, le soleil disparaît. Quelques secondes plus tard, il pleut des cordes.

Des éclairs clignotent entre les feuilles et se reflètent dans les lunettes de Thomas, très vite suivis d'un grondement de tonnerre.

— G ! hurle Thomas par-dessus l'orage, alors que nous ne sommes qu'à quelques centimètre l'un de l'autre. Il faut qu'on sorte de cet arbre.

Des éclairs fusent à nouveau. Je vois à peine à travers toute l'eau qui me tombe dans les yeux, mais j'acquiesce. Mon bras est toujours autour de sa taille, sa main encore sur mon coude. Si l'un de nous deux bouge, on tombera tous les deux.

— Je vais te lâcher, crie Thomas. Saute en arrière. À trois ?

Mon instinct me dit de sauter sans attendre – je glisse le long du tronc, m'écorchant le ventre contre l'écorce. Ma natte s'accroche à une branche, mon crâne me fait mal. Un nouveau coup de tonnerre, puis Thomas tombant derrière moi m'attrape le coude dès qu'il touche terre.

— T'as pas attendu trois, hurle-t-il en repoussant ses cheveux trempés de l'autre main.

— Toi non plus !

On se tourne l'un vers l'autre, morts de rire, trébuchant, on se prend la main avant de partir en courant vers ma chambre. Là, Ned nous attend devant la porte, sentinelle aux bras croisés, son manteau de fourrure trempé par la pluie. On dirait Umlaut qui vient de perdre une bataille contre un écureuil.

— Althorpe, dit-il d'un ton réprobateur.

Il me lâche la main, mon frère fronce les sourcils. Non, mais c'est quoi son problème ?

— Je viens d'avoir une charmante conversation avec ta mère. Elle est au téléphone. Elle veut te parler.

Une fois que Ned a pratiquement escorté Thomas de l'autre côté du jardin, je me recroqueville sur mon lit avec le journal de Grey d'il y a cinq ans. Je parcours l'automne, puis l'hiver suivant le départ de Thomas. Je ne suis pas certaine de ce que je cherche – des indices, une mention de la capsule témoin, *n'importe quoi*. Et je trouve ceci :

LA MARE EST GELÉE. LES CANARDS FONT DU PATIN À GLACE. LES CHEVEUX DE G SONT PRESQUE AUSSI LONGS QUE CEUX DE NED. ELLE RESSEMBLE TOUJOURS À CARO.

Je laisse tomber le journal sur mon lit, je vais m'asseoir à même le sol devant mon miroir. La photo de moi et ma mère est scotchée à l'un des coins. Mes cheveux sont encore mouillés de la pluie, tout entortillés dans ma natte. Quand je retire l'élastique, ils retombent en ondulations trempées jusqu'à ma taille. Une inconnue me regarde.

— Qu'est-ce que tu en penses, Umlaut ?

Miaou ?

J'observe mon reflet, et le visage de ma mère sur la photo. Qui suis-je ?

Quelqu'un qui avait si peur de faire un choix, que j'ai attendu Jason pendant neuf mois. J'ai attendu Thomas pendant cinq ans, en silence. J'ai peint *La Saucisse*, et je n'ai jamais dit à Sof que j'abandonnais l'option art. Je me laisse porter, sans prendre de décision. J'ai laissé mes cheveux pousser.

Je les tords, formant une corde autour de ma main. Cela ne me ressemble plus. J'ai ouvert la capsule témoin, et j'ai sauté avant trois – je suis du genre à me saouler aux pivoines et à faire sécher mes sous-vêtements dans les arbres. Je crois que j'ai envie de l'écrire, cette dissertation pour Mme Adewunmi.

Je veux sortir de mon deuil.

Me couper les cheveux est soudain devenu une nécessité absolue. Je tape dans la patte d'Umlaut, puis je saute sur mes pieds pour me précipiter dans la forêt pluvieuse, trébuchant tout de suite sur une ronce qui m'égratigne la cheville. *Scheisse !* Je vais finir par débroussailler au lance-flammes.

Les cheveux trempés, le cœur en ébullition, j'entre en trombe dans la cuisine, où Jason et Ned sont assis autour de la table. Ned joue de la guitare sèche, un hot cross bun pendu aux lèvres comme une cigarette.

— C'est rock'n'roll, dis-je en levant deux pouces d'abord vers Ned.

Mon geste faiblit en arrivant à Jason. J'ai décidé de passer à autre chose. Il m'a dit qu'on était amis. On ne l'a jamais été, j'ignore pourquoi. Je me tourne à nouveau vers mon frère et dit :

— Les hot cross buns, c'est pour Pâques. On est en juillet.

En fait, juillet touche à sa fin. La fête de Ned est dans deux semaines, et puis deux semaines après, ça fera un an que Grey est mort. Ce sera la rentrée, et le temps passera de plus en plus vite. C'est déjà le cas.

— Y a pas de saison pour la gueule de bois, marmonne Ned autour de son pain.

Il est sept heures du soir.

La joie que je ressentais il y a quelques instants commence à s'estomper.

— Si tu cherches M. le Séducteur, il est dans sa chambre, dit Ned.

Comme si je cherchais Thomas dans le tiroir à couverts. Je suppose que Jason fixe ma nuque et me voit rougir jusqu'aux oreilles au commentaire déplacé de Ned. Ou peut-être que ce n'est pas le cas, qu'il n'a rien remarqué, et que... *Mais merde, c'est si dur que ça de remettre les cuillères à leur place ?*

— J'ai sollicité ses services pour la fête, ajoute Ned. On pense faire un croquembouche géant.

— Hé, Gottie ! T'as vu l'invit Facebook ? me lance Jason. Meg a dessiné un truc super cool et...

Il n'a pas fini de parler, que je suis déjà dehors. J'ai trouvé les ciseaux, je traverse le jardin trempé, direction ma chambre, coupant des feuilles à divers buissons sur la route. Je veux tout voir disparaître. Mes cheveux, la fête, le jardin, Jason, les trous de ver, le temps, les journaux, la mort – surtout la mort, ma vie en est si pleine.

Ma chambre, on dirait un cercueil.

Tchac !

C'est comme ça que je me l'imagine : un coup de ciseau bien net, et je pourrais fourrer toute ma tristesse dans la poubelle. Les mains de Jason dans mes cheveux, ses baisers dans mon cou, la fille que j'étais, que je suis, que je serai – qui que ce soit. Disparue.

Mais la réalité, c'est que je rassemble mes cheveux en queue-de-cheval, je tends le bras pour couper, j'entends un « crac ! » et les ciseaux se bloquent. Je tire à deux mains dessus... Rien à faire. Ils sont coincés.

Je cherche à tâtons derrière ma tête, mon cœur bat à vive allure, et je constate que je n'ai atteint que le tiers de ma chevelure – mais je suis assez avancée pour devoir continuer. Sauf que je ne peux. Pas. Ouvrir. Les. Ciseaux.

Une mèche de cheveux m'arrivant au menton se dégage.

Umlaut décrit des petits cercles sur les journaux en miaulant.

— Tu ne m'aides pas, là.

J'ai le visage en feu, même si le seul témoin de cette situation embarrassante est le chat. Je n'ai personne à appeler, comme quand je m'étais rasé le « monosourcil » au lieu de l'épiler – je me suis trop éloignée de Sof. Pourquoi l'ai-je fait ? Les ciseaux pendent dans mes cheveux et tapent dans mon dos tandis que je me précipite à l'autre bout de la pièce pour répondre à ses messages, répondre à tout, vite.

Choisis une couleur, choisis un chiffre – retrouve-moi à la plage ce dimanche. S'il te plaît ?

Un monde où moi et Sof, on serait amies.

Puis, j'attrape mes ciseaux à ongles, et je me mets à couper par petits bouts, ignorant les mèches qui tombent au sol, peu importe de quoi ça aura l'air. Je suis prête à être…

… libre. La chute des ciseaux de cuisine résonne sur le sol.

Je passe la main dans mes cheveux – ils sont *très* courts. Par endroits. Il y a aussi de longs morceaux que j'ai ratés. Quand j'étais petite, Grey coupait mes cheveux pleins de nourriture au lieu de les laver. Je suppose que j'ai recréé le style bébé sans le vouloir.

Umlaut trottine jusqu'au miroir avec moi.

Mes yeux passent de mon reflet à la photo. La peau mate les yeux sombres un nez si grand et une coupe mulet démodée des années quatre-vingt : oui, je ressemble à ma mère. Mais c'est agréable. Parce que aussi, et c'est la première fois depuis très longtemps, je me ressemble à moi.

Une boule à facettes clignote dans ma chambre. Je lève les yeux, juste à temps pour apercevoir un écran noir. Soudain, mon plafond est couvert de constellations phosphorescentes en plastique. Comme quand j'étais petite et que je partageais ma chambre avec Ned. Il en avait toujours eu horreur.

Est-ce que c'est moi qui les ai collées là ? Ou Thomas ?

Sous la lueur phosphorescente, mon téléphone émet un bip et une notification m'indique que gottie.h.oppenheimer a reçu un message, l'e-mail de Thomas est arrivé. Même si c'est impossible, même si je viens de créer cette adresse : c'est le message qu'il m'a envoyé il y a un mois. Les deux univers convergent.

Jeudi 31 juillet

[Moins trois cent trente-trois]

```
Delivered-To: gottie.h.oppenheimer@gmail.com
Received: by 10.55.141.129 with SMTP id p123csp1805138qkd;
        4/7/2015, 17:36:27 X-Received: by 10.50.45.8 with SMTP
idi8mr5770927igm.47.1447183047627;
Return-Path: <thomasalthorpe@yahoo.ca>
Received: from nm42.bullet.mail.ne1.yahoo.ca
(nm42.bullet.mail.ne1.yahoo.ca. [98.138.120.49])
        by mx.google.com with ESMTPS id
        s85si6481364ios.153.2015.11.10.11.17.27
        for gottie.h.oppenheimer@gmail.com
b=G9e8uJO59jG58LGKeScOH4+9NNOXa2jzmCf+rBK+JUtnv96EI5tHIAGXXah8avMuvw96p
43H20g/6u1Gnlsk58mtvZeN84ae35D2ZVWwq1AAKrHx1kj6AI1d6YPeuq3chEmU0HahPfde
WDeY4JzCMTsMSo9W8AvVCueo9PXbwGfFTc3ZMKVjYX3ODsoxUxTXojhue+Dg1tWFTYY1vHe
cd4/ntp6GfZv3OiHBljal7vUs15anRAIM1YMjTSwYqyZV0tjaY3Oi8gNCWvKGkpwpL30kG1
Ubzy1M5UH5CPCDbYDTN4X9zMwLkCjo2YHyJ10P33WtIiRqJqZxRkeIyYroLw
```

J'ai effacé puis réinstallé mon application Gmail, j'ai grimpé dans le pommier et agité mon téléphone en l'air pour capter la 4G, et j'ai frappé l'engin de mon poing – mais à part nos adresses et la date en haut, l'e-mail de Thomas n'est rien d'autre que du charabia.

Il ne devrait même pas exister ! Je n'avais même pas créé ce compte quand il a envoyé ça. A-t-il deviné l'adresse parmi des centaines, envoyant des messages comme des bouteilles à la mer ?

V 4.0 – ouvrir la boîte de Schrödinger détermine si oui ou non le chat est en vie.

Et si le chat n'était pas encore là ?

Lorsque l'aube vient, je rassemble mes cheveux pour leur donner un air plus ou moins normal, je retire mon pyjama à planètes, j'enfile un tricot de corps, un short. Je m'arrête à la porte de ma chambre, je regarde l'herbe humide, puis je retire mes tennis. Si je suis destinée à découvrir l'univers, je vais commencer avec les pieds.

Quand j'entre dans la cuisine, de la boue jusqu'aux chevilles, Thomas, Ned et papa sont déjà attablés. Il y a une assiette pleine de *rugelach* à la cannelle entre eux.

Papa ouvre de grands yeux, Thomas s'étouffe presque avec sa bouchée avant de dire :

— Oh ! Tes *cheveux* !

Son ton ne me dit pas si c'est positif ou négatif.

Je passe la main dedans pour les faire bouffer.

— Sur une échelle de un à un million, c'est moche à quel point ?

Thomas secoue la tête, agitant ses propres boucles éparses.

— Nan, ça te va super bien. C'est exactement comme ça qu'ils doivent être.

On se regarde un instant ; un ange passe.

Puis Ned chuchote quelque chose à l'oreille de papa, lequel émet un râle, marmonne quelque chose en allemand. Je crois entendre le mot *Büstenhalter*. Soutien-gorge.

Je croise les bras sur ma poitrine. Thomas se lève d'un bond, s'élance à l'autre bout de la cuisine et pose un *rugelach* sur une assiette, pour moi. Il met en route la bouilloire, agite les bras sans cesser de parler du croquembouche que Ned lui a commandé.

Je mange ma pâtisserie, je lèche le sucre sur mes doigts et je ris des singeries de Thomas. J'ignore le regard noir que nous lance Ned.

Après un an de deuil, je me sens comme les victoriens à l'arrivée d'Edison – après des années passées dans le noir, la *lumière électrique* est née.

J'ai la Terre entre les pieds.

Dimanche j'échappe à l'étrange surveillance policière de Ned et m'enfonce dans les terres loin d'Holksea, je longe le canal pour aller retrouver Sof. Le soleil tape fort et, quand j'arrive, elle est en train de prendre un bain de soleil sur le bateau. On l'aperçoit à peine derrière la profusion de plantes en pots que sa mère fait pousser sur le pont.

Je reste sur la rive un instant, observant Mme Petrakis qui arrose les plantes, puis éclabousse Sof, laquelle pousse un cri-rire perçant. Grey nous éclaboussait aussi dans le jardin. Faisait-il la même chose avec ma mère ? Cette pensée est comme un trou de ver qui m'arrache le cœur. Je décide de stopper ça.

— Sof !

Elle se relève, regarde entre les fougères, sa bouche au rouge à lèvre parfait forme un O sidéré.

Ce O s'adresse à mes cheveux. Mon relooking m'était sorti de la tête.

Sof m'observe, je monte à bord en faisant tanguer le bateau – et toutes les feuilles s'agitent, même s'il n'y a pas de vent. Sof secoue la tête, incrédule.

— Bonjour, madame Petrakis, dis-je en saluant d'une main maladroite.

— Salut, dit sa mère d'une voix douce, les yeux rayonnants.

Elle pose l'arrosoir.

— Ma chérie, je t'embrasserais bien, mais mes mains sont couvertes de compost. Ça ne fait que quatre jours que la pluie a cessé, mais déjà tout recommence à sécher. Je suppose que c'est pareil dans ton jardin ?

Grey et elle parlaient toujours de compost, de feuilles moisies, etc... Ses idées s'étalent partout dans ses journaux. C'est comme ça qu'on est devenues amies, moi et... Sof, qui n'a toujours pas prononcé un mot.

— Oui, mais ça va, je mens.

Sof lui a-t-elle dit qu'on négligeait totalement le jardin ? Je devrais l'inviter à venir dire bonjour aux plantes. Lui demander ce qu'on doit faire pour rendre au jardin sa beauté d'antan.

— Je vais te chercher un truc à boire. Tu veux de l'eau de coco ?

Mme Petrakis me sourit à nouveau, se retourne et retire ses gants de jardinage. Elle pose le dos de sa main sur l'épaule de Sof.

— N'oublie pas la crème solaire.

Sof la suit à l'intérieur pour aller en chercher, j'essaie de ne pas lui en vouloir d'avoir une mère qui lui rappelle de mettre de la crème.

— Eh ben, dit Sof quand elle revient, deux bouteilles d'eau et un sachet de tranches de pomme séchées à la main.

— Tu penses que j'ai eu tort ?

— Non, non...

Sof fait une tête qui dit tout le contraire. Sur sa tête, elle porte deux chignons à la Princesse Leia. Elle fixe mes cheveux.

— Retourne-toi, que je voie de plus près.

J'exécute un tour complet, puis je m'assois sur la serviette à côté d'elle.

Il fait super chaud. Il n'y a pas de vent et l'air a une odeur de sel et de limonium. Le ciel a cette immensité typique des plaines du Norfolk, où le terrain est si plat qu'il pourrait contredire Ptolémée, où le bleu du ciel s'étend jusqu'aux confins. Non pas que je sois allée ailleurs pour comparer. Ned voit peut-être des ciels identiques à Londres tout le temps. Thomas a peut-être laissé derrière lui un ciel tout aussi immense au Canada.

Je veux voir tous les ciels, pas seulement celui que je connais. *C'est comme ça que tu découvriras l'univers.*

— Tu détestes ? dis-je en passant la main sur ma nuque presque dénudée.

Sof rajuste ses lunettes de soleil vert citron, assorties à son bikini, et dit sans me regarder :

— Je ne déteste pas. Mais j'aurais aimé que tu m'en parles avant.

— Pour me dire de ne pas le faire ? je plaisante à moitié. Je sais que c'est un peu de travers. Je crois que Thomas a mis du beurre de cacahouète sur nos ciseaux...

Sof ne répond pas, le regard perdu sur le canal. La surface est telle un miroir : tout ce ciel bleu est également au-dessous de nous. Nous sommes au centre de l'univers.

— Toi et Thomas. Je ne t'ai pas vue depuis des semaines, mais il est là pour te couper les cheveux...

— C'est *moi* qui les ai coupés. Thomas n'a rien à voir avec ça.

— Il est dans ta maison. Il met du beurre de cacahouètes sur tes ciseaux, il travaille au Book Barn... Tu réponds à peine à mes textos, tu ne m'as jamais dit que tu t'étais coupé les cheveux.

C'est injuste. Sof m'a abandonnée plein de fois pour passer des heures au téléphone avec des filles que je n'avais jamais rencontrées, perdant la tête pour un flirt en ligne. Pourquoi ne peut-elle pas être heureuse pour moi ? Je ne veux pas m'embourber dans une conversation qui ne mènera à rien. Je voudrais pouvoir sauter tous les moments tendus, comme si je sortais d'un trou de ver, et qu'on soit à nouveau amies, que tout soit normal.

— T'as la même coupe que quand je t'ai rencontrée, marmonne Sof. Celle que tu devais avoir quand Thomas vivait ici autrefois.

— Thomas habite avec nous, dis-je. Je peux pas l'éviter. Vous avez bien passé du temps ensemble à Londres avec Meg ?

— Toi et Thomas, vous êtes amis, dit-elle en me regardant enfin – ou en tous cas en pointant ses lunettes de soleil sur moi. Moi et Thomas, on a sympathisé. Et toi et moi, qu'est-ce qu'on est ?

Je fourre un morceau de pomme dans ma bouche – il a la texture d'une éponge de mer. À la mort de Grey, Sof est venue me voir tous les jours, elle m'a apporté des magazines, des chocolats, le regard plein de questions : est-ce que ça va ? Est-ce que ça va ? Est-ce que ça va ? J'ai commencé à redouter ses coups à la porte parce que je *sentais* son désir – elle voulait que je lui parle, que je me confie à elle, que je vienne vers elle. Elle voulait que je me comporte d'une certaine manière. C'était épuisant.

Et si les amitiés avaient une date d'expiration, et que la nôtre était passée ?

— Je parie qu'ils feraient un super groupe satirique, dis-je en lui flanquant un coup de coude : Les Ciseaux au Beurre de Cacahouètes.

Silence.

— Coupe de Cheveux Surprise : un chanteur cérébral et quelques intellos aux claviers.

Sof reste muette.

— Ta Meilleure Amie est Nulle et elle s'en Excuse : moi et Niall à la batterie, et une chanson pour me faire pardonner.

Un petit sourire se dessine sur le visage de Sof. Pas très grand. Et il s'évanouit vite, comme si de rien n'était. Mais c'est un début.

— Ma *peut-être* Meilleure Amie est Pas Cool et C'est Inégal derrière.

— Dis-moi, Sof. Tu veux venir chez moi vendredi ? Tu pourrais m'aider à égaliser. Et Thomas fait des gâteaux super bons…

Il y a un silence, puis elle demande :

— Sans gluten ?

Alors je sais que je l'ai convaincue.

— Sans attrait garanti, promis.

J'attends une seconde, avant de lui faire ma seconde offre :

— Tu veux que je te dise un secret ? Un truc que Thomas sait pas ?

— Ça dépend.

Elle retire ses lunettes de soleil et plisse les yeux d'un air suspicieux. Mon cœur s'emplit de joie et je me dis : *Je ne suis pas prête à perdre cette amitié.*

— Un secret de quelle magnitude ?

— J'ai couché avec Jason.

Ned aurait dû être là pour capturer la tête qu'elle fait.

Voilà ce que Sof aurait répondu si tout était normal entre nous : « Woooooooooooooooo !!! »

Elle se serait redressée et aurait poussé un hurlement comme un loup criant à la lune.

Elle aurait utilisé toutes les voyelles disponibles. Je lui aurais parlé de moi et Jason, comment lui, il l'avait déjà fait, et que moi, bien sûr, c'était ma première fois. Mais que, bien vite, ça n'a plus eu d'importance. On aurait parlé en mangeant des réglisses jusqu'à ce que nos langues deviennent toutes noires.

Elle m'aurait posé un millier de questions. Est-ce que c'était pour que ça que je lisais *Pour toujours* ? Est-ce que je prenais la pilule ? Est-ce qu'il fallait qu'elle me décrive quelles étaient mes options ? Et *Jason* ? Est-ce qu'il s'était arrêté pour faire la pause en plein milieu ? La tête de Sof lui tournerait comme dans *l'Exorciste*, et je l'adorerais pour toutes les raisons pour lesquelles je ne la supportais plus l'été dernier : son enthousiasme, son exubérance, sa curiosité maladive, et ses prétendus discours de grande sagesse. Elle me regarderait par-dessus ses lunettes de star et m'expliquerait que la virginité n'existe pas, me demanderait si j'avais lu Naomi Wolf, et me dirait que la pénétration n'est qu'un mythe de toute façon, et je sais déjà ça, non ?

Mais voilà ce qui se passe : Sof referme la bouche après l'avoir ouverte de stupeur, et arrache un bout de vernis à ongle d'un de ses doigts de pieds avant de dire d'une voix rauque :

— C'était quand, ça ? Il sort avec Meg.

— C'était avant.

Je ne peux pas lui dire que ça fait *longtemps*. C'est le problème avec les secrets – on ne peut pas simplement les dévoiler et s'attendre à ce que tout soit normal. Une fois exposés, ils laissent des traces dans l'univers, comme des ricochets sur l'eau d'un canal.

— Tu sais qu'il va venir à la fête de Ned avec Meg.

Même si ça se passe dans ma maison, il n'y a aucun doute, c'est la fête de Ned, pas la mienne. Treize jours, le compte à rebours a commencé.

— Je suis désolée de pas t'avoir dit avant, dis-je. Pour Jason.

— Ouais, bah... dit Sof en remettant ses lunettes de soleil d'un coup. Je te raconte pas tous mes secrets non plus.

— Au fait, à propos de Jason, dis-je sans me sentir plus légère. T'es la seule à savoir...

— Et tu veux que je dise rien à Ned.

Depuis le jour de la capsule témoin, Ned surgit partout comme un diable entre Thomas et moi. Il nous guette devant la porte de la salle de bains, et nous espionne dans la cuisine comme un centurion romain. Il ne nous laisse jamais seuls.

— On va nager ? dit-elle en se relevant.

Les fougères ondulent tandis que nous nous rapprochons sans un mot de la proue du bateau. Tout au bord, on se tient l'une à côté de l'autre, ensemble sans l'être.

— Au meilleur été de tous les temps ? je demande à Sof.

On en est bien loin, mais c'est ce qu'on disait autrefois. Et elle répétait toujours la même chose en retour : « Nan – l'année prochaine sera mieux. »

Cette fois, elle ne se donne pas la peine de répondre. Au lieu de ça, en avance sur moi comme toujours, elle fait une bombe dans le canal-miroir, brisant tout ce bleu en mille morceaux.

Nager avec Sof, c'est ce qui était prévu. Mais le temps que je saute dans le canal pour la rejoindre, il s'est transformé en trou de ver.

Je me laisse couler dans l'eau fraîche et claire.

Après être remontée à la surface pour respirer, je me tourne sur le dos, et je me laisse flotter. Tout à l'heure, quand on s'embrassait, Jason m'a persuadée de défaire ma natte. Ma chevelure s'étale dans l'eau autour de moi. Je suis comme une sirène.

Je ferme les yeux et me laisse envelopper par le soleil, profitant du contraste entre la chaleur sur mon ventre et la fraîcheur sur laquelle je suis posée. Jason m'appelle et on dirait qu'il est si loin de moi, comme si nous étions à deux endroits différents.

Il a dû répéter « Margot », trois, quatre (cents) fois avant que j'ouvre les yeux. Il est à l'envers au-dessus de moi, penché par-dessus la proue du bateau de Sof. Toute sa famille est en vacances, je suis chargée d'arroser les plantes. Le canal est une zone sûre, pas de Ned, ni personne d'autre.

— Coucou, dis-je en fronçant le nez.

J'aimerais pouvoir l'atteindre, l'entraîner avec moi dans l'eau.

— Coucou, la rêveuse, dit-il avec un sourire, plein d'amour derrière ses lunettes de soleil. Quand est-ce que tu comptes sortir de là ?

— Jamais, dis-je en l'éclaboussant un peu. Tu pourrais venir me rejoindre…

— J'ai pas apporté mon bikini, plaisante-t-il.

Je ferme les paupières, car je n'ose pas le dire les yeux ouverts :

— T'as qu'à nager tout nu.

Peu après, j'entends un plouf. Je me redresse, je nage sur place, Jason est à mes côtés. Ses cheveux mouillés lui tombent dans les yeux, il est torse nu, ses yeux sont bleu foncé. Lorsqu'il me regarde, soudain, je comprends. On ne parle pas du Big Bang. C'est juste un été. Mais c'est tout de même de l'amour. C'est tout de même quelque chose.

— À ton tour, dit-il, sûr de lui.

Il passe ses bras autour de ma taille, me tient fermement, et on nage maladroitement vers la coque du bateau. On ne se quitte pas du regard, je détache mon haut de bikini dans mon dos, avant de le balancer sur la rampe du bateau, où il se met à s'égoutter doucement.

Lorsque je fais glisser mon bas de maillot de bain, il m'échappe et se met à couler. Je ne me donne pas la peine de plonger pour le rattraper. Au lieu de ça, je dis à Jason :

— On fait la course ?

Et je prends de l'élan avec mes pieds contre le bateau, fonçant dans l'eau, nageant en petits cercles… La vie en 3D.

Je me sens comme électrisée. Sans cette couche de polyester, l'eau est différente contre ma peau. Le soleil est plus chaud sur mes épaules, et la bouche de Jason, lorsqu'il me rattrape et m'embrasse sur la nuque, c'est tellement plus que ça. Je ne me suis jamais sentie aussi vivante.

Lundi 4 août

[Moins trois cent trente-sept]

Il doit être minuit. L'heure de Cendrillon. L'heure ensorcelée. L'atmosphère est magique : il fait noir sous les étoiles, l'air chaud nous rapproche. Moi, j'ai les yeux grands ouverts. Depuis que je suis revenue du passé, dans le canal, j'ai des sens de super-héros. On dirait que quelqu'un a monté le volume de l'univers, le monde a des couleurs éclatantes. Plus de trous de ver. Je suis *là*.

Je me sens à la fois mieux et pire qu'avant : tout est intense, je vis, mais je m'éloigne de plus en plus de mon grand-père. Être ici, c'est le laisser derrière moi. Ses journaux ne sont que des mots sur des pages.

La porte de la cuisine est ouverte, et la senteur du jasmin de nuit du jardin se mêle à celle du gâteau au citron que Thomas a mis au four. C'est son premier essai : il travaille à la friandise sans gluten que j'ai promise à Sof. Papa est allé se coucher il y a des heures. Ned a enfin renoncé et nous a laissés seuls. Ma peau est en effervescence. Ça me picote partout.

— Tiens, c'est le meilleur, dit Thomas en me tendant une cuillère en bois.

L'air vibre sur son passage quand il retourne vers l'évier, nos doigts tremblent.

Je lèche la pâte à gâteau sur la cuillère. J'essaie de me concentrer sur la feuille devant moi. Je fais un graphique des trous de ver. Un point pour chaque date, chaque endroit où je suis retournée, et chaque lieu de départ. Si les lignes temporelles convergent, je veux savoir vers *quoi*. Il ne reste que dix jours avant la fête de Ned. Vingt-huit jours avant l'anniversaire de la mort de Grey. Une semaine après ça, Mme Adewunmi s'attend à recevoir ma dissertation par e-mail.

Derrière moi, Thomas fait la vaisselle, et l'évier déborde de bulles. Il chantonne par-dessus les grognements de la plomberie. Ses pieds nus tapent sur le carrelage.

Je souris, retourne à mon travail, prends un nouveau feutre et répertorie aussi toutes les anomalies qui se sont déroulées en présence de Thomas. Les chiffres dans le cimetière, les étoiles éteintes dans le jardin, l'orage dans l'arbre. Après un moment, j'ajoute un dernier point, orange cette fois : avril, dans la cuisine, Umlaut.

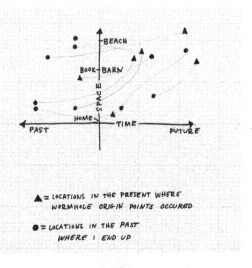

— Tu fais tes devoirs d'astronomie ? demande Thomas en posant son menton sur mon épaule.

Je baisse la tête vers mon travail : il a raison, les points ressemblent à des étoiles. Et il ne s'agit pas de n'importe quelle constellation : c'est celle que Thomas a créée sur mon plafond, celle qui ne correspond à rien dans la galaxie.

Où encore vais-je retrouver ce motif ? Le sucre sur les cupcakes de Thomas ? Ses taches de rousseur ? Les *R dispersés dans le journal de Grey ?

— Viens, dis-je en reculant ma chaise.

Je ne l'attends pas et sors dans le jardin en courant.

Dehors, la lune illumine les pâquerettes sur la pelouse. J'y retrouve le motif.

Je m'étends sur l'herbe, la tête tournée vers le pommier. Je m'imagine ses branches qui s'entortillent les unes dans les autres, ne formant plus qu'un. Le monde entier est-il en train de converger, ou met-il fin à tout ? La terre retourne à la terre ? Je ne sais pas si je suis prête à faire mes adieux.

— Bon, OK, G.

Thomas m'a enfin rejointe dehors. Il s'allonge à côté de moi, passe son bras autour de moi pour que je puisse poser la tête sur sa poitrine.

— Qu'est-ce qu'on regarde ? Les étoiles que t'as dessinées ?

— D'accord, dis-je en me serrant contre lui.

Il pointe du doigt des constellations.

— Ce truc-là, c'est le Burrito Géant. Et là, c'est Ned à la guitare...

Sa voix n'est bientôt plus qu'un lointain murmure.

Puis, il bâille. Il ouvre grand la bouche, comme Umlaut, et on se détache l'un de l'autre. Je veux qu'on se remette comme on était, prêts à s'endormir sur la pelouse. Et puis, ça me frappe tout à coup.

— Attends, dis-je en roulant sur le côté. Je croyais que t'étais en décalage horaire ?

— Je l'étais – il y a *un mois*, me taquine-t-il en se tournant vers moi à moitié endormi. Je faisais des gâteaux pour me distraire. Mais après la nuit du gâteau au chocolat, j'ai remarqué que ta lumière était toujours allumée tard le soir. Je me suis dit que si t'étais réveillée, tu reviendrais peut-être dans la cuisine. Alors j'ai mis mon réveil.

Il bâille à nouveau en faisant grincer sa mâchoire. Il secoue la tête et me regarde.

— Mais pourquoi ? je dis dans un murmure.

Tous les insectes qui rôdent dans le jardin se taisent, attendant la réponse de Thomas. Il glisse sa main dans la mienne.

— J'ai un faible pour toi, chuchote Thomas. C'était déjà le cas quand t'avais douze ans et que tu m'as dit de t'embrasser, avec ta logique scientifique. Et encore, à mon arrivée, quand je t'ai trouvée dans le Book Barn, évanouie et couverte de sang. Bref, tu m'as fait craquer avant, c'est pareil aujourd'hui, et ce sera sans doute toujours le cas.

Nous nous avançons doucement dans le noir, on se cherche, on se trouve. Sa main remonte vers mon visage, me touche ; la mienne a trouvé son cœur. Je le sens battre, rythme régulier sous ma paume.

— Gottie...

Lorsqu'il prononce mon nom, on dirait une promesse. Et après tout ça, après la grenouille dans l'arbre, le whisky sur la moquette, la leçon de pâtisserie, et les étoiles au plafond, je décide de plonger.

Je fais disparaître les derniers atomes d'espace entre nous, et je l'embrasse.

Il est tard, l'aube ne va pas tarder. C'est l'heure des sorcières, des fantômes et des lutins.

Nous sommes à nouveau dehors, sur la pelouse, la nuit suivante. Côte à côte sous le pommier. Thomas a posé sa tête sur mon épaule, sa montre est en équilibre sur mes genoux – à l'intérieur, un second gâteau sans gluten cuit au four, moins désastreux, on l'espère. Les minutes défilent. Je ne sais comment, on se met à parler de Grey.

— Ça va te paraître idiot, je commence.
— C'est à moi que tu parles, tu te rappelles ?

Il cligne des yeux, si lentement, de plus en plus doucement, ses cils au ralenti… son discours frénétique joue sur un 33 tours.

Je devrais être dans ma chambre, en train de réfléchir à une théorie télescopique. Thomas devrait être endormi dans la chambre de Grey, en train de rêver à ses super-héros. Il faut qu'on attende, à cause du gâteau. On aurait pu le faire bien plus tôt. Mais on a choisi de s'y prendre autrement. Certains secrets sont plus faciles à confier dans le noir. Je confesse :

— Je crois que je m'y suis mal prise. À la mort de Grey.
— Comment ça ?
— Tu sais, ils te donnent une brochure à l'hôpital. Quand quelqu'un meurt. C'est une liste de tout ce qu'il faut faire. Ned se préparait à partir pour Londres, et papa… bah, il a un peu perdu la boule.

Papa entrait dans une pièce, et y restait planté sans bouger pendant dix minutes d'affilée. Il a enfermé les clefs dans la voiture. Il pleurait en nouant ses lacets. Il oubliait d'être mon père.

— Je l'ai lue.

Je marque un temps d'arrêt. C'est la première fois que j'en parle autant, de la mort de mon grand-père. D'ailleurs, je n'ai pas parlé autant tout court depuis longtemps. Toutes les fois où Sof est venue frapper, encore et encore, je lui ai dit que j'avais des devoirs à faire. Toutes ces patates au four mangées en silence, et tous les dîners suivants, une fois que papa a recouvré ses esprits, je n'ai rien dit, et puis, il a renoncé.

On est allés à Munich pour Noël. Oma et Opa nous ont donné du *vin chaud*, ils nous ont chanté des chants de Noël, et ils ont gentiment suggéré que papa retourne en Allemagne. Il n'avait plus aucune raison de rester à Norfolk, maintenant que Grey n'était plus. Il ne restait plus aucune connexion à ma mère. La réponse de Ned, qui ne savait pas quoi faire, a été de se saouler. Il a fait éclater un verre dans sa main, a souillé le lavabo de son sang. J'ai nettoyé sans rien dire.

— J'ai fait tout ce qu'ils disaient de faire. J'ai appelé la mairie, j'ai écrit à la rubrique nécrologique. J'ai commandé les fleurs, dis-je en mimant le geste de cocher les cases d'un doigt. J'ai enregistré un nouveau message sur le répondeur. J'ai annulé ses abonnements. J'ai nettoyé sa chambre. Mais papa a continué d'acheter de la sauce Marmite.

Mon chuchotement se transforme en cri strident. Je respire.

— Il n'y avait que Grey qui aimait ça. Et papa n'a pas cessé d'en acheter. Après plusieurs semaines, je vois qu'il l'a écrit sur le tableau, je l'efface. Il en achète quand même. Maintenant, on a trente pots de Marmite.

— Je mangerai la Marmite.

— Merci, dis-je avec un soupir. Mais c'est pas… J'ai… J'ai fait tout ce que disait la brochure ! J'ai parlé au directeur des pompes funèbres. J'ai choisi les chants.

— Tu t'es chargée des rituels, dit Thomas. T'as versé le whisky.

Ma gorge est pleine des larmes que je n'ai pas versées. Papa achète de la Marmite, Ned organise une fête, mais moi, je suis les instructions, j'exécute les rituels. Alors, comment ça se fait que ce soit moi qui sois hantée par les trous de ver ?

Je confesse :

— Je n'ai pas pleuré à l'enterrement.

Il y a eu une veillée, après, au pub du village – tous les amis de Grey étaient là, tout en barbes fournies et velours côtelé. On a bu de la bière, on a mangé de la quiche, les gens ont raconté des anecdotes qu'ils ne terminaient jamais, s'arrêtant au milieu, trop chagrinés pour continuer. Mais là non plus, je n'ai pas pleuré. Je ne le méritais pas. Je n'ai pas pleuré avant octobre, le jour où Jason a enfin répondu à mes textos. Qui pleure à cause d'un mec, mais ne verse pas une larme pour son grand-père ?

Je ne raconte pas ça à Thomas.

— Ça n'a aucun sens, dis-je.

Je suis perdue. Après m'être souvenue d'avoir nagé avec Jason dans le canal, avoir compris quel genre d'amour c'était, je croyais que j'allais mieux. Je suis revenue au monde, et il scintillait. Mais ce matin, alors que je ne faisais rien de spécial, j'étais juste en train d'écrire qu'on avait besoin de produit vaisselle sur le tableau, un trou noir plein de néant est apparu. C'est comme si chaque fois que j'avais l'impression d'en être sortie, de me sentir mieux, quelque chose de triste venait rétablir l'équilibre.

— Je ne crois pas qu'on puisse donner un sens à tout ça, dit Thomas.

Épaule contre épaule, bras contre bras, jambe contre jambe, on est collés jusqu'aux orteils. Il y a un trou dans sa chaussette. Il est toujours impeccable, mais ses chaussettes sont toutes trouées. Et tout à coup, je pense : *Je vais acheter des chaussettes à Thomas.*

Je me tourne vers lui pour le regarder. Ses yeux sont déjà sur moi.

— Merci...

Son baiser m'interrompt. Soudain. Bref. Doux. Incontestable. C'est comme relire un de ses livres favoris : on est émus à la fin, même si on connaît déjà l'histoire.

C'est différent d'hier soir. Il y a eu quelques secondes emplies de rire, avant de se séparer, pleins de questions. Cette fois, ses lunettes viennent s'écraser sur ma joue, sa bouche chaude enveloppe maladroitement la mienne. Mes mains s'agrippent au col de son tee-shirt, je rapproche Thomas de moi. Nos nez, nos visages, nos mentons se heurtent ; nos langues ne savent plus si elles doivent embrasser ou parler ; nos mains sont sur nos visages, nos mains sont partout, gauches, elles explorent un terrain nouveau.

Puis soudain, tout s'illumine. On entend un énorme bruit. C'est la minuterie du four, qui hurle dans le jardin.

On sursaute, on se lance des regards fauves, et on plisse les yeux vers la cuisine.

Ned est penché à la fenêtre, toutes lumières allumées.

— Allez, les enfants ! nous crie-t-il. On se dit au revoir maintenant.

— Tu m'envoies au lit ? je réplique.

C'est pas croyable !

— Thomas et moi, il faut qu'on parle, dit Ned en lui faisant signe de s'approcher. Laisse donc les mecs causer gâteaux.

Je lance un regard à Thomas, qui fait la tête du type qui a avalé une abeille. Je l'embrasse sur la joue et lui dis :

— Ignore-le.

Ned rugit – une imitation de papa, volume sonore de Grey – et Thomas se déplie, il s'élance à l'autre bout du jardin.

— Désolé, marmonne-t-il à mon adresse.

Les excuses ne font pas partie de notre vocabulaire.

Dans ma chambre, Umlaut saute sur l'oreiller, il ronronne, agite ses petites pattes en rond. J'enfile mon pyjama, je lis à nouveau l'e-mail épinglé sur mon tableau d'affichage.

Il a changé.

Maintenant, c'est un code mathématique. Ça n'a aucun sens, mais c'est déjà plus clair que le charabia qu'on y lisait avant. Dans l'univers de Schrödinger – le « séducteur » comme disait Grey, le type au chat ni mort ni vivant – il existe un nombre infini de possibilités. Mais je crois qu'il n'en reste que très peu maintenant. Je me rapproche du moment où je pourrai regarder dans la boîte.

Le changement dans la constellation que j'ai accrochée là est si minime, je le manque presque. Je me suis déjà éloignée de mon bureau quand je constate que le petit point orange, Umlaut, a bougé.

Et quand je me retourne vers mon lit, le vrai Umlaut, celui qui est en train de déchiqueter mon oreiller, disparaît tout à coup.

Vendredi 8 août

[Moins trois cent quarante et un]

— Est-ce que tu crois au paradis ?

Cet après-midi, l'air est chargé de pollen, et nous sommes tous à moitié endormis dans le jardin.

Quand je dis tous, je ne plaisante pas. En invitant Sof, j'ai attiré Meg, qui est venue avec Jason, et Sof, derrière son dos, a agité les bras l'air de dire « désolée je peux rien dire au secours ». Ils sont tous les trois sur la pelouse, à faire comme si les cupcakes sans gluten que j'ai promis n'existaient pas, et à jouer à un jeu de cartes qui, apparemment, n'a aucune règle.

Ned porte un costume à paillettes, il sèche son jour de travail au Book Barn sous prétexte de prendre des photos et la bouteille d'eau qu'il tient, à mon avis, ne contient pas du H_2O.

D'un commun accord silencieux, Thomas et moi, on s'est réfugiés sous le pommier. Le dernier journal de Grey est posé sur l'herbe à côté de moi. Au-dessus de nous, derrière le feuillage, le ciel est d'un bleu intense. Est-ce cette vision qui a inspiré la question de Thomas sur le paradis ? Pense-t-il que Grey est là, à veiller sur nous ?

Mais Grey ne croyait pas au paradis. Son truc, c'était la réincarnation.

« *Gottie*, me dirait-il aujourd'hui. *Je me suis réincarné en scarabée. C'est moi qui grimpe le brin d'herbe près de ton pied. Tu veux savoir où est Umlaut ? La réponse est tout autour de toi, mon gars. Bientôt, tu comprendras tout.* »

J'observe le scarabée qui vient d'atteindre le sommet de sa reine-des-prés. La fleur se courbe sous son poids. De son point de vue, ce jardin, c'est l'univers entier. J'ai envie de lui confier ce que j'ai découvert, mais il y a tellement plus que ça. Pendant un instant, je me berce de l'illusion que c'est vraiment Grey, et qu'il a des pensées de scarabée : « *J'espère qu'il y aura de la fourmi pour dîner.* » Mais je ne crois pas qu'il puisse nous voir, ni de la pelouse, ni du ciel, ni du paradis. Je ne pense pas que ça marche comme ça.

— Non. Le paradis, ce serait trop facile.

Le paradis, ça me libérerait de toute responsabilité. Le paradis, c'est chaleureux, c'est joyeux comme une grande harpe cosmique. Rien à voir avec attendre les trous de ver et compter les jours avant la fête de Ned, impuissante.

— G...

Thomas éternue.

— Fichu pollen. Je ne parlais pas de paradis. Je parlais de destinée. De toi et moi. Cet été.

Il me regarde par-dessus ses lunettes, soudain sérieux.

— De nous.

— Alors, tu étais destiné à revenir ?

Je ne suis pas fan de cette idée. J'aime penser que j'ai le choix dans cette histoire.

— Je veux dire que peu importe si je suis tombé des livres en te donnant un coup de menton ce jour-là à la librairie, dit Thomas. Tu n'es pas mon premier baiser. Mais c'est celui qui compte.

Waouh. Je jette un œil vers notre chaperon autoproclamé. Ned a le dos tourné, et je plante un baiser, boum, sur les lèvres de Thomas. Je le voulais bref, mais c'est un mini Big Bang – un baiser en perpétuelle expansion.

— Les enfants ! interrompt Ned en s'avançant vers nous.

On se sépare. De l'autre bout du jardin, Sof nous observe, un sourcil levé. J'ai pensé à lui envoyer un message à propos de Thomas et moi avant qu'elle vienne.

— Souriez ! dit Ned en penchant son appareil photo.

Une goutte s'échappe de sa bouteille et vient s'écraser sur ma jambe. Le polaroïd sort de sa fente. Il faut attendre quelques minutes avant de voir apparaître le cliché : Thomas et moi, l'un à côté de l'autre, nos doigts entrelacés dans l'herbe. Il a la tête tournée vers moi, il me sourit. Je voudrais pouvoir passer la main à l'intérieur de la photo, pour tourner ma tête vers la sienne.

Ned, sans gêne, continue de jouer les paparazzis. Sof le force à prendre avec son téléphone trois au quatre photos d'elle, un coquelicot dans les cheveux, jusqu'à ce qu'elle soit satisfaite.

— C'est ma nouvelle photo de profil, dit-elle à Meg. Il y a une fille que je veux inviter à la fête...

Le temps s'écoule paresseusement. Ce jour d'été ressemble à ceux des années passées ; les gens venaient toujours chez nous. Sauf que Grey n'est plus là pour diriger l'orchestre, il ne reviendra plus jamais. La fête de Ned est dans une semaine. Le dernier hourra de l'été. J'ouvre le journal à une page blanche, j'écris :

POURQUOI ES-TU PARTI ?

— On devrait faire un truc, murmure quelqu'un.

— Ouais, dit une autre voix.

— Vous croyez qu'on devrait inviter tout le village à la fête ? demande Ned. Ou transmettre ça à la nouvelle génération ?

— Quoi, comme *Star Trek* ? murmure Thomas.

Allongée sur le ventre, j'ai la tête posée sur les mains. Je voudrais rester comme ça pour toujours, à somnoler sous la canicule, là où rien n'a plus d'importance. Plus de trous de ver ni de tombe où figure ma date de naissance, plus de cercueil en saule ni de boîte remplie de cendres. Plus de chat qui disparaît. Mon plus gros souci serait alors de pouvoir me relever pour aller chercher des glaces à l'orange à la cuisine. Je voudrais que ce soit comme l'année dernière, cet été infini où je suis tombée amoureuse, où je m'imaginais un avenir, ou je mentais à Sof sans m'en faire.

Avant que le monde ne s'écroule autour de moi.

Un peu plus loin devant, Meg est en train de tresser un collier de pâquerette à Jason, un brin accroché au col de sa veste en cuir. Je les observe comme si c'étaient des personnages de cinéma.

Et je chasse la douleur sans peine, comme on chasse des gouttes de pluie.

— G, chuchote Thomas à travers les fleurs. Pourquoi tu le regardes comme ça ?

— Hein ?

Jason est en train de rire. Meg a posé le pied sur ses genoux. Il joue à notre jeu, à Sof et moi : il écrit sur la semelle de sa chaussure à l'aide d'un feutre, tandis qu'elle fait mine de détester ça, en riant. Mes pieds nus s'agitent dans l'herbe. Il me reste une paire de chaussures avec le nom de Jason dessus.

Je sens un coup de coude. Je détourne les yeux, et je pouffe dans les pâquerettes. Thomas a roulé vers moi, et maintenant nous sommes épaule contre épaule – comme nous l'avons été tous les deux, Jason et moi, sur une couverture, il y a longtemps. Ou était-ce hier ? C'est ça, le problème, quand on revisite le passé – ça rend le présent difficile, et le futur impossible.

— Pardon, quoi ?

— Jason. Quand il est là, tu le fixes toujours du regard.

Je mens :

— Je le regardais pas ! Et si tu veux tout savoir, dis-je d'un air hautain, je regardais dans le vide en pensant à des choses importantes. La coiffure débile de Jason était juste dans mon champ de vision.

— Des choses importantes, hein ? se moque Thomas. Quoi picoler avec tes patates au four pour le goûter ?

Premiers baisers, seconde chance. Si Thomas n'était pas tombé de la pile de livre, il aurait été mon premier baiser. Peu m'importe si ç'a été Jason à la place. Tout ce que je regrette, c'est d'avoir gardé le secret. Que dirait Grey ? Il chanterait sans doute *My Way* à tue-tête, et puis il me dirait que l'amour, ça se hurle à grands cris. Mais il existe peut-être des centaines de sortes d'amour et celui-là n'était pas destiné à durer plus d'un été.

Je voudrais un été infini, tomber à nouveau amoureuse, un amour qui aurait un avenir cette fois.

— Thomas... dis-je pour me rattraper. C'était toi mon premier baiser – en tous cas, le premier qui a compté. Je crois que tu as été mon premier pour tout.

Je parle de premier amour. Un mensonge sans conséquence. Mais le visage de Thomas s'illumine, intrigué, et pose un doux regard sur moi :

— Ton premier... Tu veux dire que t'as jamais... ?

Je n'ai pas le temps de clarifier, car Sof nous interrompt.

— De quoi vous parlez tout bas ? nous lance-t-elle à travers le jardin.

Elle est à moitié endormie sur la chaise longue de Grey, une bière entre les doigts, les jambes recourbées sous elle.

— De destinée, dit Thomas en me regardant.

Puis il se tourne vers Sof, avec un grand sourire.

— C'est le premier single de La Fille à la Chaise Longue. T'as l'air d'une pop star comme ça.

Elle sourit et tend sa bière comme pour trinquer.

— Viens ici, dit-elle à Thomas. Viens me parler du Canada.

— Ouf, me susurre Thomas. Un instant je me suis demandé si tu avais peint *La Saucisse* d'après ton expérience personnelle.

Je ris à nouveau et m'allonge sur le dos. Je ferme les yeux, je me laisse dorer au soleil, et des formes rouges dansent sous mes paupières alors que je m'endors doucement. Le mensonge que je viens de prononcer s'égare dans mon inconscient. Ce n'est qu'un malentendu, me dis-je, en le repoussant dans un coin de mon esprit. Je clarifierai les choses demain – enfin, cette histoire de sexe. Je n'ai aucune intention de dire à Thomas que j'ai déjà été amoureuse.

Parce que… « Thomas et Gottie ». Je ne sais comment, on a réussi à être amis, et un peu plus encore. J'ignore si ce sera juste un flirt, ou un grand amour, je m'en fiche. Grandir, passer à l'âge adulte, comme dans un roman d'initiation, peu importe ; cette fois, je vais faire les choses bien. C'est ma *destinée*.

Un insecte vient me chatouiller le bras. Je le chasse. J'entends la fenêtre de Ned s'ouvrir. Un flot de musique nous submerge.

— Je m'ennuie, dit la voix de Sof au loin.

Il n'y a que les gens chiants qui s'ennuient, Sofia. C'est la voix de Grey dans ma tête.

Quelque chose d'autre me chatouille. Un moucheron, une coccinelle, une fourmi peut-être. Le soleil va se cacher derrière un nuage. Je frissonne.

Un papillon s'est posé sur mon bras. Je sens une petite brise fraîche, la première de la journée.

— Allévousen, je murmure.

Mais un nouvel insecte se pose sur moi, puis un autre, et encore un. Ils sont froids et humides et ils sont des centaines. Quand j'ouvre les yeux, ce ne sont pas des insectes. Il pleut.

Je suis seule dans le jardin.

Me suis-je endormie ? Ne pas me réveiller et me laisser seule sous la pluie en persuadant les autres d'aller se mettre à l'abri, c'est du Ned tout craché. Je m'écrie :

— Ned ! Edzard Harry Oppenheimer !

Je me relève et glisse sur la pelouse en me dirigeant vers la cuisine. Il pleut des cordes, il fait aussi noir qu'un soir d'hiver, la pluie est comme un rideau que je traverse pour ouvrir la porte.

— Merci, bande de…

Il n'y a personne. Il fait sombre. Le frigo ronronne dans le silence, des gouttes tombent de mes vêtements trempés, s'écrasent au sol.

— Y a quelqu'un ? dis-je en allumant la lumière.

Ils se sont peut-être cachés.

— J'arrive, préparez-vous !

La pluie tambourine sur les fenêtres. J'essuie mes cheveux dans un torchon. Je m'avance sur la pointe des pieds vers la porte de la chambre de Ned, entrebâillée :

— Je vous ai trouvés !

La pièce est vide. Il n'y a que les disques et la stéréo de Ned, sa collection d'appareils photo, et une odeur de linge sale et humide. Les draps sont ceux que papa a mis au début de l'été. Dégueu.

Je referme la porte et traîne mes pieds trempés dans la cuisine, puis au salon. Je monte les escaliers vers la chambre de papa et regarde même dans la salle de bains. La maison est vide.

Hein ? Ils sont peut-être au pub, ou alors ils sont allés à la plage avant la pluie – je dormais peut-être depuis des lustres. Mais quand je reviens dans la cuisine, l'horloge n'indique que 15 h 30. Même toutes lumières allumées, l'ambiance est glauque, digne de la famille Addams. Je me pince le bras : il n'y a vraiment rien à craindre, me dis-je pour me rassurer. J'enclenche la bouilloire, je suis le rituel : sachet de thé, tasse, lait.

Mais quand j'ouvre le frigo, plus rien n'est normal.

Ce matin, on y trouvait les caramels de Thomas, une assiette de brownies recouverte de cellophane, des restes dans des bols et des boîtes en plastique, et la porte était chargée de cornichons et autres condiments. Maintenant, il ne reste plus qu'un morceau de fromage moisi et une bouteille de lait. Hein ? Je renifle, le lait a tourné. Mon malaise s'étend comme une algue dans l'eau. Tout ça n'est pas normal.

Le lait en main, je referme le frigo. Il n'y a plus de photos sur la porte, ni aucun aimant.

Je n'arrive pas à me défaire de l'idée que je n'ai rien à faire ici.

Des éclairs fusent dans le ciel obscur. Au grondement du tonnerre, je cours à la fenêtre regarder la pluie. Mais où sont-ils *tous* passés ?

Un nouvel éclair me fait chanceler. Le ciel n'est plus que la neige sur un écran de télévision. Le monde entier est un trou de ver.

Je m'écarte de la fenêtre en titubant et me heurte à la table. Une douleur me vrille la hanche. Je respire par à-coups. C'est un cauchemar. Je me retourne, et remarque les détails qui auraient dû me sauter aux yeux. Le tableau noir est vide. Un message rappelant à Thomas de téléphoner à sa mère y est resté tout l'été. Mais il ne le fait jamais. Je me rends compte seulement maintenant que je ne lui ai jamais demandé pourquoi, ni pourquoi son père n'appelle pas. Dans l'évier, il y a trois bols de céréales sales, cornflakes durcis sur les bords.

Au mur, les jours du calendrier sont marqués au stylo, comme le faisait Grey, et comme Ned insiste pour continuer à le faire aujourd'hui – nous sommes le vendredi 8. Les journaux sur la table me le confirment. Un coup d'œil à la bouteille de lait révèle qu'il a passé sa date d'expiration la semaine dernière.

On est vendredi. Le 8 août. C'est la *bonne date*.

Mais je crois que je me suis égarée dans la mauvaise branche temporelle.

Mon cœur se serre comme une étoile mourante. Je n'ai aucune envie d'être ici, dans cette maison pleine de solitude. Il y a trois bols de céréales : papa, Ned, moi. Dans cet univers, Thomas n'est pas là. Ce présent est celui qui pourrait/devrait avoir été si Thomas n'était pas rentré.

Je laisse tomber le lait par terre, il gicle sur le sol, et je me précipite vers la porte. Je cours à travers le jardin, sous la pluie battante. J'ignore le ciel-néant jusqu'à me trouver en sûreté dans ma chambre, porte fermée, alors je me mets à pleurer dans mon oreiller, gémissant une prière à l'univers. Je ne veux plus être ici. Je veux rentrer à la maison. Je veux que tout cela prenne fin. Je vous en supplie !

Je suis à l'intérieur du trou de ver, et ce n'est pas un de mes souvenirs. Il s'agit d'un autre univers, quelque part, loin. Qu'ai-je fait pour causer cette anomalie ? Réfléchis, Gottie. Qu'as-tu fait ? *Mais qu'as-tu fait ?*

{4}
WELTSCHMERZ

*À l'intérieur de l'Exception, souvenez-vous :
les lois ne s'appliquent plus.*

*Ne présumez pas, lorsque vous entrez dans un trou de ver à partir
d'un présent, que c'est vers le même présent que vous reviendrez.
Et ne présumez pas que tous les présents existent pour toujours,
où qu'ils vont dans la même direction.*

*L'univers est fait d'hydrogène. L'Exception de Weetschmerzian
est faite de matière noire.*

*Plus elle dure, plus le temps s'entortille,
et plus il est difficile de le démêler.*

Mais où est le point de départ ?

Et comment y met-on fin ?

Samedi 9 août

[Moins trois cent quarante-deux]

La page est blanche.
 Il est plus de minuit. Dehors, l'orage se déchaîne. Je suis toujours sur mon lit, maintenant emmitouflée dans un vieux pull de Grey. Son journal est ouvert devant moi.
 Le jour où Jason et moi sommes entrés en titubant dans la cuisine, le jour de la mort de Grey, nous étions en fin d'après-midi. Il écrivait toujours son journal le soir. Il n'a rien écrit sur la page, celle du 1er septembre.
 Le Principe de Gottie H. Oppenheimer, v 5.0
 Au début, le journal dictaient mon parcours, mais ce n'est plus le cas. Les lois ne s'appliquent pas. Je pourrais aller n'importe où. À son enterrement. À l'hôpital. L'univers pourrait me montrer le pire de moi-même, ce que je ne veux pas voir.
 Et maintenant, je sais comment ça finira si je ne l'arrête pas. La fête de Ned. Un trou de ver. La mort de Grey.

Pour la troisième fois, je dresse une liste des trous de ver. Sauf que, maintenant, j'admets ce qui s'est réellement passé.

LA CHAMBRE DE GREY, LA PREMIÈRE FOIS QUE J'ÉTAIS SEULE AVEC JASON DEPUIS QU'IL M'A PLAQUÉE.
DEVANT LE BOOK BARN, LA PREMIÈRE FOIS QUE JE M'Y SUIS RENDUE APRÈS LA MORT DE GREY.
LE FAUTEUIL DE GREY, QUAND JE VENAIS DE TOMBER DE VÉLO, QUAND JE VOULAIS MON GRAND-PÈRE, QUE J'AVAIS MAL.
LA BIBLIOTHÈQUE, QUAND J'AI VU UNE MENTION DE MA RELATION AVEC JASON DANS LE JOURNAL DE GREY. IL AVAIT APPELÉ ÇA DE L'AMOUR.
LA PLAGE, QUAND JE REGARDAIS JASON PARLER À TOUT LE MONDE SAUF À MOI. COMME SI JE N'EXISTAIS PAS.
AVEC JASON, QUAND J'AI DÉCIDÉ QU'IL NE M'AVAIT JAMAIS AIMÉE.
SUR LE CANAL, QUAND JE ME SUIS DISPUTÉE AVEC SOF.

Et...

DANS LE JARDIN, QUAND J'AI MENTI À THOMAS. JE LUI AI DIT QUE JE N'AVAIS JAMAIS ÉTÉ AMOUREUSE.

Je n'en reviens pas de ne pas avoir vu ça avant. L'Exception de Weltschmerzian. *Weltschmerz* est un mot allemand, il signifie mélancolie. On pourrait le traduire par « la peine du monde ».

La nature première des trous de ver est d'être des machines à explorer le temps, puisant leur énergie dans la matière noire et l'énergie négative. Et quoi de plus noir qu'un cœur brisé ? Voilà une théorie : la douleur combinée causée par Jason et la mort de Grey m'a tellement bouleversée que l'espace temporel s'est fissuré. Les lois ne s'appliquent plus.

Tous les trous de ver sont apparus quand j'étais triste, en colère, en deuil ou perdue. Ou bien quand je mentais.

La neige d'écran de télévision ne s'éclaircit pas pour me montrer un présent différent, ou quelque chose qui se serait déjà produit. Si on trouvait le moyen de le garder ouvert sans causer un effondrement gravitationnel, on pourrait le traverser.

Pour le garder ouvert, on utilise de la matière exotique – c'est un peu comme quand vous passez le pied dans la porte pour la retenir. Pour passer dans le trou, il vous faut traverser de la matière noire.

Quoi qu'il en soit, je passe mes doigts sur le diagramme. Et je franchis la porte.

Peu importe si c'est dangereux, j'y vais sans hésitation. Parce que, tiens, me voilà sous un orage qui ne devrait pas exister. Il ne peut s'agir de ma réalité ; il est inconcevable que cet été fût destiné à être ainsi, sans Thomas. La destinée. L'idée de ne jamais le revoir m'accable d'un profond sentiment de solitude.

À l'instant même où je me mets à pleurer, la pluie cesse. Le son de tambour sur le toit, le vent qui hurle, le bruit, tout cesse. C'est bien trop soudain pour s'agir d'une coïncidence. J'essuie mon nez qui coule et je m'assieds. Tous les sens en alerte.

De la lumière s'immisce tout autour de la porte de ma chambre. Elle brille à travers sa petite lucarne de verre. J'éteins la lampe, et la pièce est plongée dans les ténèbres ; dans cette réalité, les étoiles de Thomas ne sont pas là. C'est une lueur qui émane du jardin. Mon cœur bat à toute vitesse, mais mes sens ne prédisent aucun danger.

Je me glisse hors du lit et m'avance vers la porte sur la pointe des pieds. J'appréhende un peu ce que je vais trouver derrière, question trou de ver, alors au lieu de l'ouvrir, je me mets à genoux devant. Lorsque je colle mon œil à la serrure, ce n'est pas le jardin que je vois. C'est la cuisine.

Mais qu'est-ce qui se passe ? *Scheisse.*

Je regarde derrière moi. Je touche le parquet de la main. Oui, je suis bien dans ma chambre. Je me tourne vers la porte, regarde à nouveau à travers la serrure. Oui, c'est bien la cuisine. Les lumières sont allumées et il y a des herbes sur le rebord de la fenêtre, et des aimants sur le frigo. Et là, je vois Thomas qui sort de l'arrière-cuisine et s'avance vers le four. Je me relève d'un bond, et j'ouvre la porte en grand, et je crie son nom :

— Thomas !

De l'autre côté de la porte, pas de cuisine. Ce serait trop facile. Ce n'est pas le jardin non plus. Je titube, je tombe presque. L'espace n'est plus que ténèbres. Pas de neige télévisuelle en vue. Aucun signe d'écran noir. Il n'y a que l'infinité dense d'un trou noir.

De la matière noire. De l'énergie négative. Une peine de cœur à l'état pur.

Que se passera-t-il si je m'y engage ? De l'autre côté, il y a la cuisine, il y a Thomas. Mais ça, c'est un bout de néant noir. C'est du deuil concentré. En traversant, je sais dans quoi je m'embarque : je cours vers les problèmes, je m'inflige de revisiter le jour de sa mort.

Mais là où je suis maintenant, il n'y a ni Thomas ni Umlaut. Ça en vaut donc la peine. Je m'engouffre dans le trou.

J'émerge, à bout de souffle, dans la cuisine.

Il fait nuit. L'air est chaud et humide, chargé de l'odeur de jasmin et de citron. Je transpire dans le pull de Grey. Je suis là. Je ne sais comment, mais j'y suis. Je suis rentrée. Saine et sauve.

La marée monte.

La douleur que je viens de ressentir, me tiraillant de toutes parts tandis que je traversais le noir, ne peut mener à quelque chose de bon.

Thomas ne m'a pas encore remarquée. Je m'appuie sur le chambranle de la porte et je le regarde agiter son fouet. Ses muscles sont tendus, il est en train de faire monter ce qu'il y a sur le feu, il est concentré. Il porte le tee-shirt qu'il avait la semaine dernière, quand il était aux fourneaux et que l'air sentait le jasmin. Quand...

La marée se retire.

Nom d'une longue division ! Lundi dernier, Thomas était debout devant une casserole, c'était une nuit chaude et sans air. Il portait ce tee-shirt et confectionnait les gâteaux au citron sans gluten pour Sof. Thomas ne refait jamais le même dessert. *Ach mein Gott* ! je ne suis pas de retour dans le bon présent. Je viens de remonter le temps d'une semaine !

La mise en garde de Mme Adewunmi me revient : « Dois-je m'inquiéter que des gens de Norfolk puissent disparaître dans la quatrième dimension ? »

Je ne suis pas rentrée, je ne suis pas en sécurité, je suis dans le passé. J'ai soudain la nausée. Je vais remporter le prix Nobel. De l'eau. J'en ai besoin. Et puis il faut que je m'assoie. J'ai la tête qui tourne, je délire. Je m'éloigne de la porte en titubant, j'entre dans la cuisine.

— G, dit Thomas en relevant la tête.

Il m'a enfin remarquée. Lorsqu'il sourit, ce n'est que pour moi : une explosion de fossettes, sa langue qui pointe entre ses dents. Il est heureux. Et soudain, peu m'importe si je viens d'anéantir le système solaire.

Je ne peux pas encore parler. Je réussis à m'avancer jusqu'à la table, à m'asseoir. Thomas désigne mon accoutrement et demande :

— Tu ne cuis pas, là-dedans ?

Je rougis, coupable, même s'il ne peut pas savoir pourquoi je suis habillée comme pour un temps de pluie glacée. Pour une soirée entièrement différente.

— Et toi, tu cuis quoi ? je réplique en pointant la casserole du doigt.

J'ai la bouche sèche.

— Non, mais sérieusement, dit-il en éteignant le feu et en se tournant vers moi.

Nos genoux se touchent. Cette fois, il prend l'un des miens entre les siens.

— T'es jolie dans ce pull, mais il fait trente degrés dehors.

Perturbée par le mot « jolie », je retire le pull sans le déboutonner. Il reste coincé autour de ma tête et emporte mon tee-shirt avec. L'électricité statique cliquette dans mes cheveux. De l'intérieur, je dis :

— À l'aide !

Je sens les mains de Thomas sur ma taille, qui retiennent mon tee-shirt. Quand je ressors enfin la tête, il me regarde. Un sourire se dessine au coin de sa bouche.

— Arrête de te jeter sur moi, dit-il. C'est gênant.

— Tu subis le décalage horaire ?

Ma mémoire me lance les souvenirs de lundi dernier, et je m'y accroche. Si je change la moindre chose... je risque de modifier le passé à la *Retour vers le futur*.

— Est-ce que ça va ? demande Thomas.

Il pose la main sur mon front, comme pour vérifier que je n'ai pas de fièvre. Je suis tellement fatiguée.

— Non, tout est normal. Pourtant, tu me parles de décalage horaire.

— Le décalage horaire, dis-je. Ça arrive quand on change de plage horaire et qu'on se sent tout bizarre.

— Je sais ce que c'est. Mais je suis arrivé du Canada il y a un mois. Et il n'est pas plus tard que d'habitude. T'as quel âge, dix-sept ans ou soixante-dix ans ? T'es sûre que ça va ? T'es vraiment étrange ce soir.

Je m'arrête net. Qu'est-ce qui m'a pris de passer cette porte ? Je porte des vêtements différents, je prononce les mots qui sont ceux de Thomas, j'ai déjà altéré le passé de mille détails et ça risque d'avoir un impact sur le futur. Je suis un papillon géant qui bat des ailes bêtement dans la cuisine, provoquant des tsunamis intergalactiques. Tout ça va finir de manière désastreuse…

— J'ai trouvé ! dit-il en claquant des doigts. Tu n'es pas en train de faire tes devoirs ! Je te reconnais à peine sans ta calculatrice géante sous le bras.

Je suis soulagée. Mes épaules se relâchent.

— T'es pas le nez dans un bouquin en train de prendre des notes, poursuit Thomas. Reculez, cher monsieur, je suis en route pour la bibliothèque. J'ai des équations à résoudre !

Il a raison. Je n'ai pas mon graphique de constellations avec moi. Je suis sans le journal de Grey, sans cahier. Comment s'est-on retrouvés dehors à s'embrasser ? Comment vais-je pouvoir rentrer à la maison ? Je suis complètement perdue.

Thomas se méprend sur mon silence, et me secoue gentiment.

— Excuse-moi, dit-il. Écoute, t'es toujours en train de lire des trucs déments avec titres indéchiffrables, mais honnêtement : je suis jaloux de ton assiduité.

— Tu travailles dur, je lui dis. *Vraiment.* Je t'ai vu au Book Barn, t'es le seul à te donner la peine de répertorier les reçus. Et tu fais le petit déjeuner tous les matins.

Sans prévenir, Thomas repousse sa chaise dans un fracas à la Ned, et se précipite dans la réserve. Il en ressort, les bras chargés, et il se met à étaler des ingrédients sur la table, comme lors de ma première nuit dans la cuisine. De l'eau de rose, du sucre, du beurre, et un sachet de pistaches.

— Oublie le gâteau de Sof, dit-il. Faisons des baklavas pour le petit déj. Tu n'as rien apporté à faire, alors tu vas m'aider, n'est-ce pas ?

L'univers vient de me livrer une seconde chance sur un plateau. Il veut que je sorte de ma coquille. Il veut que je dise :

— Oui.

Faire des gâteaux se révèle plus facile que je pensais, ou Thomas est bon professeur. Quelques minutes plus tard, nous sommes côte à côte devant la cuisinière. Je m'occupe de la base : faire fondre le beurre, tandis qu'il fait un truc compliqué avec l'eau de rose et le sucre. Pendant tout ce temps, je ne peux m'empêcher de penser : *Les choses sont comme elles devraient être. Elles auraient dû être comme ça toute ma vie.*

— De la pâte toute faite, dis-je d'un ton faussement choqué pour taquiner Thomas tandis qu'il sort un paquet de pâte filo.

— Oh, tais-toi ! dit-il en me donnant un coup de coude.

Thomas se met à étaler la pâte dans un moule à gâteau, il me montre comment étaler le beurre fondu.

— C'est bon. Maintenant, saupoudre de pistaches et... OK, un gros tas comme ça, ça va aussi. Je crois que c'est ce qu'on appelle « artisanal ». T'as eu la pire note en art, c'est ça ?

Je vole une pistache. Thomas chasse ma main de là.

— Je vais te dire, dit-il. Je vais faire la cuisine, et toi, tu vas me parler de voyage dans le temps.

Je m'étouffe presque avec la pistache. L'univers vient de se recourber sur lui-même, pour remettre les choses en place. Et pendant un instant, on aurait dit que Thomas avait tout compris.

— Tu sais, ton devoir pour l'été ?

Je me demande où va me mener cette dissertation pour Mme Adewunmi. Loin de Holksea, a-t-elle dit. Loin de Thomas aussi.

— C'est à propos de voyage dans le temps, non ? Épargne-moi les maths, mais : tu travailles sur le voyage vers le passé ou vers le futur ?

— Un peu des deux, en fait.

— Dis-m'en plus.

— OK... Si toi et moi on retournait vers un point précis dans le temps, par exemple...

— L'été d'il y a onze ans, après que j'ai été banni de la foire, interrompt Thomas. Bah quoi ? Je suis toujours furieux. Ces cochons *m'imploraient* de les libérer !

Je ris. Je revois les seize cochons... Grey et le père de Thomas leur courant après, tandis que Thomas observe la scène, ravi, planqué sous le stand de gâteaux.

— Très bien. On écrit une équation prenant en compte toi et moi, et nos doubles. Et il nous faut de l'énergie, celle de dix étoiles, qu'on utilise pour ouvrir un tube de Krasnikov...

Je jette un œil vers Thomas, pour voir s'il suit toujours.

— Heu... on fait cuire un cannolo. À une des extrémités, c'est le présent, et quand on le traverse, on se retrouve dans le passé.

— G, je sais de quoi tu parles. Je connais la définition du mot *tube*.

Je rougis :

— Bon alors on passe dans le tube, le tunnel, le cannolo, peu importe, et, heu, voilà, c'est tout. Je veux dire, c'est complexe au niveau mathématique, mais on parle de construire un tunnel à travers l'espace-temps.

— J'ai deux questions, dit Thomas.

Il prend un couteau et se met à découper le baklava en losanges. Je m'attends à ce que le couteau glisse à tout moment, mais il reste bien stable.

— Que se passe-t-il si on rencontre nos doubles passés ? Un « tue-nous tous les deux, Spock ! » ? Tiens, tu peux attraper cette casserole ? Ceci n'est pas ma seconde question, je te préviens.

Je lui tends la casserole, en regardant à l'intérieur. Le sucre a fondu pour se transformer en sirop de rose, que Thomas verse sur ses pâtisseries. J'explique :

— Tu ne peux jamais croiser ton double passé.

Il lève un sourcil.

— Tu en es certaine ?

— *Ja*, ça fait partie de la censure cosmique.

— Mais encore ?

— Ce sont les lois de l'espace. Il y a des règles. Si jamais tu te rapprochais assez d'un trou noir pour voir à l'intérieur, tu te ferais aspirer. L'univers y garde tous ses secrets. Lorsque tu voyages dans le passé, le toi de six ans cesse d'exister en ta présence ; l'univers te planque dans un de ses plis et te garde en sécurité jusqu'à ce que tu puisses sortir sans risque. Comme dans un mini cannolo.

— Autrement, c'est la fin du monde ?

— Il ne peut y avoir qu'un seul toi, dis-je en hochant la tête.

— Heu... dit Thomas en me regardant comme s'il essayait de mémoriser mon visage. Je me demande...

Je résiste à la tentation de prouver mes hypothèses scientifique. *Par exemple, je ne vois mon double nulle part là maintenant tout de suite.* À la place, je trempe mon doigt dans le sirop et je trace un schéma sur la table pour lui montrer.

— Et là, à cause de la fluctuation quantique, en termes algébriques...

— La, la, la, la, la, chante-t-il comme une casserole. Me parle pas d'algèbre. Explique-moi en gâteaux ! Qui aurait imaginé que tu t'y connaissais en pâtisserie ? Ce n'est toujours pas ma seconde question. La voici : Et après ça ? Comment tu fais pour rentrer dans le présent ?

— C'est le plus intéressant, dis-je en me reculant pour laisser Thomas accéder au four. On pourrait rester, et continuer à suivre le temps de manière linéaire. On pourrait attendre le passage naturel du temps et se retrouver au point de départ, onze ans plus tard. Mais en faisant ça, on a modifié l'univers.

— Et on ne veut pas le changer, l'univers ? Se battre pour prouver son innocence ?

— Mais ton toi de six ans n'est pas là pour libérer les cochons, tu te souviens ? Il est planqué dans un mini cannolo, il flotte dans l'espace en attendant que l'univers soit à nouveau sans risque pour lui.

— Alors, si on restait... la version de nous plus jeune cesserait d'exister ? demande Thomas.

Il mime l'explosion de sa tête avec ses bras.

— Et nos doubles adolescents disparaîtraient à leur tour, parce que nous ne sommes pas censés être là. C'est ça, ou alors c'est la fin du monde.

Je viens de comprendre : je ne peux pas rester. Je ne suis pas censée être là. Dans cinq jours, j'ai disparu. Peu importe ce qui se passe entre nous ce soir – il faudra que j'y retourne. Il faut que je trouve un trou de ver vers le futur, et que lundi reste inchangé. Thomas ne se souviendra pas de cette conversation, elle n'aura jamais eu lieu.

Je ne peux pas reprendre mon mensonge. Même si je disais tout à Thomas maintenant, sur Jason, cela ne changerait rien. Alors à quoi bon ?

— Alors on fait quoi, si on ne peut pas rester ?

Il fait toujours chaud, mais maintenant, une odeur de rose flotte autour de nous. Il me faut un moment pour lui répondre.

— On fabrique un nouveau cannolo et on ne touche pas au passé. On retourne dans le présent, et rien n'aura changé.

— Sacré cannolo, dit Thomas. Rien n'aura changé. Regarde-moi ça : je comprends une théorie scientifique. Ne dis rien à mon père, il serait trop content.

On se tait tous les deux. On se regarde.

— Pourquoi voyager dans le temps, alors ? Si au bout du compte, ça ne change rien ?

— Tu pourrais apprendre quelque chose, dis-je. Sur toi-même.

— Où irais-tu ? me demande-t-il. Que voudrais-tu apprendre ? Et, s'il te plaît, ne dis pas « je voudrais avoir des talents d'artiste », parce que j'ai appris à aimer ta *Saucisse*.

Je respire un grand coup et j'avance le poing, petit doigt tendu. Thomas l'attrape du sien.

— Je reviendrais cinq ans en arrière, dis-je en l'attirant vers moi.

Je veux être sûre qu'on le fasse dans toutes les réalités.

— Et je formerais une pile de livres très stable, pour découvrir ce que c'est que d'embrasser un garçon. Et même si ça ne changerait rien au futur – je saurais ce que ça fait, pour toujours.

Je prends sa main et je me rapproche. De ma main libre je fais ce que j'ai secrètement voulu faire tout l'été : j'enfonce un doigt dans sa fossette. Il rit. Je l'embrasse.

C'est électrique. C'est lumineux.

Quand j'ai dit que je croyais à l'amour aussi grand que le Big Bang, je ne me l'étais jamais imaginé ainsi. On s'emboîte aussi parfaitement que des Lego. Cela m'envahit tout entière. La bouche de Thomas me descend dans le cou, j'ouvre les yeux, je tente de retenir ce moment…

La cuisine est en train de changer.

Une rangée d'épices sur le mur d'en face se soulève et tourbillonne pour s'agencer dans un ordre différent. Par-dessus l'épaule de Thomas, le basilic ouvre ses feuilles et se transforme en persil. Les aiguilles de l'horloge s'agitent ; soudain, le soleil se lève. Et les roses à la fenêtre, qui ont toujours été couleur pêche, sont maintenant jaunes à la lueur de l'aube.

Ce baiser est en train de changer l'univers. J'ai des papillons dans le ventre, digne d'un tremblement de terre du Brésil, quand je me détache de lui.

— Waouh, fait Thomas en feignant de tituber.

Puis, il me serre à nouveau contre lui, presse son front contre le mien, me prend le visage dans les mains. Ses lunettes viennent s'écraser sur ma joue.

— Désolé, murmure-t-il.

Je ne sais pas pourquoi il s'excuse. Il ne dit rien sur les épices, les roses, le basilic. Il ne sait pas que ces choses ont changé. Pour lui, ça a toujours été comme ça.

Tout me dit que derrière moi, de l'autre côté de la porte de la cuisine, je retrouverai ma chambre. Dans une semaine. C'est la sortie de secours de l'univers.

Il me caresse le bras et murmure contre mes lèvres :

— On devrait aller se coucher.

Je pousse un cri de surprise.

— Séparément. Je précise, espèce de perverse, dit-il en riant. Avant que Ned sorte de là et m'assassine.

— Je devrais…

Je me retourne et fais un geste vers la porte ouverte de la cuisine. J'ai raison : je peux accéder à ma chambre de là. Mon plafond est couvert d'étoiles, et il n'y a aucun orage à la fenêtre. Les livres que j'ai laissés en désordre sur mon lit sont bien rangés sur mon bureau. Et puis… Oh ! Umlaut est là, endormi sur mon oreiller. Le présent où je vais est différent de celui que j'ai quitté.

Mais il n'est pas forcément meilleur.

Sur mon mur, au milieu des équations, il y a une grosse flaque de matière noire. Qui m'attend.

Il reste une semaine avant la fête. Et je viens de traverser la pire matière de l'univers pour revenir ici. Je ne crois pas que l'Exception de Weltschmerzian va me laisser m'échapper comme ça.

Et je ne peux pas emmener Thomas avec moi pour qu'il me tienne la main. Si cette version de lui saute cinq jours en avant, son futur lui disparaîtra et le temps sera perturbé. Moi, j'appartiens au futur. Je suis la seule à pouvoir traverser le trou de ver.

Voici le choix qui s'offre à moi :

A) je saisis cette chance pour parler de Jason à Thomas. Je reste dans la cuisine, cette vérité en main, et je laisse l'univers lentement imploser.

B) je passe la porte. L'univers ne craint plus rien, mais mon mensonge est toujours actif.

Dans un cas comme dans l'autre, c'est la fin du monde.

Vite, avant de pouvoir changer d'avis, je me retourne et je l'embrasse. Un baiser déterminé sur sa bouche, je m'y accroche pendant quelques secondes désespérées avant de tout lâcher...

Je fais un pas en arrière. Je m'éloigne. Et me voilà debout dans ma chambre. Mes poumons hurlent d'avoir fait ces quelques pas.

Derrière la porte, le jardin scintille dans l'aube.

— Bonne nuit, dis-je, même s'il n'y a plus personne.

Dimanche 10 août

[Moins trois cent quarante-trois]

Je suis réveillée par un rayon de soleil. Mon horloge indique qu'on est dimanche. J'ai mal à la tête. Je sors lentement de mon sommeil, le regard rivé au lierre accroché à ma fenêtre qui se mélange à de la matière noire, tout en pensant à ce baiser qui pourrait potentiellement chambouler l'univers entier. Il était sur mes lèvres, quelques heures plus tôt, mais pour Thomas, il n'a jamais eu lieu.

Le passé est inchangeable.

Je roule sur moi-même, entortillée dans des principes philosophiques et coincée dans ma couette.

Thomas est sur le lit à côté de moi. Waouh ! En un éclair, me voilà complètement réveillée.

Il dort encore, sa respiration est profonde et chaude, aussi régulière qu'un métronome, et je l'observe. Je regarde la bouche que j'ai embrassée. Tant de fois maintenant. Thomas

Althorpe. Qui a dit que je lui plaisais. Avec qui j'ai modifié l'univers. Qui est dans mon lit. Enfin en quelque sorte.

Il a peut-être passé la nuit ici, mais il est encore habillé et il est sur la couverture. Je suis tout de même inquiète : je viens de traverser de l'énergie négative pour revenir ici. Dans quel monde je viens de me propulser ?

Je tourne ma langue dans ma bouche et je souffle dans le nez d'Umlaut pour analyser mon haleine matinale. Le chaton est de bon augure. Un présent où il existe peut-il être si terrible ? Puis je pose la main sur le bras de Thomas et je le secoue.

— Thomas, dis-je. Thomas. Réveille-toi.

Il cligne des yeux et s'éveille, son visage marqué par l'oreiller. Le voir sans ses lunettes, c'est comme de partager un secret.

— Salut, dit-il d'une voix ensommeillée.

Il s'agite un peu, referme les yeux. Un bras lourd vient m'entourer, et me voilà ourse prête à hiberner.

Je me blottis contre lui, contre sa chaleur. Tout va bien. Il y a une couette entière entre nous.

— Heu... Tu te souviens de ce qui s'est passé ?

— Heu... J'ai du m'endormir, marmonne Thomas dans l'oreiller.

— Oui. Mais... *quand* ?

— Je me suis levé tôt, dit-il en bâillant. Je faisais des petits choux. J'ai vu ta lumière allumée et je me suis dit... (nouveau bâillement bruyant)... que j'allais venir te faire un coucou. Tu dormais. Et puis Ned est rentré et il s'est endormi sur la pelouse juste devant la porte de la cuisine. Je ne voulais pas prendre le risque qu'il me voie. Ton lit m'a semblé confortable.

— C'est pas grave, dis-je d'une voix aiguë.

J'essaye de parler sans trop ouvrir la bouche pour ne pas lui souffler dessus. Jason et moi, nous n'avons jamais passé la nuit ensemble. Nous n'avons même pas dormi l'un à côté de l'autre. Je ne me suis jamais réveillée aux côtés de quelqu'un auparavant. Et si mon haleine était épouvantable ? Je ne devrais pas parler. Mais je veux savoir ce qui s'est passé depuis vendredi. Je viens de faire un saut dans l'espace-temps, et j'ai raté une journée entière.

— Est-ce que je t'ai vu au Book Barn hier ? Je ne me rappelle pas.

— Heu… dit Thomas d'un ton indéchiffrable.

Il frissonne.

— Est-ce que t'as froid ? Viens là-dessous, dis-je sans réfléchir.

— Je pue le singe.

Mais il me rejoint sous les couvertures.

Oups.

Non, vraiment. Thomas sur mon lit, c'est une chose. Ça n'a rien de dangereux. On est amis. On a déjà fait ça des millions de fois. Mais sous mes couvertures, avec ses bras, ses jambes, sa peau contre ma peau, sa chaleur. Je ne porte qu'un tee-shirt et une culotte.

Mes particules atomiques sont toutes en alerte.

— Salut, chuchote-t-il dans ma bouche.

Ses lèvres se frottent aux miennes à chaque mot.

— Je crois qu'il nous reste un quart d'heure avant que la fureur de Ned se déchaîne.

Il n'a pas la mauvaise haleine du matin, il a un goût de brioche à la cannelle, sa bouche contre la mienne.

Et puis, ses mains se glissent sous mon tee-shirt, froides contre mon dos brûlant. Mes jambes enlacent les siennes. Nos corps sont serrés l'un contre l'autre. Nos bouches ne font plus qu'une.

Mon cœur bat à toute vitesse. Je me détache de lui. Un pas en avant, un pas en arrière, des hauts et des bas, je ne sais plus où on en est, je ne sais pas jusqu'où je veux aller. La nuit dernière était très intense, et nous voilà, une semaine après ce baiser qui n'existe pas – à nous embrasser comme si nous faisions cela depuis toujours. Je voudrais vivre ma vie dans le bon ordre.

— Salut, dit Thomas une nouvelle fois, fondant sur ma bouche.
— Bonjour, je réponds d'un ton formel.
Je baisse le menton comme Umlaut, et ça le fait rire.
— Bon d'accord, on retourne au dodo, dit-il en soulevant le bras et en me laissant me blottir à nouveau.
Je me recroqueville, le regard au plafond, vers les étoiles. Le motif a changé.
Lorsque j'ai franchi la porte, j'ai changé quelque chose.
Au-dessus de moi, les étoiles se mettent à bouger, à tourbillonner. Neige télévisuelle. Je ne suis pas en colère là maintenant. Je ne suis pas perdue non plus, ni triste, ni en train de mentir. Il n'y a pas de journal à proximité. Un regard vers Thomas m'informe qu'il s'est rendormi. Je rampe hors de la couette, et je lève le bras vers les étoiles, comme Superman. Ça va faire mal. Mais peu importe : « Téléportation, Scotty. »

* * *

Mon corps explose en millions de particules dans le ciel.

— *Tu t'es construit une cabane ?*
Le regard de Jason va de la botte de foin à moi. Il secoue la tête, sourit :
— *J'oublie toujours que t'es plus jeune que moi.*
C'était une super idée ce matin. Je l'ai un peu regretté quand il m'a fallu une heure pour bouger une botte et que je transpirais sous le soleil. Mais quand je suis revenue avec une couverture et un parasol pour faire de l'ombre, j'ai vu que l'idée n'était pas si mauvaise. C'est une cachette à trois murs. Jason me regarde comme si j'avais perdu la tête.
— *C'est pas n'importe quelle cabane, monsieur le rabat-joie.*

Je lui prends la main et l'entraîne à l'intérieur, le forçant à moitié à s'asseoir avant de m'écrouler à côté de lui. On est en août, c'est le temps de la récolte du blé. Les brins de paille nous piquent les jambes à travers la couverture.
— *Regarde.*
— *Bon, d'accord.*
Jason sourit et pointe ses lunettes de soleil dans la direction que je lui indique. Les champs dorés s'étendent jusqu'à l'horizon et viennent se fondre dans le ciel bleu. Il n'y a rien d'autre en vue que des oiseaux.
— *Qu'est-ce que je suis censé regarder ?*
— *L'univers, dis-je. Le monde entier. N'est-ce pas génial ?*
— *Margot, dit-il. Holksea n'est qu'une goutte d'eau dans la mer. Attends d'aller à l'université...*
Je l'ignore et je me retourne pour fouiller dans tout ce que j'ai apporté : des livres, des pommes, un stock de biscuits, des bouteilles d'eau pétillante, le tout rangé dans une glacière. Je n'ai pas encore réfléchi à ce qu'on ferait quand on aura besoin de faire pipi, mais à part ça, on pourrait rester ici toute la journée.
Il part dans trois semaines. Nous n'avons pas parlé de ce qui se passerait alors. Rien, à mon avis. Le souvenir de l'été sera bien vite oublié. C'est presque comme si ça m'était égal. On a eu toutes les grandes vacances. Il est toujours en train de parler... j'ai cessé d'écouter.
— *J'ai des glaces, dis-je en lui coupant la parole. Il faut que tu la manges maintenant, avant qu'elle fonde.*
Je lui tends une glace à l'orange et un sandwich glacé. Il m'énerve quand il choisit celle à l'orange, ma préférée. Et puis, au dernier moment, il m'attrape le poignet à la place de la glace et m'attire sur ses genoux.
— *Il faut que j'aille travailler bientôt, dit-il.*
Je tiens encore les deux glaces dans mes mains. Jason s'allonge. Je pousse un cri, mais ses mains sont sur mes hanches. Il me tient fermement. Je me retrouve dans une position bizarre, mes coudes

par-dessus ses épaules, les poings refermés sur les glaces, le visage dans son cou, morte de rire.

— Margot, *me dit Jason sans lever la tête. Tu veux bien poser ces glaces ?*

— Oh, *dis-je en les lâchant.*

Il ne nous reste quelques semaines. Je me souviens alors de ce qu'on peut faire d'autre dans une cabane avec son petit ami secret, le dernier jour de l'été.

J'ai l'impression que ma peau est écorchée vive. Voyager dans le temps, ce n'est plus comme avant. Ça commence à faire mal. Mais je suis de retour dans mon lit, face à Thomas. Il a remis ses lunettes. Umlaut s'est installé entre nous, et ronfle en bon chaton.

Mon cœur est encore à moitié dans la cabane de foin. Comment ai-je pu oublier ce que je savais déjà, que Jason et moi, ce n'était pas pour toujours ? Comment ai-je pu oublier que ça m'était égal ? C'est comme si la mort de Grey avait été comme une tornade, emportant tout le passé avec elle. Me laissant complètement perdue.

— Est-ce qu'on le fait mercredi ? me demande Thomas.

Pendant un instant, je pense qu'il parle du « grand pas », à savoir faire l'amour. Mettre un préservatif sur une banane puis ne plus jamais manger de fruits. Je rougis de mes ongles de pieds vernis à la racine de mes cheveux.

Sur l'oreiller, Thomas est aussi rouge que moi.

— G, dit-il en souriant. Je ne te parlais pas de *le* faire. Cela dit...

Il cligne des paupières, très lentement. Il tend la main pour chasser les cheveux de mon visage. Entre nous, Umlaut ronronne à présent dans son sommeil. Je me penche par-dessus le chaton et je plante un doigt dans la poitrine de Thomas, souriant tout autant.

— Tais-toi.

Je laisse ma main où elle est. Il n'y a aucune matière noire en vue. Je n'avais pas besoin d'une seconde chance après tout. Mon mensonge n'a pas d'importance – ne suis-je pas revenue exactement où je dois être ?

— Ne me fais pas peindre *La Saucisse numéro zwei*.

— Comment ça se fait que c'est si mignon quand tu parles allemand ? Ned est terrifiant quand ça lui prend.

Thomas enfonce la tête dans l'oreiller un instant, puis la relève.

— Peu importe. Alors... c'est bon pour mercredi ? Toi, moi, et les meilleurs fish and chips de la plage de Holksea ?

Je crois qu'il vient de me donner un rendez-vous. Je ne me suis pas vue en train d'accepter.

J'aimerais bien participer aux meilleurs moments de ma vie !

Thomas se faufile hors du lit, s'étire et met ses chaussures. Lorsqu'il est debout, il regarde mon tableau.

— Oh ! T'as gardé mon e-mail ! Cool. Et t'as... t'as fait des maths dessus. OK. Grrrr.

Il se précipite dehors, revient pour m'embrasser, et retourne dans le jardin sans que j'aie le temps de réagir.

— Salut, Ned.

Je l'entends parler dehors. La voix de mon frère grogne une réponse que je n'entends pas.

— C'est pas ce que tu...

J'attends que leurs voix se soient dissipées pour sortir de mon lit et prendre l'e-mail. Il a encore changé, mais il est encore plus cryptique – enfin, pas pour Thomas apparemment. Et il a raison : j'ai gribouillé une formule dessus. Du moins, c'est mon écriture. Mais je ne reconnais pas l'équation.

Mercredi 13 août

[Moins trois cent quarante-six]

Le jour où l'on va à la plage, une lune géante se dessine en plein jour à l'horizon. La plus grosse illusion d'optique du monde. L'astre énorme nous suit, Thomas et moi, tandis que nous longeons le chemin de terre, au-delà de la haie. Mon accident de vélo est loin derrière moi. Le trou dans le feuillage est plein de matière noire, qui m'attend, comme un souvenir.

Le parking est à moitié vide. Les enfants portent leurs seaux et leurs pelles, entraînant leurs parents, en route pour la maison dans le crépuscule. Nous attachons nos vélos à une rambarde et courons jusqu'à la paillote juste avant la fermeture.

— Des frites, s'il vous plaît, dit Thomas.
— Pareil.

Ils râlent. C'est la fin de la journée et ils ont déjà éteint la friteuse ; mais Thomas joue de ses charmes et bientôt, nous sommes sur la couverture, cachés par les dunes, dans les vapeurs de vinaigre à la nuit tombante. Sa sacoche s'ouvre quand il s'assied. Il a mon exemplaire de *Pour toujours*, deux cartes postales différentes marquent les pages pour nous deux.

— Thomas ! je m'exclame.

Il se tourne vers moi, tenant ses cheveux dans le vent, un sourire aussi immense que le ciel sur le visage. J'aimerais pouvoir lui dire : *Je ne veux plus voyager dans le temps. Je veux rester ici, et découvrir l'univers avec toi.* Mais les mots ne quittent pas ma bouche.

— Ça va ? me demande-t-il.

Je hoche la tête, et sauve une frite de la noyade au ketchup qu'il lui a réservée. Notre *nous* est déréglé aujourd'hui : il n'y a plus que bégaiements, longs silences et prises de parole au même moment. Non, vas-y, à toi, je t'en prie. Je sais ce qui ne tourne pas rond chez moi : j'attends qu'un trou de ver m'emporte. En revanche, je ne sais pas ce qui tracasse Thomas ; il est nerveux depuis qu'il a quitté ma chambre dimanche. Nous mangeons en silence, jusqu'à ce qu'un coup de vent m'envoie du vinaigre en plein nez, et je me mets à postillonner. Je regarde Thomas droit dans les yeux.

— OK, petite maligne, dit-il en se levant. Attends ici.

Il froisse la boîte en polystyrène (et répand du vinaigre partout sur la couverture) avant de partir en courant à travers les dunes.

— Où tu vas ?

Je me penche et le vois courir vers le chemin qui mène à la plage.

— C'est une surprise !

Juste avant de prendre le virage et de disparaître de ma vue, il vise la poubelle, met la boîte en plein dans le mille et hurle :

— Yes !

Je reste là, j'attends, je regarde la mer. Ou plutôt, son absence – de là où nous sommes, on ne voit qu'une étendue plate de sable mouillé qui s'étire jusqu'à l'horizon. Quelque part, au loin, invisible, se trouve la mer du Nord. Quand j'étais petite et que la mer se retirait si loin, ça me rendait triste. J'aurais voulu courir pendant des kilomètres, jusqu'à l'horizon, jusqu'à disparaître moi aussi. Si je me mettais à courir dans le vide sans m'arrêter, aujourd'hui, laisserais-je tout derrière moi ? Grey. Les trous de ver. Moi-même.

Et puis Thomas reparaît. Il avance à reculons sur le sable en agitant les bras. Je n'ai pas la moindre envie de quitter ce lieu maintenant. Lorsqu'il s'aperçoit que je l'ai vu, il met ses mains autour de sa bouche et me crie quelque chose.

— Quoi ? Je t'entends pas !

Il hausse les épaules dans un geste théâtral, et le voilà reparti ; il détale, va plus loin, il est désormais à cinquante mètres de moi. Je m'assieds, les genoux repliés contre la poitrine, les bras autour des jambes, et le regarde traîner les pieds dans le sable mouillé. Après un instant, je comprends ce qu'il est en train d'écrire. Je souris, et je prends nos sacs et la couverture. Le temps que je le rejoigne, à bout de souffle, il a écrit la plus belle équation du monde :

$$\times 2$$

C'est ce que Grey disait de nous quand on était petits.

« Oh-oh », disait-il quand j'entrais dans la pièce. Et si Thomas me suivait, il répétait : « Oh-oh. La terreur fois deux. »

À une époque, on disait ça entre nous, un petit refrain qu'on répétait toujours avant de faire une bêtise.

L'eau s'accumule déjà dans les lettres. Thomas a encore le pied dans la queue du 2 – son jean est trempé jusqu'aux genoux, ses cheveux bouclent à mort sous l'effet du sel et de l'humidité, et ses lunettes sont tachetées d'eau de mer.

Je titube sur le sable, je veux m'appuyer sur lui, mais il recule – à peine –, fourre ses mains dans ses poches et ramène ses épaules en arrière.

— Très mature de ta part, dis-je, et en montrant la formule : Merci.

— De rien, répond-il avec une politesse exagérée.

— T'as des algues sur le pied, je lui fais remarquer.

Il secoue sa basket et le fenouil marin fait un vol plané, avant d'atterrir dans sa main. Il regarde la petite plante, médusé :

— Faisons comme si j'étais toujours aussi habile, dit-il en l'attachant à la bandoulière de mon sac. Voilà. Maintenant, t'es une vraie sirène.

Silence. J'ai raté quelque chose.

— Qu'est-ce que tu veux...

En même temps, Thomas dit :

— Écoute. Oh ! ça nous arrive tout le temps, hein ?

— Toi d'abord.

— Avant de dire quoi que ce soit... commence-t-il.

Il désigne le *X 2* du pied.

— On a toujours été amis, n'est-ce pas ? Eh bien je te promets que cette fois, on le sera à jamais. Je ne laisserai rien nous arriver. Je ne cesse pas les communications, et toi non plus. D'accord ?

— Heu... OK.

Je joue avec le sable d'un pied, je le fais crisser sous ma semelle. Apparemment, j'ai mal compris ce qui se passait entre Thomas et moi, ce qui se passait ce soir.

— Ned m'a forcé à dire ça. C'est vrai. J'arrive pas à croire qu'il ait joué les « grands frères protecteurs ».

Il mime des guillemets pour me faire rire. Je reste impassible. Malgré toutes les frites épicées que je viens d'avaler, j'ai un bloc de glace dans le ventre.

— Comment ça ? Qu'est-ce que tu veux dire ? Qu'est-ce que Ned a à voir là-dedans ? dis-je d'une petite voix.

— Il a découvert que... Écoute... Il y a quelque chose que je ne t'ai pas dit, à propos de cet été. Ned l'a appris il y a quelques jours, et quand il m'a surpris sortant de ta chambre l'autre matin, il m'a dit de te le dire, avant qu'il ne se passe quoi que ce soit.

— Quoi ?

— Je ne vais pas rester à Holksea. Quand ma mère va venir en Angleterre, on ne va pas s'installer dans la maison d'à côté.

— Et tu seras où ? À Brancaster ?

C'est une question débile. Thomas n'aurait pas cette expression d'écureuil paniqué s'il déménageait à dix minutes de là.

— À Manchester.

Il enfonce ses mains dans ses poches et me regarde. Entre nous, le *X 2* fond dans le sable mouillé. Bientôt, il aura complètement disparu, comme si nous n'avions jamais été là.

— Tu sais, c'est pas si loin. Tu pourrais prendre le train.

— Ça met cinq heures.

Manchester est à l'autre bout du pays, et Holksea n'est pas très bien connecté au réseau des transports. Il faut faire une trotte à vélo, prendre un bus, puis un train, juste pour aller à Londres.

— Quatre heures et demie, dit-il. Il y a trois changements. J'ai vérifié.

— T'as vérifié les horaires de train, mais tu n'allais rien me dire ? Est-ce que c'est pour ça que ta mère n'arrêtait pas d'appeler ? Pour te dire qu'il y avait un changement de programme ?

— Merde, peste Thomas. (Il courbe les épaules et souffle sur ses mèches bouclées.) Merde. Écoute, il n'a jamais été prévu que je reste, d'accord ? Ma mère a décroché un poste à l'université de Manchester et avait prévu de venir en septembre. Et puis, j'ai eu ton e-mail, et je me suis dit que j'allais venir ici avant. C'est…

Il fait un grand geste pour tout englober : la lune, la mer, le sable. Moi et mes poumons sans air.

— C'était juste pour l'été.

— Tu m'as menti ?

Je saisis la petite voix dans ma tête qui me souffle que moi aussi et je l'étrangle. C'était un malentendu. Ça, c'est différent.

— Toutes les fois où j'ai mentionné la rentrée ? Où j'ai parlé de ton retour dans la maison d'à côté ? Tu ne t'es pas dit que c'était le moment d'avouer ?

— C'était pas mon intention, proteste-t-il en remuant le sable avec ses pieds. Écoute, je suis pas fier de moi, OK ? Mais les choses étaient tellement bizarres entre nous à mon arrivée, et je savais que si je te disais que je n'étais pas là pour longtemps, tu ne me parlerais plus jamais. On n'aurait pas eu l'occasion d'être à nouveau amis.

Il pense qu'on est amis ? Nous revoilà au même point qu'il y a cinq ans.

— Quand ? je lui demande.

— Quand quoi ?

— Quand tout. Quand est-ce que tu comptais me le dire ? Quand est-ce que tu pars à Manchester ?

— Dans trois semaines.

Des étoiles dansent devant mes yeux. Pendant tout ce temps, le temps fou que j'ai passé à essayer de comprendre le passé, voilà qu'il se répète. Thomas va *partir*. Et il ne me l'avait pas dit.

J'ai envie d'envoyer paître les nuages, de foutre un coup de poing à la lune pour qu'elle dégage du ciel. Je ne peux pas. Le temps passe trop vite. J'ai fait un tour sur moi-même, je me suis retrouvée en hiver. J'ai cligné des yeux, et c'était le printemps. L'été est bien avancé, il est déjà à moitié passé. Et Thomas va partir, *encore une fois*. Tout le monde m'abandonne toujours. Maman, Grey, Ned, Jason, Thomas, Grey, Grey, Grey. Je tombe à genoux. Je ne peux plus respirer. Envoyez-moi un trou de ver – *tout de suite.*

— Gottie, murmure Thomas d'une voix douce. G. Je croyais vraiment que tu savais pendant les premières semaines.

Je reste par terre, et je secoue la tête. Non.

— Je pensais que ton père t'avait expliqué. Ma mère l'a appelé, quand j'étais dans l'avion. Je lui avais laissé un mot. Elle lui a raconté mon projet. Il en a parlé avec moi.

Il a l'air perdu, ou plutôt frustré. Je ne me tourne pas vers lui.

— Et puis, je me suis rendu compte que tu ne savais rien, et je…. Je ne savais pas comment te l'annoncer. Ça a pris des semaines pour qu'on soit à nouveau amis. T'étais si triste pour Grey… Je ne comprends pas pourquoi il ne t'a rien dit.

— Alors c'est ma faute, à cause de cet e-mail que je t'ai envoyé, dis-je en courbant les épaules, regardant l'eau former une flaque autour de moi. Et c'est la faute de papa parce qu'il a pensé que tu te chargerais de m'expliquer. Qui d'autre vas-tu accuser ? Ned ? Sof ? *Umlaut* ?

— Je crois que tu avais besoin de moi cet été, dit-il. Et me voilà. Je suis là. Est-ce que ça ne compte pas pour quelque chose ?

— Nan, dis-je en couinant, la gorge serrée.

Je sais que je suis injuste, et je m'en fiche. Si je dis un mot de plus, je vais pleurer. À côté de moi, je vois les pieds de Thomas qui s'agitent. Il se penche pour ramasser un caillou, fait un ricochet sur l'eau de la piscine naturelle.

— On pourra se rendre visite. Prendre le train. J'achèterais une voiture. Je trouverai un autre boulot dans une pâtisserie, et on se rejoindra au milieu du pays, je t'apporterai des brioches à la cannelle.

Il a pris un ton consolateur, mais je ne suis pas d'humeur à être consolée. Pour une fois, je veux que les choses se passent comme je l'entends. Je me lève, je lance des coups de pieds dans sa formule ridicule, j'écrase le X de toutes mes forces.

— J'aime pas les brioches à la cannelle... dis-je en me tournant vers lui, méchamment.

Puis les mots s'évaporent de ma bouche comme je vois ce que je viens de faire.

Le sable que j'envoyais dans les airs est resté suspendu. Il ne tombera jamais. L'écume coiffe les vagues de la mer sombre, les couronnant pour toujours, car elles ne s'écraseront plus. Tout est immobile. Tout est silencieux. Et Thomas est figé, en plein discours.

La géométrie de l'espace-temps est une manifestation de la gravité. Et la géométrie d'une peine de cœur est la manifestation d'une horloge qui s'arrête. Le temps s'arrête.

Je pédale à toute vitesse, cinq kilomètres jusqu'à la maison, en plein crépuscule. Mais la nuit ne vient pas. Le monde s'est brisé comme ma montre écrasée. Le soleil ne se couche pas. Il est resté là où je l'ai laissé à la plage, et la lune échoue à grimper dans le ciel. C'est magnifique, transcendant. Ça fait un peu peur.

Je fonce à toute allure, je prends le raccourci, en plein dans les orties, ça m'est égal. J'ai besoin de mes livres, il faut que je comprenne ce qui se passe – mathématiquement parlant. Ça ne changera peut-être rien. Mais si c'est l'univers qui commande, je veux au moins essayer de prendre le pouvoir.

Je laisse tomber mon vélo dans l'allée, à bout de souffle, et je traverse le jardin comme une dératée. Je m'arrête net.

Ned et ses potes ont allumé un feu de camp. Un prélude à la fête, qui, je me rends compte avec un sursaut, est prévue pour ce samedi. L'été est passé si vite. Dans dix-neuf jours, mon grand-père sera mort à jamais. Plus de journaux. Et j'ai passé tout ce temps à me poursuivre dans des trous de ver, sans penser une seconde que j'aurais pu trouver le chemin qui me menait à Grey.

Les flammes sont figées, les étincelles comme peintes dans l'air. Ned se tient près du bouddha, savourant une gorgée de bière, et Sof, l'air un peu angoissé, se pâme d'admiration devant lui. Une expression intime qu'on ne pourrait apercevoir autrement s'inscrit sur son visage.

Ma présence est une intrusion. Je passe devant eux sur la pointe des pieds, comme Edmund passant devant le repaire de la Sorcière Blanche. Puis je me dis, *tant pis*, et je reviens en arrière pour attacher ensemble les lacets des deux pieds de Jason. Son briquet porte-bonheur est dans sa main. Je l'empoche. Je le balancerai dans les chiottes plus tard, sans doute.

Les arbres sont aussi immobiles et silencieux que des tombes. C'est spectaculaire et inquiétant. Je suis déjà en train d'élaborer des formules et des équations dans ma tête pour décrire ce phénomène de gel antigravitationnel. C'est ce que j'ai cherché à faire toute l'année, non ? Arrêter le temps dans son mouvement perpétuel.

Alors que je passe sous le pommier, j'aperçois Umlaut... sur une branche, en pleine chasse au papillon de nuit qu'il n'attrapera jamais. Je vais chercher l'e-mail de Thomas dans ma chambre, ainsi que mon livre de maths, et je grimpe dans l'arbre. Je prends Umlaut sur mes genoux. Si je peux faire redémarrer l'horloge, je ne veux pas qu'il tombe de surprise de son perchoir. Il est tout chaud, ce qui est rassurant, et il est aussi rigide qu'un animal empaillé, ce qui l'est beaucoup moins.

— Gentil Umlaut.

Je ne crois pas qu'il puisse m'entendre, mais parler m'aide à ravaler la panique qui monte en moi. Cette soirée est digne d'une nuit d'Halloween.

— Comment réparer ça ?

Les équations de Friedmann décrivent le Big Bang. Peut-être qu'on peut redémarrer le temps comme on fait redémarrer les voitures en hiver. Je sais ce que ferait Grey : il les lirait tout haut comme des incantations, les origines de l'univers. Il a peut-être raison. Je devrais peut-être les appliquer, et créer un Mini Bang : les flammes du briquet de Jason, et le néant dans la capsule témoin. Modifier la formule, pour qu'elle soit à échelle réduite. C'est déjà un début.

Je m'installe confortablement, et je referme la boîte pour pouvoir étirer les jambes.

Le couvercle ne porte aucune inscription.

Quand Thomas et moi sommes montés ici pour l'ouvrir, le jour de la grenouille, nos noms étaient inscrits dessus. Il est en train de disparaître. *Himmeldonnerwetter !* Le temps n'a pas fait que s'arrêter. Les branches sont en train de s'effiler. Le monde est en train de changer vers un univers où Thomas n'est pas là. Malgré son mensonge, ce n'est pas ce que je veux.

Je veux que le temps continue d'avancer.

Que l'été se mue en automne. Que ce soit la rentrée, les demandes d'inscriptions à l'université, les examens blancs, les résultats. Je veux embrasser Thomas à nouveau, puis le trucider pour ne m'avoir pas dit qu'il partait. Je veux lui dire pour Jason, pour tout, lui parler du jour de la mort de Grey – une vérité que je n'accepte pas moi-même. Je veux voir ce qui va se passer entre lui et moi, même après son départ. Même si tout va de travers.

Je veux pouvoir pleurer quand j'ai mal.

Face à un choix pareil : arrêter le temps, réduire ma vie à si peu que je peux l'envelopper dans une couverture, ou avoir le cœur brisé en mille morceaux, je dois l'admettre : passez-moi le marteau.

Je griffonne la première équation sous le couvercle de la boîte en métal, et puis je froisse quelques feuilles de mon manuel de maths, pour les mettre à l'intérieur. J'allume le briquet de Jason – heureusement, il n'était pas allumé quand le temps s'est arrêté – et je le laisse tomber dedans. Puis je ferme la boîte et j'écris THOMAS & GOTTIE en gros.

Je croise les doigts. L'intérieur de la capsule témoin était tout noir et plein de suie quand on l'a ouverte, et à l'instant c'était tout propre. Je suis en train d'allumer le feu qu'on a trouvé il y a quelques semaines. Toute action à des conséquences – c'est juste que les miennes vont en sens inverse.

J'ai raison. Doucement, le monde revient à lui. Lentement et en craquant d'abord, comme un manège à la fête foraine qui effectue son premier tour de la journée. Le vent commence à souffler dans l'arbre. Des piqûres d'orties apparaissent enfin sur mes chevilles.

Le papillon de nuit agite les ailes de plus en plus vite, j'entends un cri de joie dans le jardin. De plus en plus vite, les flammes du feu qui crépite, le soleil disparaît, la nuit tombe.

Je reste dans l'arbre, et je me recroqueville comme une chenille.

Je ne sais pas combien de temps s'écoule avant que j'entende la voix de Thomas qui m'appelle. Je sais que j'ai froid et qu'il y a une flaque de matière noire dans le creux de l'arbre. Et j'ai peur de ce qui est en train de se passer. Tout était si splendide, de merveilleuses coïncidences cosmiques, avec des étoiles qui clignotent et des nombres *pi* qui volent, alors que maintenant, les choses sont abominables. Le monde est en train de voler en éclats.

Et je ne crois pas que le redémarrage du temps soit le résultat de ce que je viens d'accomplir mathématiquement parlant.

Je hurle :

— Je suis là-haut !

Quelques secondes plus tard, son visage apparaît entre les feuilles. Comme une question.

Nos regards se croisent, je hoche la tête.

— Je suis furieuse contre toi, lui dis-je.

— Je ne peux pas t'en vouloir.

— Mais je me suis fait piquer par les orties. Et j'ai froid. Alors je vais descendre de cet arbre.

— OK.

Une fois au sol, je laisse Thomas me prendre la main.

— Je ne t'ai pas pardonné pour autant, lui dis-je.

En traversant le jardin, je vois Ned et Sof en train de chuchoter, si proches l'un de l'autre que leurs cheveux s'entremêlent. Elle lève la tête en nous voyant.

« Ça va ? » demande-t-elle silencieusement.

Je hoche la tête.

Thomas me prend par la main, il m'entraîne dans la cuisine. Il me tient toujours la main quand on entre dans l'arrière-cuisine et qu'il fouille derrière la tour de pots de Marmite, pour attraper quelque chose que je ne vois pas. Il ne lâche pas ma main et se dirige vers la salle de bains, la tient toujours quand on s'assied au bord de la baignoire. Il ouvre les robinets. Il a promis qu'on serait amis. Il m'a dit qu'il ne m'abandonnerait pas.

L'eau fait le bruit des chutes du Niagara ; nous restons muets, et il ouvre la boîte qu'il a prise dans la cuisine, puis verse le tout dans l'eau. Du bicarbonate de soude.

Je lui lance un regard interrogateur.

— Grey, hurle Thomas par-dessus le bruit de cascade. Il a appris ça à ma mère quand j'avais la varicelle. Je suppose que ça marche aussi pour les orties.

J'approuve de la tête sans rien dire et fixe l'eau des yeux. Elle prend une couleur laiteuse. La baignoire se remplit à ras bords. Je frissonne en retirant mon jean, et Thomas détourne la tête. Je me plonge dans la baignoire en tee-shirt. Je suis tellement soulagée par la chaleur que je pousse un grognement.

Thomas rit, et s'assied par terre, appuyé contre la baignoire.

— On dirait Umlaut, dit-il.
— Ça fait du bien.

C'est tout ce que je réussis à sortir.

L'eau est chaude et profonde, elle m'arrive jusqu'au cou, complètement opaque. À quand remonte mon dernier bain ? Le jour après l'arrivée de Thomas, quand je suis tombée de vélo et que tout ce que je voulais, c'était qu'il reparte. Maintenant, me voilà à nouveau dans cette baignoire, et il s'en va. Quelle ironie.

Pour en rajouter une couche, il y a un trou de ver dans la baignoire. La vie redémarre, et moi je recule. Qu'est-ce qu'il me manque ? Qu'est-ce que l'univers me veut encore ? Tout est déjà tellement chaotique.

— Je suis un parfait gentleman, n'est-ce pas ? dit Thomas sans se retourner.

— C'est vrai, dis-je en agitant les mains dans l'eau.

Je pourrais m'endormir là-dedans. J'ajoute :

— J'ai l'impression d'être l'objet d'une expérience scientifique.

— Quoi, parce que je t'ai fait entrer dans un bain plein de produit chimique effervescent ? dit-il d'un ton taquin. Tu te sens... dans ton élément ?

Thomas agite les mains au-dessus de sa tête. J'ai envie de sortir de l'eau pour aller l'embrasser. Pourquoi faut-il qu'il s'en aille ? Et comment a-t-il pu me mentir ?

Sa blague débile et ses mains papillon me font rire. Mon rire se transforme en sanglot.

— G, ne pleure pas... dit Thomas. Est-ce que tu me permets de me retourner ?

Je hoche la tête, la tête dans les mains, mes mains sur mes genoux. Peu m'importe.

— Je suppose que c'est oui, dit-il.

Tout à coup, ses bras m'entourent, je sanglote au creux de son épaule.

— Je suis désolé. Pendant un temps, je croyais vraiment que tu savais. Et quand j'ai compris que t'ignorais tout... je ne savais pas quoi faire. Ne me déteste pas.

— Je ne veux pas que tu partes, dis-je, le visage brûlant.

Je tombe en miettes dans les bras de Thomas.

Il y a un trou de ver qui s'avance vers moi, je suis criblée de douleur, je m'agrippe à lui. Je n'ai pas envie de disparaître. Je ne veux plus voyager dans le temps, mais je ne sais pas comment tout arrêter. Je voudrais simplement exister.

Je suis prête à vivre dans le monde à nouveau, mais le monde ne veut pas me laisser faire.

Thomas est chaud, rassurant, il sent la cannelle, et il me promet :

— Il faut que je parte. Mais souviens-toi de ma promesse. Je serai toujours...

Je n'entends pas le reste. Je disparais avec l'eau du bain.

Jeudi 5 septembre l'année dernière

[Moins quatre]

Je transpire. C'est l'automne, l'air est gorgé de soleil. C'est le mauvais jour pour porter une robe de laine noire. Il n'y a pas de bon jour pour des jours comme celui-ci.
Cela fait dix minutes qu'on est debout, à chanter des hymnes dont je ne connais pas les paroles. Je n'ai pas l'habitude de porter des talons ; Sof a pris le bus pour aller en ville, et m'apporter ces chaussures. Elles frottent derrière, j'ai la peau à vif. Je sens mon collant qui me colle à la peau. J'oscille dans la chaleur, passant mon poids d'une jambe sur l'autre. J'ai envie de m'asseoir, me dis-je. *Et puis, je veux tout de suite annuler ma pensée.*
Ned m'attrape par le coude, je vacille. Je lève les yeux vers lui. Ses cheveux sont relevés, bien propres, dans un chignon.
« Est-ce que ça va ? » dit-il en remuant les lèvres sans le son.

Je hoche la tête. L'hymne se termine et on s'assied dans un murmure, bruit de bancs, bruit de papier. Un silence. Le pasteur retourne à son pupitre. Je regarde derrière moi, je cherche Jason. Il regarde Ned, pas moi. Sof capte mon regard. Je me détourne.

— Grots, me siffle Ned en désignant le cercueil. On dirait un peu un panier à pique-nique.

Un petit rire se forme au fond de ma gorge. C'est moi qui l'ai choisi – un de ces modèles en osier. Si ça n'avait tenu qu'à lui, Grey aurait préféré être mis à la mer, puis criblé de flèches enflammées. Au lieu de ça, après la cérémonie, il y a…

N'y pense pas. Arrête d'y penser. Non, stop.

On se lève à nouveau.

Papa se trompe dans les paroles de l'hymne suivant, et continue, sûr de lui, le couplet d'après. Ned émet un petit rire.

Ç'a été comme ça toute la journée. On passe du normal à l'affreux, en rythme binaire.

Me laver les cheveux avec du shampoing à la menthe, manger une tartine. Mettre le petit pot de Marmite sur la table, puis me souvenir. Enfiler des collants noirs, même s'il fait trente degrés dehors, et que Grey préférerait nous voir pieds nus de toutes façons. Je les ai enlevés et remis mille fois, et j'étais quand même en avance. Le bras de Ned autour de moi alors qu'il zappe devant la Télé. Attendant le cortège, même si l'église n'est qu'à cinq minutes à pied de la maison.

Faire le voyage en corbillard. Avoir faim. Essayer de me souvenir ce que j'ai demandé au pub de préparer comme buffet pour après. Les yeux rouges de papa. Ned qui me demande de nouer sa cravate.

Le mot éloge funèbre.

Écouter le pasteur nous parler de James Montella. Me dire : mais c'est qui ? Pourquoi tu ne l'appelles pas Grey ? *Tout le monde rit quand le pasteur raconte la fois où il a voulu sauter par-dessus le canal pour prouver quelque chose, et que sa fille lui avait demandé de lui confier les clefs du Book Barn d'abord. J'essaye de me souvenir, et je comprends qu'il parle d'un temps avant moi. Il parle de maman.*

On est à nouveau debout, un nouvel hymne. Je grimace, mes pieds me tuent.

— Enlève-les, me dit Ned, une main ferme sur mon épaule. C'est pas grave, Grott. Enlève-les.

C'est ce que Grey ferait. Mais je ne peux pas. Je ne mérite pas d'être confortable. J'oscille dans la chaleur, et je chute...

Samedi 16 août

[Moins trois cent quarante-neuf]
[Moins trois]

— Non, comme du forsythia, de la bruyère. Ce jaune-là.
La fleuriste me montre d'autres lys, couleur crème, et j'ai envie de lui hurler dessus. Elle ne comprend rien. Elle ne veut pas me donner de tulipes jaunes et il faut que ce soit parfait ; il faut des tulipes jaunes pour l'enterrement. Je suis quasiment en train de hurler, elle me regarde, perplexe, et me dit :
— On est en septembre...

[Moins deux]

Je passe la tête dans la robe. Elle s'accroche à mon soutien-gorge. Je transpire déjà. Je souffle en fermant la fermeture

Éclair. Sof est de l'autre côté du rideau de la cabine d'essayage, et j'aimerais qu'elle la FERME. Tout est trop serré aux cuisses et sous les bras. Je suis trop grande. Je n'aurais jamais choisi cette robe de toute façon. Cette couleur. Elle est noire, mais… c'est le but.

[Moins un]

Le téléphone de la cuisine sonne. Aucun de nous ne veut répondre. On reste à regarder dans le vide comme on l'a fait toute la soirée. Au bout d'un moment, le répondeur se déclenche. « Ici James, Jeurgen, Edzard et Margot » dit la grosse voix de Grey avant de pouffer de rire sous l'effet de nos noms ridicules. Il rit de plus en plus fort, son rire emplit la pièce, comme si sa mort n'était qu'une grosse blague cosmique qu'il nous faisait. Ha, ha, ha…

Ce qui suit est évident. Depuis l'enterrement, je fais des bonds dans le temps, je me rapproche de plus en plus de la mort de Grey. Quatre trous de ver en trois jours, si intenses et si fréquents que j'en ai le tournis. Tout ce que je sais, c'est qu'on est samedi, le jour de la fête, parce que ce matin Ned s'agitait dans la cuisine pour faire un sandwich au bacon, et il m'a demandé si je voulais emprunter son eye-liner pour ce soir.

Je suis en décalage horaire de voyage dans le temps et j'ai un mal de crâne pas possible. J'ai un mauvais goût dans la bouche. Je suis assise dans le Book Barn, et je vois une piscine noire qui m'attend dans l'ombre. Papa fait du bruit. Il fouille sur les étagères près du bureau, et je tape douloureusement

L'ordinateur est si lent, il fait un bruit de ventilateur chaque fois que j'enfonce une touche.

Entre chaque clic et chaque vrombissement, j'entends une onomatopée.

J'en ai mal aux dents. Surtout que je ne suis pas en train de taper les reçus comme je le devrais. Tous ces clics et ses brrr sont un second e-mail à Mme Adewunmi. Elle n'a jamais répondu au premier. C'est quoi, mon problème, avec les e-mails ?

Je voudrais que mes doigts volent par-dessus les touches, sans avoir à réfléchir, qu'ils racontent tout ce qui s'est passé, des vortex à deux faces au pommier, l'Exception de Weltschmerzian est en train de tout emporter. Je sais exactement où me mènera le prochain trou de ver, et ce sera pendant la fête de ce soir.

N'est-ce pas le thème de cet été : l'inévitable ?

Il me faut trouver comment l'arrêter. Il me reste cinq heures. Et, dissertation ou pas, j'ai besoin de le faire sans clics et sans brrr, et sans les bruits de papa.

Clic.

Brrr.

Exclamation indignée.

— Oh ! oh ! Gottie !

Je lève la tête. Papa oscille d'un pied sur l'autre devant le bureau. Par réflexe, je couvre mon cahier de la main.

— J'ai presque terminé. J'attends juste que l'ordi me rattrape, dis-je, un mensonge, en désignant la liste de l'autre côté du clavier.

Il hoche la tête. Puis, il tire une chaise et s'assied en face de moi en prenant soin de remonter son pantalon. Il porte à nouveau ses Converse rouges et affiche une expression sérieuse – celle qu'il avait lorsqu'il m'a annoncé le retour de Thomas. La même que dans le couloir de l'hôpital en septembre, pour nous dire qu'on pouvait rentrer à la maison.

— Margot, commence papa, d'un air solennel.

Il se racle la gorge, ramasse Umlaut et le pose sur ses genoux. Il a amené le chaton au travail ?

— Gottie, *Liebling*.

J'attends, je joue nerveusement avec mon stylo, j'essaie d'afficher une expression non coupable, celle d'une adolescente qui ne serait pas en train de détruire la trame de la réalité.

— Ned a vu Thomas sortir de ta chambre dimanche dernier. Dimanche matin.

Oh. C'est pas croyable. Et papa a attendu presque *une semaine* pour m'en parler ! Grey serait entré dans la pièce et nous aurait traînés tous les deux par les oreilles.

— Est-ce qu'il faut qu'on parle ? dit-il avec des petits bruits indignés. *Du Spinner*, il *faut* que je te parle. De toi et Thomas.

Je suis soulagée de comprendre que papa veut me parler de ça. De sexe. Puis je frissonne quand je comprends ce qui m'arrive. Je ne veux pas écouter ça. J'ai envie de m'allonger dans une pièce sombre pendant des heures et de vomir à répétition. Ça m'a l'air reposant comme idée.

— C'est… tout va bien… on n'a pas… on n'est pas… je bafouille en faisant un grand sourire.

On n'est *vraiment* pas… Enfin je crois pas… Les trous de ver m'emportent à travers le temps, alors je ne sais pas bien ce qui s'est passé depuis le jour à la plage. Il va partir. Il m'a menti.

PARTIE COMME UNE FURIE, a écrit Grey à propos de moi dans son journal. Je n'ai pas aussi mauvais caractère que lui – un feu d'artifice qui s'arrêtait après le premier bouquet. Je préfère le mien, têtu, qui ne pardonne pas. J'en veux à Sof de ne plus me comprendre, j'en veux à Ned d'être heureux, j'en veux à maman d'être morte. Je ne veux pas en vouloir à

Thomas pour son départ. Mais je ne sais pas non plus ce que nous sommes l'un pour l'autre.

— On n'est pas... je répète à Papa. Et si on l'était, ce serait tout nouveau, vraiment tout nouveau. Et je sais déjà tout ça. Alors, heu...

— Ah, dit papa en hochant la tête.

J'espère qu'il va aller faire ses couinements ailleurs, loin d'ici, pour que je puisse mourir de honte tranquille, mais il reste assis là. Je me prépare à une de ses rares engueulades, où il souffle fort et se met à siffler comme une oie en colère. Puis il ajoute :

— Tant mieux. Parce que nous – ta maman et moi – on ne savait pas. *Empfängnisverhütung*[1].

Je hoche la tête. *Bien sûr* qu'ils ne savaient pas. Ned est la preuve vivante de leur ignorance.

— En plus, poursuit Papa avec un grand sourire, il ne nous reste plus beaucoup de chambres pour accueillir les bébés.

C'est à mon tour de pousser un cri étonné.

— Papa. Est-ce que tu viens de faire une blague ? Parce qu'on n'a toujours pas compris celle du canard.

— Une de ses pattes est la même, dit papa, mort de rire, essuyant des larmes en pensant à sa blague préférée.

Je lève les yeux au ciel (ça fait mal). Dix-sept ans et je ne comprends toujours pas, mais la blague a toujours fait rire aux larmes papa – et Grey.

Je fais un petit geste du stylo comme pour le chasser, en espérant qu'il partira pour que je puisse fusionner en paix avec mon mal de tête. Mais il continue de rire. Je n'ai pas vu papa rire depuis des mois. Ça fait du bien.

— On ne savait pas pour Ned, je veux dire. La deuxième fois, on était au courant que tu allais arriver.

---

1. Contraception.

Papa continue, ignorant la grimace que je fais. C'est peut-être sa technique, me dégoûter avec ses histoires de *conception* pour que je ne décroise pas les jambes en présence de Thomas.

— Mais quand même.

— Papa, je sais, dis-je pour qu'il se dépêche.

— Peut-être pas, rétorque-t-il. J'ai vu, dans ta chambre, la photo de toi et ta maman. C'est pour ça, tes cheveux ?

Je me touche la tête, soudain consciente de ma tignasse, et je hausse une épaule, ni *ya*, ni *nein*.

Papa baisse le regard vers Umlaut sur ses genoux, et il aspire de l'air entre ses dents.

— Tu sais, tu as été une si jolie surprise.

— Une surprise ?

— Heu... J'ai dû remettre mes projets à plus tard. Et ta maman aussi, au lieu d'aller à Saint Martins. On pensait retourner à Londres avec Ned, mais...

Il fait un bruit bizarre avec sa bouche, puis mime une explosion avec les mains. Tous les poils d'Umlaut se dressent.

— ... les choses ont changé. On attendait une petite Gottie. Alors, même si on *savait*, insiste-t-il, savoir, ça ne suffit pas toujours. C'est pour ça que je pense qu'il est peut-être mieux que Thomas dorme dans sa chambre. D'accord ?

Ainsi, ma naissance n'était pas prévue. Toute ma vie, tout le monde s'est toujours comporté comme si les choses avaient toujours été telles qu'après l'arrivée de Ned et les changements que cela impliquait, papa et maman avaient décidé : nous n'avons qu'à nous marier jeunes et avoir un second enfant. Et travailler pour Grey, au Book Barn. Rester à Holksea. Pour toujours. Comme si le seul accident avait été sa mort à elle.

Personne ne m'a jamais dit que je n'étais pas au programme. Je ne savais pas qu'ils avaient aspiré à autre chose, à une autre vie.

On ne m'a jamais avoué que j'avais tout gâché.
— Comment ça s'appelle ? Une *rue* ? demande Papa.
— Hein, quoi ?
— Ta mère, quand elle a appris pour toi, elle a balancé le test par-dessus son épaule, et elle a fait une *rue*.
Il secoue la tête, se souvient de la scène. Je ne suis pas la seule à me perdre dans le passé. Mais papa n'a pas besoin de trous de ver.
Je le corrige :
— Une roue.
Je repense à une théorie avancée par Thomas l'autre jour, à propos de l'anglais de papa qui est toujours un peu branlant. Il dit que papa fait exprès de prendre un accent en anglais, qu'il se raccroche à ses racines. Maintenant que je sais qu'il comptait quitter cette vie, je crois que la raison est peut-être tout autre. Ainsi, il n'est pas obligé d'admettre que tout ça, c'est la réalité.
Qu'il est toujours là, deux lignes sur un test, dix-sept ans plus tard. Je sais qu'Oma et Opa lui ont demandé de revenir en Allemagne. De vivre avec eux, même. Il y a eu cette dispute à Noël, ils ont élevé la voix et fermé les portes. Peut-être qu'il le fera maintenant. Je vais avoir dix-huit ans dans six semaines – à la même période l'année prochaine, je serais en train de faire mes valises pour partir à l'université. Et papa sera libre.
Comme s'il lisait dans mes pensées, papa dit :
— *Nein*. Jamais. Je ne le regretterai jamais.
Il me regarde avec tant d'affection, si sérieusement, que c'en est gênant. Et j'aimerais qu'il ne m'ait rien dit. Maman est morte, Grey est mort. Papa est coincé ici, et tout est ma faute. Je n'ai jamais été destinée à faire partie de cette famille. C'est tellement évident que je n'ai pas ma place ici !
Il doit sûrement y avoir un présent où je n'existe même pas.

Je suis à un trou de ver de perdre la tête. Je ferme les oreilles, prise de nausée : le tambour dans ma tête bat trop fort.

— Amuse-toi bien, ce soir, dit papa. Je vais rester caché ici. Je ne sais pas ce qui t'est arrivé cette année, *Liebling*, mais maintenant... je suis très content... de te voir amoureuse. C'est *gut*. Comment cela pourrait-être une mauvaise chose ?

Après tout ça, je comprends qu'il ne me parlait pas de sexe. Il parlait d'amour. Je fixe mes doigts. Si seulement papa m'avait parlé l'été dernier. Si seulement ma maman était encore vivante. J'en savais assez pour utiliser des préservatifs avec Jason. Mais je ne savais pas qu'il ne fallait pas tomber amoureuse.

Comment l'amour peut-il être une mauvaise chose ?

C'est une bonne question.

* * *

Le Principe de Gottie H. Oppenheimer v 6.0. Je ne suis pas censée exister dans l'univers. Je ne fais que des bêtises. Le prochain trou de ver le démontrera. À moins que je ne l'en empêche.

Papa reste au Book Barn une fois que j'ai terminé mon travail et dit qu'il viendra voir si tout va bien. La flaque noire me suit sur le chemin vers la maison. Je prends par les champs, je passe devant les bottes de foin, et je réfléchis à comment je peux réparer le temps. Quel est l'opposé du deuil ?

En route, j'envoie un message à Thomas – **Retrouve-moi au cimetière avant la fête.**

Il m'attend, caché entre l'arbre et le mur. Je l'observe un instant. Dans quelques semaines, il ne sera plus là. On ne se reverra plus. Dans quel monde cela est-il possible ?

— Tu n'arrivais pas à faire face au chaos toute seule ? demande-t-il quand je m'assieds à côté de lui.

Il me prend la main. Il a raison : peu importe ce qui se passe d'autre entre nous, nous sommes amis d'abord.

— Quelque chose comme ça, je réponds en fronçant les sourcils.

J'ai toujours mal à la tête. Qu'est-il arrivé au flacon de remède hippie de Grey ? J'ai besoin d'un remontant.

— Et toi ?

— Je... Heu..., dit-il en se grattant la tête, gêné. Prépare-toi à être surprise, mais je suis plus le Michelangelo que j'étais.

— Hein ?

— Un fêtard, explique-t-il devant mon air perdu. Je suis sarcastique mais j'ai un bon fond, comme Raphael. Tu vois pas ? *Les Tortues Ninja ?* Les héros à carapace ? Non ? Il faut qu'on installe le wi-fi chez toi. T'as des trous immenses dans ta culture générale. Et puis, on pourrait « skyper », après mon départ... ajoute-t-il timidement.

— Je suis pas non plus un boute-en-train, dis-je en réponse à ce qu'il raconte.

J'hésite, puis j'appuie la tête sur son épaule. Il réajuste sa position, et passe son bras autour de moi. J'ajoute d'une voix fatiguée :

— Je pourrais peut-être regarder de loin.

— Pour saboter les ballons, et voler le gâteau.

— Pour faire le gâteau, je rectifie.

Mon cou craque quand je lève la tête vers lui.

— Comment il est, le croquet ?

— Le croquembouche, corrige Thomas. Je crois que Ned a été un peu trop ambitieux. Et puis, elle est pour Grey, la fête, non ? Alors j'ai fais une forêt-noire.

Schwarzwälder Kirchtorte. Le gâteau préféré de Grey.

« C'est le meilleur choix que ta mère ait jamais fait, disait-il toujours, de nous avoir ramené un morceau d'Allemagne. »

Je ne l'ai jamais vu en manger sans avoir besoin de se rincer le gosier après.

— Merci.

Délicatement, comme s'il sentait que mon crâne est sur le point d'exploser, ou peut-être en se demandant si je lui ai pardonné, pour Manchester, Thomas dépose un baiser sur ma tête. Je pourrais m'enfoncer doucement dans cette amitié comme dans un canapé moelleux. Mais cela ne serait-il pas manquer le but de l'été ? Et puis Grey me tuerait. C'est inscrit dans sa vie, dans tous ses journaux, dans ses explosions de pivoines et ses grandes chèvres majestueuses. Il faut prendre des risques. Vivre sans peur. Dire oui.

Comme une comète, oui, je sais… c'est comme ça qu'on arrête les trous de ver. J'ai trouvé l'opposé du deuil : c'est l'amour.

Sans réfléchir, je me tourne pour embrasser Thomas, et je me cogne la tête contre la sienne. Il y a un grand bruit de tonnerre quand on entre en contact. Des étoiles partout. Rien de cosmique, juste une *douleur.*

— Aïe !

Il se frotte la mâchoire, et me regarde, inquiet.

— Est-ce que ça va ? Bien sûr que ça va, ton crâne doit être en ciment.

— Moi ? dis-je en lui enfonçant un doigt dans les côtes. Ça fait deux fois maintenant… que tu me files un coup de menton.

Puis j'ouvre les doigts, je le caresse comme si je voulais lire du braille sur lui. Je m'accroche à son pull. Comment est-on censé garder son meilleur ami quand il va vivre à trois cents kilomètres de chez vous ?

— La troisième est la bonne ? propose Thomas en baissant le menton.

On rit en s'embrassant, en désordre, maladroits, mais heureux. Étourdis, souriant et timides, essayant de se trouver l'un l'autre. Je ne savais pas que ça pouvait être comme ça.

— Prête à affronter Death Metal ? je lui demande, quand on refait surface.

* * *

On marche en s'embrassant vers la maison, à quelques centaines de mètres de là, main dans la main. Le temps qu'on arrive, la fête bat déjà son plein. On est dans l'allée, planqués derrière la Coccinelle de Grey. Le capot tremble sous l'effet des basses. Le son vibre sur ma peau, en rythme – avec le baiser de Thomas, avec la révélation de papa. Avec ce qui vient. Ma tête recommence à me faire mal. Je ne peux pas lâcher la main de Thomas ; c'est elle qui me retient dans le monde.

— Est-ce que tu crois qu'on peut aller jusqu'à ta chambre sans se faire repérer ? me hurle Thomas à l'oreille.

J'aimerais tellement. D'après ce que je vois dans le jardin, ça n'a rien à voir avec la fête de Grey. Pour commencer, personne n'est en toge. Et puis sa débauche à lui ressemblait plus à « les bougies sont si romantiques n'est-ce pas oups j'ai mis le feu aux rhododendrons ». Les centaines de ballons de couleur différentes rendent hommage à cette idée – je m'attends presque à voir papa flotter parmi eux – mais en gros, c'est Ned et ses potes qui font la teuf.

— Viens.

J'entraîne Thomas dans la mêlée. Tout de suite, une foule se presse contre nous. Niall plante un gobelet de bière dans ma main et je ne proteste pas. Il dit à quelqu'un : « C'est la petite sœur de Ned. »

Après ça, on entend des « salut » qui nous suivent dans le jardin alors qu'on se fraye un chemin entre les gens. Du coin de l'œil, j'aperçois une flaque noire qui nous suit également. Un baiser n'a pas suffit.

— Saluuut !

Voilà Sof, vêtue de doré des pieds à la tête qui sort de la foule pour me prendre dans ses bras. Je lâche la main de Thomas pour la serrer contre moi, surprise par son affection. Lorsqu'elle se détache de moi, je vois que ses joues sont roses, son chignon rétro et son eye-liner sont un peu de travers. Elle a une bière dans chaque main.

Elle regarde dans mon gobelet à moitié vide, puis quelqu'un nous bouscule, nous envoyant valser sur le côté. Soudain, je sens du vide.

— Gottie ! Mais où t'étais passée ? Va falloir nous rattraper !

— J'étais à la librairie. Thomas et moi…

Je ne termine pas ma phrase, j'ai perdu Thomas dans la foule.

— Où est le reste de la bande ?

— Tu vois tous ces gens, chuchote-t-elle super fort en m'envoyant son haleine de bière dans le nez. C'est eux, le reste !

— Je parle des gens que je *connais*.

Je ne connais qu'elle, Thomas et le groupe.

— Ned, dis-je.

Parler me fait grimacer. Mon mal de tête empire avec le bruit, et Sof le remarque peut-être, parce qu'elle dit :

— Bois.

Je suis ses instructions, je bois mon verre cul sec, et elle dit :

— Houla ! pas si vite. T'as pas l'habitude.

Son attitude me rappelle l'année dernière. On avait fini nos contrôles, et nous étions libérés de nos uniformes d'écolière pour toujours. Je n'ai déjà pas de mère, je n'en ai pas besoin qu'on fasse office de nouvelle.

— Sérieusement, il est où, Ned ?

Je laisse tomber mon gobelet vide sur la pelouse. Sous un buisson pas loin, la flaque noire réapparaît. Elle est un peu plus large qu'avant. Je me retourne, et je prends une cannette pleine qui traîne sur le banc. Quelqu'un râle : « Hé ! » et ce n'est pas un salut. Je lui lance un regard :

— Quoi ?

— C'est ma bière, dit ce type que je connais pas en montrant la bière que je viens d'ouvrir.

Je le fixe. Il a menton bizarre. Je ne sais pas qui c'est et je m'en fiche.

— Je suis la petite sœur, dis-je en guise d'explication.

— Gottie ! dit Sof. Mais qu'est-ce qui t'arrive ? Ned est en train de se préparer.

— Je vais aller retrouver Thomas, lui dis-je en m'éloignant, me frayant un chemin entre tous ces inconnus.

Derrière moi, je l'entends s'excuser auprès du mec à qui j'ai piqué la bière. Peu importe. J'atteins la cuisine, puis la salle de bains.

Une fois à l'intérieur, je ferme la porte à clef, j'avale deux aspirines et termine la bière. En tout cas, c'est ce que je compte faire, mais je n'arrive à prendre que deux gorgées. Je n'ai pas l'habitude. Sof a raison. C'est tellement énervant.

Mon reflet palpite dans le miroir, j'ai l'air pâle, fatiguée, et ma coupe de cheveux à la noix part dans tous les sens. Puis je ne vois plus rien, la glace s'est transformée en neige télévisuelle. Je me détourne, je rabats la lunette des toilettes, et m'assieds, je ferme les yeux mais ça ne fait que me donner la nausée, quelqu'un frappe à la porte. Je me force à finir la cannette, puis je retourne dans la cuisine.

Je fouille dans le frigo. La forêt-noire de Thomas trône au milieu des packs de bière. Qu'est-ce que Grey boirait ? Quelque chose avec des bulles. Je trouve une bouteille de vin pétillant au fond de l'arrière-cuisine et je prends une tasse sur l'étagère. Cette soirée, c'est pour le célébrer, non ? Il devrait y avoir du champagne, des bulles et de la danse. Tous les ans à cette fête, Grey me faisait valser sur la pelouse, mes pieds sur les siens. Je veux que la joie me transporte. Je veux avoir la sensation d'exister.

Je vais dehors, et là non plus personne ne danse, alors moi et la bouteille, on fait quelques pas toutes seules dans les fleurs, parce que c'est le seul endroit où il reste de la place. La flaque noire virevolte avec moi, main dans la main. Au final, on n'a jamais eu de tulipes jaunes, pour l'enterrement, et ce n'était pas important, sauf que ça l'est toujours.

Je remplis à nouveau ma tasse, et je cherche Thomas dans le jardin. D'autres gens me lancent des « salut » quand je passe devant eux. Les amis de Ned, des mecs à bandana. Lorsque j'atteins le grand bouddha en pierre, je m'arrête pour m'appuyer dessus, essouflée. Il me faut quelques secondes pour me rendre compte que je viens de rejoindre Jason et Meg.

Super. Parfait. Nom d'une division interminable ! Meg se laisse bercer par la musique, dans ses ballerines, dans son petit corps adorable, qui n'est pas celui d'une géante que l'on cache à tout le monde. Elle me voit et me fait un coucou, prudente. Son autre main est dans celle de Jason.

— Gottie ! crie-t-elle. Cette fête est super. Je suis impatiente de voir la suite. Je vais aller chercher à boire. Tu veux quelque chose ?

— Salut. Non, dis-je en hurlant.

J'agite ma bouteille à moitié vide devant elle. J'ai perdu ma tasse en route. Elle hoche la tête et se faufile dans la foule. Puis, je dis à Jason :

— J'aimerais que tu disparaisses dans un trou de ver.

— Pardon ?

— Rien, j'ai dit « salut ».

Jason secoue la tête, il hésite. Je crois qu'il ne m'entend pas, alors je dis pour voir :

— T'es un vrai connard.

— Ouais ! répond-il en hurlant. Super musique !

Mais ce n'est pas vraiment ce que je veux, le traiter de connard. Je voudrais qu'il écoute ce que j'ai à lui dire, qu'il reconnaisse sa faute, qu'il reconnaisse ce qu'il y avait entre nous. Qu'il admette qu'il y a eu quelque chose entre nous, autrefois. Je me penche pour le lui hurler, m'appuyant sur son épaule d'une main, agitant la bouteille de l'autre, avec trop de vigueur. Il oscille et se rattrape à ma taille, et j'entoure une de ses oreilles de ma main :

— On était amoureux.

— Quoi ? hurle-t-il.

Puis il jette un coup d'œil autour de lui, se penche vers mon oreille, et dit rapidement :

— Ouais. C'est un peu vrai. Écoute, Margot, après la mort de Grey...

Je lui coupe la parole.

— Après la mort de Grey, t'as été horrible avec moi.

Je ne suis pas certaine qu'il m'ait entendue, je ne suis pas sûre que ça ait de l'importance. Je l'embrasse sur la joue et je m'éloigne. J'en ai officiellement terminé avec lui.

Je ne sais comment, je rentre dans la maison, me fraye un chemin dans la cuisine, prends un truc dans le frigo, et emporte mon butin au salon, où les gens sont étalés partout à discuter. Il y a moins de bruit ici. Puis je me retrouve dans la chambre de Grey. Je n'y suis pas revenue depuis qu'on l'a nettoyée avec Ned.

Ici, c'est presque silencieux. La stéréo de Ned est de l'autre côté de la maison, et la plupart sont dans le jardin. Sans allumer la lumière, je traverse la pièce sur la pointe des pieds, au milieu du désordre. C'est comme si une bombe à la Thomas avait explosé, dispersant feutres, BD et gilets.

Un Puissance 4 de voyage sur le piano. Il n'y a pas *toutes* les choses qu'il décrivait dans sa chambre de Toronto, mais c'est assez pour que cette chambre ne soit plus celle de Grey.

Je peux donc monter sur le lit avec mes chaussures, une part du gâteau de Thomas dans une main, la bouteille dans l'autre. Elle est presque vide. Quand est-ce que j'ai bu tout ça ?

Je pose le gâteau sur la couette, puis je m'assois en tailleur, face à *La Saucisse*. Je lève la bouteille, comme pour trinquer. C'est le but de la fête de Ned, non ? C'est en hommage à mon grand-père. Dans un coin, la flaque noire glisse sur le mur.

— Qu'est-ce que tu fais ?

Thomas est sur le seuil.

— Salut ! je hurle.

Je fais la grimace et réajuste ma voix au volume normal :

— Désolée. Salut. Je sais que c'est ta chambre. Pardon.

— C'est pas grave. Qu'est-ce qui se passe ? demande-t-il en fermant la porte derrière lui. Je t'observe depuis tout à l'heure et t'as l'air un peu...

Détraquée ? Complètement partie ?

— Rien, y se passe rien. Je te trouvais plus.

— T'as pas vraiment cherché, dit-il d'un ton neutre avant de s'asseoir à côté de moi. Chaque fois que je traversais le jardin pour te rejoindre, tu partais en courant.

Vraiment ? Je n'ai pas remarqué Thomas dans la foule. Je faisais trop attention à la flaque noire.

— Si t'es encore fâchée pour Manchester, si tu ne voulais pas m'embrasser...

— Mais si ! Mais non ! Je fuyais le *trou de ver*, pas toi !

Thomas fronce les sourcils :

— T'es soûle ou quoi ?

La flaque noire grimpe sur le lit et se cache dans l'ombre des oreillers. Et je l'embrasse, je l'embrasse vraiment. Pas comme dans la cuisine. Pas tendrement comme dans le cimetière. Le noir de l'univers nous entoure, je voudrais arrêter le temps. Du moins j'essaye.

Je me jette sur lui, mes mains partout, je le pousse sur le lit. Mes bras sous son tee-shirt, ma bouche ouverte contre ses lèvres fermées. Il ne réagit pas et je persiste, je prends ses bras, je les place sous mon haut. Je tripote mon soutien-gorge pour l'enlever. La flaque se rapproche de nous.

Il me repousse tendrement.

— G, dit-il en se redressant. Arrête. Mais qu'est-ce qui te prend ?

— Rien. Bah quoi ? Rien. C'est notre destinée, tu l'as dit toi-même. Tu ne veux pas ?

Je me jette à nouveau sur lui dans la semi-pénombre. J'essaye de le prendre dans mes bras. Il nous reste si peu de temps.

— Doucement, dit-il en me tenant à distance. Attends. T'es vraiment étrange ce soir.

Il se tait. Je comble le silence :

— On n'a plus beaucoup de temps, j'explique. Tu vas partir, et, et…

— Attends.

Thomas lève la main, comme si j'étais un train hors de contrôle qu'il tentait d'arrêter. Il fouille dans sa poche pour sortir son inhalateur. Il inspire deux fois dedans.

— Est-ce que c'est mon gâteau ?

Dans le noir, on regarde tous les deux le morceau de gâteau que j'ai volé. Il est tout écrasé. J'ai poussé Thomas dedans.

— Désolée, je murmure.

— Retournons à la fête, d'accord ? Je vais te trouver de l'eau.

Il me tend la main. Je la prends et il me guide dans le jardin. La flaque noire nous suit.

— Thomas, je…

— On parlera de ça demain, dit-il en serrant ma main dans la sienne.

Il ne me regarde pas.

Je hoche la tête et je le suis en titubant. Il y a du gâteau partout sur son pull. On est en plein dans la foule, quand la musique s'arrête.

— Bizzaaaaare !

— Patience, dit Thomas alors qu'un accord de guitare vient briser le silence tout neuf.

La voix de Ned résonne au-dessus de ma tête. Il crie :

— Salut les gens ! Alors c'est parti !

— T'étais au courant ? je demande à Thomas alors que la foule s'avance et que nos mains se détachent l'une de l'autre.

Ned commence à jouer. Je ne comprends pas. Mais il est *où* ? Je vois Jason et Niall dans la foule. Ce n'est pas Fingerband, alors. Une voix de fille commence à chanter et je me retourne, je me cogne aux gens, en essayant de comprendre où est Ned.

Thomas m'attrape et me fait tournoyer sur la pelouse. Quand je m'arrête, tout tourne encore autour de moi, je crois que je vais être malade, puis je me sens mieux, j'ai juste le *tournis*.

Je lève la tête. Là, sur le toit de la cabane à outil, il y a Ned, dans une combinaison dorée, les yeux fermés, plié en deux sur sa guitare, les cheveux qui pendent vers le sol. À côté de lui, au micro, avec sa minirobe assortie à sa tenue, il y a Sof. On dirait deux C-3PO. *Oh.*

Mon frère a un nouveau groupe. Tout le monde savait sauf moi. Ils ont dû passer un temps fou à répéter pour être aussi bons. Est-ce que c'est à ça que Ned a passé tout l'été ? Et depuis quand Sof chante en public ?

— Merci beaucoup, dit-il à la fin de la chanson.

Il détache sa guitare, la remplace par son appareil et se met à photographier la fête.

— Moi, c'est Ned, voici Sof. Nous sommes les Jurassic Parkas. Et on n'est pas si mauvais que ça, dit-il avec un clin d'œil. Je parie que vous êtes super contents que ce soit pas Fingerband ce soir.

Vient-il vraiment de dire ça ? Je ne peux pas détacher mon regard d'eux. On dirait des jumeaux. Plus frère et sœur que lui et moi ne l'avons jamais été. Pourtant c'est moi qui ai inventé Jurassic Parkas, l'été dernier.

— Maintenant, on va jouer *Velocirapture*, grogne Sof dans le micro.

Elle n'a pas l'air timide.

Je me retourne, m'éloigne en titubant, traverse la foule en délire. J'ai mal à la tête, je veux du silence, j'ai besoin de...

— Jaipasraison, jaipasraison, jaiparaison ?

Soudain, Sof est en train de parler devant la cuisine. Je lève la tête du verre que je sirote dans un coin. Ma bouche à un goût de vomi. Je ne me souviens pas d'avoir dégueulé.

— Tu m'as vue là-haut ? demande Sof.

Elle est surexcitée. Elle me tire le bras, saute sur place, puis s'éloigne.

— J'ai super soif, je pourrais boire directement au robinet.

Je la suis. Pas loin, je sens Ned et Thomas qui accompagnent le mouvement vers la cuisine. Le gâteau à moitié détruit trône sur la table.

— Pourquoi tu ne m'as rien dit ?

Ned a mis du Iron Maiden à fond sur sa stéréo, et j'ai besoin de hurler. Au ton de ma voix, je parais plus en colère que je ne le suis. Je veux juste savoir pourquoi ils ont gardé ça secret.

— Je suis désolée ! me hurle-t-elle à son tour en cherchant un vrai verre dans le placard, à la place des gobelets en plastique que tout le monde utilise. Et si je m'étais défilée, ou si j'avais été super nulle ? Je t'avais dit que je voulais savoir ce que ça faisait de faire partie d'un groupe.

— Tous tes groupes sont imaginaires.

Sof s'énerve sur le robinet, qui refuse de céder.

— Je sais, mais…

Elle repousse des déchets qui traînent sur la table pour poser son verre. Puis elle s'y prend à deux mains.

— … t'aurais voulu venir nous voir répéter, et je n'y arrivais que quand c'était juste moi et Ned… merde, c'est énervant… et puis je sais pas, on aurait pu être super nuls.

Ned se hisse sur le comptoir à côté de nous. C'est dégueulasse ici. Il y a des gobelets cassés, des mégots mouillés, des trucs collants partout. Je suppose qu'on s'en fiche quand on porte du lycra.

— T'as été fantastique, dit-il en regardant Sof.

Il y a plein de monde dans la cuisine, mais c'est comme s'ils étaient seuls, dans leur bulle de musique. Des amis, des complices. J'ai échangé mon amie contre de la matière noire.

Tu n'as aucun droit là-dessus, rappelle la voix de Grey dans ma tête.

Oui, mais Ned, c'est MON frère, je proteste. *Et puis t'es mort, et je suis tellement, tellement, tellement furieuse à cause de ça.*

— Qui veut quoi ? demande Thomas qui vient nous rejoindre et pose plusieurs bouteilles sur la table.

Il ne me regarde pas. Il n'a pas voulu m'embrasser. C'est débile. Quelle honte ! J'éclate d'un rire hystérique. Tout le monde m'ignore.

— Est-ce qu'il y a de l'eau ? Ou même un soda ? crie Sof. Ce robinet me rend DINGUE !

Elle essaie à nouveau de l'ouvrir. Le robinet lui résiste. La flaque noire s'est installée dans l'évier, et tout à coup, je me dis que c'est injuste, que ce soit moi qui doive l'affronter.

— Bouge-toi de là, Sof.

Elle laisse Ned prendre sa place, et il appuie de tout son poids, à deux mains, sur le robinet.

— *Scheisse.* Thomas, tu peux me passer une clef à molette, un couteau, n'importe quoi ? !

— Attends, dis-je à Thomas.
Je le retiens. Il se débat, coincé entre Ned et moi.
— Tu ne pouvais pas répéter devant moi ? Tu ne pouvais même pas m'en *parler* ? Je suis la seule à t'avoir jamais entendue chanter.
— Désolé de ne pas t'avoir dit pour le groupe, dit Ned d'un ton plus ou moins patient.
Il est toujours en train de s'énerver sur le robinet. Même par-dessus la musique, j'entends des intonations sarcastiques dans sa voix. Il est saoul.
— Sof m'a demandé de rien dire. Ce qui se passe à la répét. Je te l'ai déjà dit mille fois. Tu t'en souviendrais, si tu voulais bien t'intéresser à autre chose qu'à toi-même.
Il prend une cuillère dans l'égouttoir et se met à taper sur le robinet. Je lâche le bras de Thomas. Suis-je égoïste ? D'après moi, tout ce que Ned a fait cet été, c'est la fête, de la guitare et faire comme si Grey était encore là. Mais je n'ai peut-être aucune idée de ce qu'il a fait, au fond. Lui aussi il a peut-être des trous de ver à gérer.
— Comment peux-tu me dire une chose pareille ? dis-je à Ned. Hé ! Regarde-moi quand je te parle ! Tu aurais dû me le dire, t'aurais dû… C'est *mon* amie.
C'est Sof qui se retourne à la place de Ned. Son ton est si brusque, sa voix si basse, que je l'entends à peine :
— Ton amie ? Tu rigoles ! Gottie, tu veux à peine me voir ! Je le lis sur ton visage chaque fois que je me pointe ici, et c'est vraiment nul. Tu ne réponds à mes textos qu'une fois sur deux, t'es toujours avec Thomas, tu penses que le monde tourne autour de toi. Même quand j'étais triste pour Grey, tu ne m'as pas laissée être ton amie. Eh ben tu sais quoi ? Ned, lui, il était là, et on n'a pas besoin de ta permission.
— Vous ne l'avez pas ! je hurle, en sachant que dans quelques secondes, je serais aspirée hors du temps.

Thomas dit à Sof de se calmer et me tient le bras, et Ned se met à me hurler dessus.

— Gottie ! Ta gueule ! Tu nous rends tous fous. Tu te planques dans ta chambre pendant des heures, t'es toujours en train de rêvasser, tu n'écoutes jamais rien, moi j'ai réparé ton vélo, j'ai essayé de t'intégrer à ce qui se passait. Et puis merde. Sa *voiture*, tu l'as nettoyée. C'étaient ses AFFAIRES. Mais tu n'es pas capable de t'occuper de ses *chaussures* ? Et puis tu disparais pendant des heures quand on a besoin de toi, t'es tellement égoïste, tu bouffes toutes les céréales et tu te balades comme si t'étais la seule à souffrir. Et puis, bordel ! ce putain de robinet !

La musique punk à fond, tout le monde, et j'attends que le trou de ver vienne m'emporter. Il va venir pour moi, maintenant, c'est sûr. Personne ne remarque le robinet – le vieux robinet tout rouillé qui grince et que j'ai passé l'été à resserrer parce qu'il fuit tout le temps et que papa ne veut pas s'en occuper et que je ne sais pas quoi faire d'autre – lorsqu'il est propulsé hors de l'évier.

Dans le silence, l'eau part et monte jusqu'à venir toucher le plafond.

Après ça, un geyser d'eau explose, menaçant de tous nous noyer.

— Meeeeeeeerde ! hurle Ned.

Il a fallu seulement un quart de seconde pour que se produise la catastrophe.

Pendant un court instant, l'eau monte sans redescendre, comme si la gravité ne faisait plus effet. Puis elle vient s'écraser sur nos têtes, nous sommes trempés. Tout le monde sort de la cuisine en courant. Ned tente par tous les moyens de contenir le flot de sa main, mais ça ne fait qu'empirer la situation. L'eau emporte tout sur son passage comme un raz de marée, les gobelets, les tasses, les bouteilles qui s'écrasent au sol. Après quoi, c'est au tour du gâteau de Thomas.

On observe la scène tous les quatre. Trempés jusqu'aux os. Paralysés.

J'aperçois Sof, toute débraillée, du coin de l'œil. Et, étrangement, elle éclate de rire.

Après une ou deux secondes, je fais de même – et nous voilà tous hilares. Je me tiens à Sof et on titube vers la porte, poussant des hurlements hystériques chaque fois que quelqu'un glisse sur le sol. De l'eau continue de s'échapper, Ned essaye encore de la contenir en lançant des « merde ! » entre deux rires. C'est la chose la plus drôle que j'aie jamais vue.

Chaque fois que je regarde Sof, je suis prise d'un nouveau fou rire. J'ai les jambes en coton. Et chaque fois qu'elle se tourne vers moi, elle émet un son digne d'un âne. Bientôt, nous ne pouvons plus nous soutenir l'une l'autre, et nous nous écroulons par terre, emportant Thomas avec nous. Je ne vois plus où est le trou de ver et je m'en fiche.

Ned vient nous rejoindre au sol, même si ce n'était pas nécessaire, et tombe droit dans le gâteau, ce qui achève Sof. À bout de souffle, elle me dit :

— Regarde… regarde…

Elle rit tellement qu'il lui faut s'y reprendre à deux fois pour ajouter :

— Ned !

— Ta gueule, Petrakis, dit Ned en l'éclaboussant. Merde, mon appareil photo.

C'est Thomas qui finit par nous calmer.

— Ned, Ned, dit-il en se débattant pour se relever alors que notre rire s'estompe. Va chercher des serviettes dans la salle de bains. Et puis tes draps aussi, et du linge sale. N'importe quoi, il y en a dans la chambre de Grey, je veux dire *ma* chambre. G, tu peux aller dans la cabane à outils ? Est-ce qu'il y a une serpillière ? Je ne sais pas… OK, Sof, tu peux aller couper la musique ?

Ned aide Sof à se relever et ils partent, suivant ses instructions. Thomas me donne un coup de coude :

— La serpillière.
— La cabane, oui, dis-je, encore un peu délirante.
— C'est ça. Tu vas t'en sortir ?
Je hoche la tête – je n'ai pas vraiment le choix – et le voilà parti, glissant sur le sol, se cognant contre les murs.

Il y a une casserole sur l'égouttoir. Je la saisis, et m'approche de l'évier comme d'un rat qu'on s'apprête à tuer. J'essaye de l'abaisser sur le flux pour l'arrêter, mais le jet est dévié et m'arrive sur le visage. J'essaie à nouveau, à deux mains cette fois. J'arrive plus ou moins à renvoyer l'eau vers l'évier pour qu'elle s'évacue. La moitié s'échappe encore vers le comptoir et les fenêtres, mais au moins, je suis épargnée.

Au loin, j'entends la musique s'arrêter.

Quelques secondes plus tard, une Sof dégoulinante ressort en clapotant de la chambre de Ned. Elle se poste à côté de moi, les yeux sur la casserole.

— Bravo, dit-elle.

Je lui lance un regard, mes bras tremblent sous l'effort. Son chignon monumental retombe en désordre, et son eyeliner a coulé, formant de grosses lignes noires sur ses joues.

On se regarde un long moment en silence, indécises. Puis elle sourit.

— Tu sais qui serait ravi ? dit-elle en montrant de la tête le chaos absolu. Grey.

— Ouais, dis-je doucement. Il trouverait ça hilarant.

— Et puis… dit Sof en me lançant un coup de hanche. Il nous dirait qu'on est *vraiment* débiles.

Je lui rends son coup affectueux.

— Je suis désolée d'avoir crié, lui dis-je.

La cuisine est un désastre. Papa va nous tuer. Je m'en fiche un peu, je me sens soulagée, un peu comme quand on n'a pas fait ses devoirs et que la prof s'est fait porter malade ce jour-là – tout ira bien. C'est un moment de répit. Trou de ver, trou du cul.

— Allez, laisse-moi essayer, dit Sof en posant ses mains par-dessus les miennes pour tenir la casserole.

— OK, tiens-la bien, dis-je en lui cédant la place.

Dès que je lâche prise, la casserole lui échappe, vient cogner mon poignet, et l'eau nous éclabousse à nouveau. Sof reprend un fou rire. Nous dérapons et glissons dans l'eau.

— Arrrêêête ! je dis, morte de rire. Allez, il faut que tu t'accroches bien, je vais essayer de trouver un moyen de l'arrêter.

— Parole de scoute, pouffe Sof en reprenant la casserole.

Elle a maintenant les bras tendus, résistant à la pression, et je me mets à genoux.

— Décale-toi un peu.

Je rampe entre ses jambes et j'ouvre la porte du placard dessous. Il doit y avoir un bouton « stop » ou un truc dans le genre. La clef à molette est par terre, là où Ned l'a laissée. À quatre pattes, je vois de plus près la crasse du carrelage – l'eau est immonde, elle se mélange à des boissons abandonnées, tout ce qui était sur le comptoir surnage maintenant au sol, après avoir été emporté par la vague initiale.

— C'est dégueulasse, je marmonne en regardant sous l'évier.

Je tire sur un bidule.

— Ça fait quelque chose ?

— Nan, hurle Sof.

Je tape sur un machin, je tire sur un truc et le tonnerre dans l'évier cesse enfin. Je sors du placard à reculons, le derrière devant et me cogne la tête en me relevant.

— Aïe.

Alors que j'étais sous l'évier, Ned est arrivé les bras chargés de linge, de draps, de couvertures. Il a déjà une serviette enturbannée sur la tête, et il enveloppe Sof dans une couverture. Je prends un drap, je m'y enroule, et me voilà en toge. *Maintenant*, c'est une fête digne de Grey.

Thomas débarque en clapotant dans la pièce, armé d'une serpillière et d'un seau. Il nous fixe d'un regard ahuri.

— Heu... c'était pour le sol. Pour éponger l'eau.
— Peu importe l'eau, s'exclame Ned joyeusement.
J'éclate de rire. Il poursuit :
— On est en train de couler. Quoi qu'on fasse, papa va nous tuer.
— Mais on devrait au moins...
Thomas ouvre de grands yeux en voyant le chaos dans la cuisine. Je lui souris. Il hoche la tête. Il n'est pas fâché. Je crois que tout va bien entre nous.
— Demain ! déclare Ned en prenant une bouteille de rhum qui a survécu à la catastrophe.
Il la coince sous son bras, et attrape Sof de l'autre.
— On s'en occupera demain.
— Un dernier verre dans le couloir de la mort, dit Sof.
Il l'embrasse sur la tête.
— Oui, t'as tout compris, dit-il en nous entraînant dans le jardin. Allons nous réchauffer dehors. Grots, est-ce qu'il y a encore des tasses ?
Je prends ce que je trouve et je souris timidement à Thomas. Il rassemble les bouteilles et les tasses avec moi, croise mon regard, me sourit lui aussi.
Dehors, le jardin est silencieux, d'un noir de jais. Presque tout le monde a disparu. Quelques couples enlacés se fondent dans les arbres, on croise un groupe d'amis de Ned dans l'allée. L'air a un goût sucré – une petite luciole orange vole de main en main.
Meg et Jason sont sur le banc devant la maison, en train de s'embrasser. Je flotte au-dessus de la pelouse, indifférente.
— On va boire du rhum, dis-je en passant devant eux, pour faire la paix. Venez avec nous.
Elle ouvre de grands yeux en voyant notre apparence. Jason et elle nous suivent dans le noir jusqu'au pommier.
Ned et Sof sont déjà assis en tailleur dessous, dans l'herbe haute, comme Titania et Obéron en plaqué or.

— Trinquons, annonce Ned en secouant son turban. Thomas, mec, passe-moi les verres.

Le rhum coule dans les tasses et les coquetiers. J'ouvre la bouteille de Coca que j'ai sauvée et je remplis toutes les tasses. Il mousse dans le verre de Meg, lui déborde sur les mains. Elle rigole en essayant de le lécher sur ses doigts.

— Ohhh, dit-elle. C'est mouillé.

— C'est juste du soda, dit Sof. Regarde-nous !

Elle secoue la tête, ses boucles désordonnées s'agitent. Ned enlève sa serviette et nous dévoile une permanente énorme, son eye-liner coule dangereusement à la Alice Coper. Je les observe dans la pénombre. Ce n'est pas qu'ils se ressemblent tellement sous leurs tenues clinquantes. Ned et moi, on se ressemble physiquement beaucoup plus. Mais ils ont tous les deux trouvé leur identité. Ils ont trouvé leur place. Leur place parmi une bande de cinglés qui marchent au rythme du tambour de Gaïa-ché-pas-quoi, mais tout de même.

Et c'est tant mieux, parce que moi aussi j'ai trouvé ma place. Dans la terreur fois deux. Du moins, pour les deux semaines à venir. Je sirote mon rhum, en m'appuyant sur le bras de Thomas. Il ne dit rien. Je lui presse le genou, et il me sourit, puis il baisse la tête sur son verre, y repêche une feuille.

— Qu'est-ce qui s'est passé, d'ailleurs ? demande Jason.

— Vous êtes tous allés prendre un bain de minuit ? demande Meg, rêveuse.

— Avec ma petite sœur ? Berk, dit Ned.

— Oui, on est mouillés, opine patiemment Sof.

— Est-ce que vous savez que Gottie et Jason se sont baignés tout nus ? dit Meg sans écouter.

Je vois trop tard qu'elle est défoncée, très défoncée. À la lueur de la cigarette de Jason, ses yeux sont gros comme des balles de tennis.

— Jason m'a dit qu'ils avaient nagé dans le canal. Comme deux sirènes…

Ned fixe Jason du regard. Sof se mord les lèvres, son regard oscillant entre moi et Thomas, elle devine qu'il ne savait rien du tout. Il tourne vers moi un sourire crispé. Il n'a pas l'air *ravi* d'entendre ça, mais il n'a pas vraiment le droit d'être fâché. J'ai perdu ma langue ; je crois que je l'ai laissée dans la cuisine.

— Des sirènes, répète nerveusement Meg.

Elle regarde ses doigts comme s'ils étaient tout neufs. Puis elle relève la tête et nous regarde de ses grands yeux curieux. Je sais ce qu'elle va dire avant qu'elle ne prononce quoi que ce soit. Je ne peux pas l'arrêter. Voilà pour mon petit mensonge sans conséquences, un malentendu que j'aurais dû clarifier il y a longtemps, et qui revient pour m'anéantir.

— Ils ont couché ensemble.

— Merde, dit Jason.

Il écrase sa clope dans l'herbe et se tourne vers moi. On se regarde un long moment, unis dans la misère. Mais pas plus que ça.

— Allez, viens, dit-il en aidant Meg à se relever. Il est temps de rentrer.

— Jason, lui dit Ned d'un air furieux, les cheveux hérissés. Casse-toi, tu veux ?

— Ned, dit doucement Sof en lui prenant le bras.

Jason nous regarde tour à tour. Le cercle d'amis que nous sommes lui renvoie son regard. Au ralenti, il m'adresse un « pardon » silencieux des lèvres, avant de s'éloigner dans les ténèbres. Meg vacille, Sof bataille pour se relever. Comme nous tous. Je ne peux pas regarder Thomas. J'ai mal à la tête.

Meg se détache de Sof et titube vers moi. Elle se penche, observe mon visage.

— T'es jolie, dit-elle en passant un doigt sur ma joue. Elle n'est pas jolie, Thomas ?

— Allez, viens, dit Sof en lui prenant le bras. Au lit.

Elle commence à l'entraîner, et Ned les suit d'un pas pesant. Sof me lance un regard inquiet. Puis Thomas et moi nous retrouvons seuls sous le pommier. Je ne peux plus éviter son regard.

— Tu m'as menti ? demande-t-il, son visage à peine visible dans la nuit.

— Toi aussi tu m'as menti, dis-je.

Même si c'est vrai, j'ai soudain envie de me couper la langue. Je devrais lui dire que Jason et moi, ça ne change rien – ce qu'il y a entre Thomas et moi, ça n'a rien d'un mensonge. Sur l'herbe, maladroits, nouveaux. Dans l'arbre, nous tenant les coudes. Dans le grenier du Book Barn, les promesses que l'on s'est faites il y a si longtemps. Tout ça, c'est à nous, et mon été avec Jason est à moi aussi.

— Tu déconnes ? Ça n'a rien à voir, gronde Thomas. Et je suppose que tout le monde est au courant sauf moi et Ned ?

— *Personne* n'était censé savoir...

— Et alors ? Je pige pas. Tu n'avais pas besoin de me mentir. C'est tordu, ton histoire.

Il passe la main dans ses cheveux, puis ajoute en mimant les guillemets :

— « Mon premier pour tout. »

— C'n'est même pas ce que je voulais dire !

— Peu importe, dit Thomas qui ne m'écoute plus. Tu sais, je t'ai vue avec lui tout à l'heure à la fête. Avant que je vienne te trouver, tu lui murmurais un truc, et j'ai su...

— T'as su *quoi* ? dis-je en levant les bras au ciel de frustration. J'ai le droit de lui parler ! J'ai le droit d'avoir des secrets si j'en ai envie. Et t'as raison, c'est pas la même chose. T'allais t'enfuir à Manchester sans me le dire ? Ça, au moins, j'ai quelque chose à voir là-dedans. Jason et moi, ça ne te concerne pas.

Je suis furieuse, prête à la dispute – je crois que j'y ai droit, je le mérite bien – mais Thomas m'interrompt.

— Et quand tu m'as embrassé tout à l'heure – dans la chambre de ton grand-père, insiste-t-il, furax. Quand tu voulais plus, ça ne me concernait pas, peut-être ?

— J'ai pas menti, dis-je calmement, en repensant à Thomas dans la cuisine, ce premier matin, il y a des semaines.

J'avais essayé de déclencher une dispute, et il ne m'avait pas laissée faire.

— En tout cas, c'est pas ce que je voulais dire. Quand j'ai dit « mon premier tout », je voulais dire que je n'avais jamais été amoureuse. Sauf que ce n'est pas vrai. Et je crois même pas que tu sois fâché parce que j'ai menti. Je crois que t'es jaloux que j'aie été amoureuse, et toi pas.

Que ne lui ai-je sorti là ? Thomas tourne les talons et disparaît dans la nuit.

Ned a raison. Je ne suis qu'une égoïste. C'est d'ailleurs ce qui m'empêche de lui courir après.

Je vais dans ma chambre, attendre. Je sais ce qui va venir. Moins trois minutes, deux, un. Je retire mes vêtements trempés, je les balance par terre, sans me donner la peine de viser le panier à linge.

Morte de fatigue, je me glisse dans mon lit, je tire les couvertures. J'ai vécu dix vies cet été. Pourtant le sommeil ne vient pas. Tous ces secrets, toutes ces révélations, toute cette colère – moi et Thomas, Ned et Sof... Les vagues succèdent aux vagues, je m'échoue sur le sable, encore et encore. Je me noie.

— Umlaut ?

Je tâtonne. Rien. Même mon *chat* ne veut rien avoir à faire avec moi.

Quand j'éteins la lampe, la lumière du jour, accumulée dans les coins et qui se cache sous mon lit, glisse au-dehors. Il ne reste que la lueur au plafond, celle des étoiles phosphorescentes que Thomas y a collées pour moi, des étoiles qui ne ressemble à aucune constellation.

Je reste éveillée, je les regarde s'éteindre, une à une.

Je suis seule dans les ténèbres.

Zéro

C'est le dernier jour de l'été. Sauf que non, pas vraiment. Je suis ici sans l'être. C'est la première fois que je suis là, mais c'est aussi la seconde. Du déjà-vu. Je me regarde de l'intérieur. C'est un souvenir, un rêve, un trou de ver.

Un trou de ver. Mais ça fait encore mal.

C'est le jour de la mort de Grey.

Et je prie. Pas comme on fait un vœu en croisant les doigts, comme quand j'espérais, à six ans, faire disparaître les légumes de mon assiette.

Je prie de toutes mes forces un Dieu auquel je ne crois pas.

Comment est-ce possible ? Il y a trois heures, je faisais l'amour avec Jason sous le soleil, et maintenant je suis à l'hôpital ?

Je n'ai trouvé papa nulle part en arrivant, mais Ned était dans la salle d'attente, en pantalon slim vert peau de serpent sur une chaise grise en plastique. On a échangé des informations : le mot que j'ai trouvé sur le tableau. Les textos qu'on s'est envoyés pendant mon long voyage en bus. Comme si en sachant exactement ce qui s'était passé, on pouvait changer la fin de l'histoire.

« Les ambulanciers ont dit qu'il allait bien quand ils sont arrivés. »

« Ils pensent qu'il a eu un AVC après être arrivé aux urgences. »

« Il est en soins intensifs. »

« Il est dans le service de neurologie. »

« Est-ce que t'as dit ? »

« Je croyais qu'il était... »

Papa finit par se montrer. Peut-être a-t-il toujours été là, invisible. Peut-être qu'à la mort de maman il n'a jamais quitté l'hôpital.

On le suit dans le couloir.

Grey a rétréci. C'était un géant, notre gros ours. Maintenant, il a succombé à un mauvais sort. Son visage est ravagé.

Il me regarde, cligne des yeux, miaule, et ses mains frénétiques tâtent sa chemise d'hôpital, encore et encore, il se découvre, involontairement, comme un bébé.

Et ses mains !

Il y a une photo de Ned nouveau-né, tout fripé comme une noix. Une grenouille au creux de la grosse main de Grey – une main désormais translucide. Un tube en sort, couvert de sparadrap, entouré d'un bleu. Il y a une goutte de sang sur le drap en dessous.

Papa revient, le médecin entre et nous récite des chiffres.

Soixante-quinze pour cent de chances qu'il soit handicapé.

Cinquante pour cent de chances qu'il passe la nuit.

Dix pour cent de chances qu'il fasse à nouveau une attaque.

Six mois avant qu'il n'y ait plus de danger.

Sa tension artérielle pose un problème. Il a des facteurs de risque, des antécédents. Ils ne savent pas. Il a soixante-huit ans, fait remarquer le médecin.

Je cesse d'écouter, je me mets à penser à la fête de la mi-été. Au baiser de Jason. Mais avant ça, Grey a allumé un feu pour chasser la brume qui venait de la mer. On a mangé du poulet rôti et des pommes de terre avec les mains, et on s'est essuyés sur l'herbe.

« Je veux mourir en Viking ! » avait rugi Grey, ivre de chaleur et de vin, en sautant par-dessus les flammes comme un Pan géant. Qu'on me brûle sur un bûcher funéraire ; qu'on me pousse dans les vagues !

Une infirmière brutale, pas la même qu'il y a quelques heures, ferme un rideau en plastique autour du lit de Grey. Quelqu'un d'autre, quelqu'un de vieux, est amené dans le lit d'à côté en fauteuil roulant...

Le feu sentait le bois et le printemps.

L'hôpital a une odeur aseptisée. Il ne peut pas atteindre le Valhalla en passant par ici.

Grey me regarde, tout petit. Les infirmières le font basculer pour pouvoir changer ses draps pleins de merde, et il me regarde droit dans les yeux, sans me reconnaître.

Je t'aime, *je pense*, en lui tenant une main qui ne peut répondre à mon affection. Sa peau est flasque sous mes doigts, toute molle et froide. Tu es un Viking.

Les infirmières notent des chiffres sur une feuille fixée sur une planchette. Ned revient de la cafétéria avec du mauvais café qui nous brûle les doigts à travers les gobelets en plastique, et nous ne le buvons pas. Jason envoie un texto. Juste un point d'interrogation. Papa est assis en face de moi sur une chaise en plastique, la main sur la bouche. Il regarde dans le vide. Il attend.

Il y avait des étincelles dans l'air à la fête de la mi-été. De la douce fumée boisée et un premier baiser, un feu débordant de flammes et de lumière.

Les machines bipent calmement sans arrêt. Mon grand-père est sur le lit, immobile, tout petit et tout seul, loin, très loin de moi.

Je ferme les yeux.

« Qu'on me brûle sur un bûcher funéraire ; qu'on me pousse dans les vagues ! » Grey saute par-dessus les flammes. « Je veux mourir en Viking. »

Et c'est ce que je te souhaite, de tout mon cœur.

Deux heures plus tard, tu n'es plus.

{5}
TROUS NOIRS

$$S_{BH} = \frac{A}{4L_p^2} = \frac{c^3 A}{4G\hbar},$$

Le cœur d'un trou noir abrite une singularité gravitationnelle, il ne se mesure pas et possède une densité infinie. Un trou noir se forme à la suite de l'effondrement gravitationnel d'une étoile. La gravité implose et entraîne tout ce qui l'entoure. On appelle cela l'entropie des trous noirs.

Dimanche 17 août

[Moins trois cent cinquante]

Je rêve que je suis dans un vaisseau spatial et que Thomas est aux commandes. Il navigue à travers les galaxies. Nous sommes seuls au monde, avec pour seule compagnie les étoiles. Elles filent sur notre passage. Nous fonçons à travers le temps et l'espace, direction le futur. Quand nous arrivons à la limite de l'univers, Thomas arrête le vaisseau spatial et nous fait faire demi-tour.

— On peut voir la Terre d'ici, dit-il. Tout le monde est là, ils nous attendent.

Je regarde ce qu'il me montre, mais je ne vois rien du tout. Tout est noir. Et quand je me réveille, il est parti.

Pendant une seconde, tout va bien. Cela m'arrivait tout le temps l'automne dernier, jusqu'au message de Jason, et là, j'ai arrêté de dormir totalement. Il y avait toujours un bref moment où je ne me souvenais plus de ce qui s'était passé.

Un jardin rempli de linge. *Hé ! Grey est rentré.* Et puis tout me revient.

Mes souvenirs envahissent la pièce. La confession de papa. Le baiser de Thomas. Mon ivresse et ma colère à la soirée. Mes efforts pour me planquer du trou noir. Mon désir pour Thomas. Thomas me disant *non*. Je me recroqueville sous les couvertures, mais mon cerveau ne me laisse pas en paix. Sof qui hurle. Ned qui se fâche. Meg qui révèle à tout le monde ce qui s'est passé entre Jason et moi. Notre dispute. La fuite de Thomas.

Et puis le dernier trou noir. C'est ce qui m'a hantée toute l'année. Ce vœu, son vœu stupide de Viking. Pour qui je me prenais à vouloir jouer à Dieu ?

Grey est mort, et c'est moi qui l'ai voulu. Je l'ai voulu. Je l'ai voulu. Et n'essayez pas de me dire que les vœux n'ont pas de pouvoir, parce que moi, j'ai vu les étoiles s'éteindre et des chiffres flotter dans les airs. Aussi réels que la racine carrée de - 15. Mais ça n'a duré qu'une fraction de seconde...

Et...

Je reprends ce que j'ai dit !

J'ai envie de hurler. Je voudrais creuser la terre de mes mains nues, lui hurler de revenir parmi nous. Je voudrais enterrer le souvenir de son existence au fin fond de ma mémoire, et ne jamais aller sur sa tombe. Je veux cent mille choses, mais par-dessus tout, comme une idiote désespérée, je voudrais qu'il ne soit pas mort.

Je verse toutes les larmes de mon corps, de grosses larmes d'apitoiement. Je pleure jusqu'à me forcer, jusqu'à en avoir mal à la gorge, pour me punir. Puis je m'étends sur mon lit, les yeux rouges, et je regarde la lumière du matin prendre une couleur plus chaude, la couleur du jour. Le soleil s'infiltre à travers le lierre, une vague de culpabilité monte doucement, je viens m'échouer sur la rive.

Le pire est passé, j'ai survécu.

Je ne me remettrai jamais de la mort de Grey. Du vœu que j'ai fait. Mais je peux sortir de mon lit. Je peux ouvrir la fenêtre en grand, arracher le lierre au passage et laisser la porte grande ouverte – dans cette pièce, il fait chaud, il fait vert, on étouffe. Je veux de la lumière et de l'air.

Une fois qu'on a mis le nez dehors, le jardin a des airs de lendemain de fête : des cadavres de bouteille et des cannettes de bière vides étincellent sur la pelouse, et il y a une lampe dans le prunier. Je la prends sous le bras et je me dirige vers la cuisine.

Ned est déjà là, en train de passer la serpillière. Sur son pantalon slim noir il porte un pull géant bouffé par les mites. C'est celui de Grey, je le reconnais – Ned a dit qu'il avait apporté tous ses vêtements à un magasin caritatif, mais il en a visiblement gardé quelques-uns. Ses cheveux sont planqués sous un bonnet.

Je toque à l'encadrement de la porte. Je ne suis pas sûre d'avoir le droit d'entrer.

— C'est la catastrophe ?

Il lève la tête. Il est tout vert. Comme il a la gueule de bois, il ne prendra pas en photo mon état pitoyable.

— Tu parles de papa ? Ou de ça ?

« Ça », c'est la flaque immense par terre. Ça a l'air bien pire que dans mon souvenir d'hier : on dirait la soupe vegan de la mère de Sof, parsemée de mégots à la place des croûtons. Les chaises sont retournées sur la table, comme dans un café. Je cherche en vain des yeux un pain frais ou des viennoiseries.

— Tu peux entrer, dit Ned qui a l'air de trouver ça drôle. N'aie pas peur de salir.

Je pose la lampe et je patauge à l'intérieur. Mes baskets sont tout de suite trempées. Umlaut n'a pas l'air ravi, perché sur son tas de bois à observer ce nouveau monde aquatique. La porte du salon est fermée, ce qui veut dire, j'espère, que la catastrophe s'arrête à la cuisine. Et que Thomas ne va pas venir nous aider. Mon estomac se noue à l'idée de devoir lui parler.

Je ramasse une cannette vide qui flotte, et je reste plantée là, la cannette à la main, à attendre les instructions de Ned.

— Je sais pas par où commencer, dis-je.

— Par le thé, c'est toujours le premier truc à faire, dit l'expert.

Je patauge jusqu'à la bouilloire, qui, heureusement, est pleine – le robinet n'est maintenant plus qu'un moignon emmailloté dans de l'adhésif marron. Le temps que ça bouille et que je trouve du lait, c'est à peine si on remarque qu'il s'est passé quelque chose. Il ne reste que l'évier et un sac poubelle pour témoigner de l'événement.

— Il est où, papa ? je demande, en tendant une tasse à Ned.

Il prend une gorgée de thé bruyante, sans répondre.

— Tu me fais la gueule ?

— Grotsy, soupire Ned. J'ai la gueule de bois. Parler, c'est comme m'enfoncer des pics dans la tête.

— T'es fâché ?

Je ne supporte pas l'idée que Ned soit fâché contre moi.

— Bien sûr que non. Comme je l'ai dit hier, tu m'as ignoré toute l'année, tout l'été…

— Moi ? je m'étonne. Et toi, alors ?

— Comment ça, moi ? J'étais là, au cas où tu n'aurais pas remarqué. Je suis toujours là. Mais pas toi – tu regardes dans le vide, ou tu restes isolée dans ta chambre, tu évites tout le monde, tu te fâches avec Sof au moins une fois par semaine. Et puis Thomas bat des cils et te voilà tout sourire – je suis content pour toi, vraiment, je suis ravi que tu sois heureuse – sauf que t'as refusé de te mêler de la fête de Grey, tu ne voulais même pas en discuter, et puis tu t'es pointée en nous gueulant dessus sans raison... Alors non. *Bien sûr que non*, je ne suis pas fâché contre toi.

Après les hurlements d'hier, cette explication me soulage en fait.

— C'était bête et méchant, reprend-il en riant et en posant sa tasse sur la table. Écoute, je sais que t'aimes pas quand je joue les grands frères de trois ans ton aîné...

— Deux ans et un mois, je corrige machinalement.

— C'est la même chose, opine-t-il avec un petit rire. Je crois que tu devrais être plus sympa avec Sof. Je crois que t'aurais dû m'en parler quand Jason te tournait autour. Mais je crois aussi que ça a dû être dur de rester ici toute l'année seule avec papa. J'aurais peut-être pu revenir pour Pâques. Je sais que ce n'est pas facile, j'en ai conscience. C'était horrible de partir à Londres une semaine après sa mort. T'es pas la seule à avoir eu du chagrin, tu sais ? Peut-être que dans *deux ans et un mois*, tu verras les choses autrement.

— T'es fâché à cause de Jason, je lui fais remarquer en hochant la tête.

— Arghhhhhhh, dit Ned en retirant d'un geste impatient son bonnet.

Il le fourre dans sa poche. Ses cheveux se libèrent. Il a retrouvé son look habituel.

— C'est à Jason que j'en veux. À ma place, tu lui en voudrais.

— C'était pas sa faute. Je crois qu'il n'a pas su quoi faire après la mort de Grey.

— Mais il savait très bien que t'avais deux ans de moins que lui, se rebiffe Ned. Quel con !

— C'est pas ton meilleur ami ?

— Ça peut pas être les deux ?

Je persiste à vouloir expliquer :

— Il m'aimait.

— Il te l'a dit ? Ou est-ce qu'il a serré la mâchoire, avalé en faisant sauter sa pomme d'Adam et dit…

Ned se détourne, le regard triste, une imitation parfaite de Jason, et je me retiens de rire quand il me susurre :

— « Et toi, tu m'aimes ? »

Je sais ce qu'il y avait entre moi et Jason. Je sais que c'était de l'amour. Mais notre histoire n'avait pas à rester secrète. Et je n'aurais pas dû avoir besoin de le supplier de me parler après son départ. Alors je dis :

— Quel *dumm Fuhrt*.

— Viens là, dit Ned.

Il me prend dans ses bras – plus comme s'il allait m'étrangler qu'autre chose – et me frictionne le haut du crâne.

— T'as raison, dis-je. L'amour, on ne le garde pas secret. Merde alors. Tu sais à qui je me fais penser ?

On reste plantés là un moment. Il me serre trop fort, j'ai du mal à respirer. Quand il me relâche, je respire un grand coup. Il s'attache une banane à la taille, et étrangement, ça lui va bien. Il a l'air cool. C'est tout Ned.

— Je parlerai à Althorpe. Je lui dirai d'être sympa avec toi. Mais je dois aller chez Sof aujourd'hui.

— Pourquoi tu ne l'invites pas ici ? Sa mère va te faire manger des trucs vegan. Je m'y connais pas trop en gueule de bois, mais mon instinct me souffle que moi, j'ai besoin d'une pizza.

— Parce que papa va te hurler dessus, sourit Ned en passant la porte. J'y suis déjà passé, j'ai pas envie de remettre ça.

Après son départ, je sors les sacs-poubelles, puis j'essuie le plan de travail avec un torchon et un peu d'un de ces produits de nettoyage super chimiques que Grey avait en horreur. Je me force à manger une banane, je me fais un café, je replace toutes les chaises autour de la table et je m'assoie. J'attends papa.

Je regarde mes mains sur la table : c'est ce que je faisais quand j'étais petite. Thomas et moi, on jouait les aventuriers, dans un but destructif, lucratif ou scientifique (parfois les trois). Quand on rentrait, il courait se cacher, et moi, j'allais dans la cuisine pour attendre que notre bêtise soit découverte… et punie.

— Je suis punie ? je demande à papa dès qu'il arrive, la tête dans les nuages.

Il vérifie d'abord que ses Converse rouges ne risquent pas d'être mouillées. Cela le dérange, je le vois bien.

— Ah, *non*. C'était la fête de Ned, c'est sa responsabilité. Il m'a dit que le robinet, c'était un accident ?

— Oui.

Je me prépare à entendre ses cris d'oie affolée, mais rien ne vient.

— Et la cuisine est propre ? Peut-être que tu pourrais appeler un plombier. Ned paiera, suggéra Papa en se versant une tasse de café avant de s'asseoir à côté de moi. Je crois que je vais refaire vos emplois du temps pour le Book Barn, au moins jusqu'à la rentrée. Et on devrait dîner en famille, ce soir, demain, tous les jours… Je ferai la cuisine. Ou ton frère. Fini les patates et les céréales ! Tu cuisines aussi bien que ta mère.

— C'est tout ?

— Tu veux que je te punisse pour t'être amusée ? ironise-t-il en fronçant le nez. Si Grey avait organisé cette fête, il se serait passé exactement la même chose. Je crois que tu devrais t'excuser auprès de Thomas. J'ignore les détails, ce qui s'est passé entre vous, mais il était furieux en partant ce matin.

Papa continue de parler, mais je recule ma chaise. Je me cogne l'orteil contre un pied de la table en me retournant, j'ouvre la porte du salon à toute allure, et fonce vers la chambre de Grey, la chambre de *Thomas*.

La porte est entrouverte. Elle s'ouvre sous mes coups de poing.

Sur le lit dépouillé de ses couvertures, pas de trace de la forêt-noire écrasée d'hier soir. Sur le piano, une pile bien rangée de livres de cuisine. Une vague odeur de whisky plane toujours dans l'air. *La Saucisse* trône sur le mur comme un pénis bleu affligé.

— Il a frappé à ma porte tôt ce matin.

Je me retourne. Papa est derrière moi. Il m'observe.

— Il avait déjà préparé ses affaires. Il m'a dit... hésite-t-il. Il a dit qu'il ne pouvait pas rester ici. Qu'il allait s'installer chez une amie.

— Qui ça ?

Je suis la seule amie de Thomas. Sinon il y a Sof et Meg et tous les gens avec qui il traînait les jours où je l'ai ignoré pour me promener dans des trous de ver. Il connaît probablement plein de gens à Holksea. Après tout, il vivait ici avant.

— Il est où ?

— J'ai vérifié que c'était OK. Sa mère le sait. Mais Gottie, *Liebling*...

Papa s'approche de moi, ouvre les bras, mais je l'ignore.

— Il m'a demandé de ne pas te le dire.

Dimanche 17 à lundi 18 août

[Moins trois cent cinquante/cinquante et un]

Je cours jusqu'à ma chambre. J'arrache le couvre-lit, le roule en boule et le balance près de la porte. Les couvertures que j'ai utilisées après mon accident de vélo prennent le même chemin – qui a besoin de couvertures en laine en plein été ? – et un million de paires de chaussettes en jaillissent. Les chaussettes de Thomas. Umlaut bondit sur l'une d'elles et l'emporte sous le lit.

Ensuite ? Un gilet de Thomas repose sur le dossier de ma chaise. Je le lance sur ma pile de linge sale. La chaise tombe. Il faut que je continue, je ne peux plus m'arrêter, sinon je vais me mettre à penser : *Thomas me déteste* et *Thomas est parti* et...

Je suis en colère.

Je n'arrive pas à croire qu'il ait à nouveau disparu !

Un rouge à lèvres cassé fait un plongeon dans la poubelle, suivi d'une paire de boucles d'oreilles que j'ai empruntées à Sof. J'y ajoute mes élastiques et mes barrettes, puis je balance le bol qui les contenait. Il y a des assiettes partout, témoins des gâteaux de Thomas et des heures passées à mon bureau à la recherche du temps perdu. Une fois empilées devant la porte, poubelle à côté, la chambre a l'air moins chaotique – mais mon cœur continue de battre à toute blinde. Comment ose-t-il me faire ça ?

Je monte sur le bureau et détache les étoiles en plastique une à une, je les laisse chuter à terre. C'est étrangement satisfaisant. Mais une fois la constellation dans la main, c'en est trop. Je ne peux pas les jeter. Au lieu de ça, je les lance sur le lit sans drap, j'y joins les pièces qui sont sur le rebord de ma fenêtre. Sur la commode, le morceau d'algue qui date du jour à la plage. J'enlève tout ce qu'il y a sur mon tableau, l'e-mail, la recette de gâteau, le polaroïd de Ned.

J'ai terminé. Je regarde le lit, à bout de souffle. Toutes ces *choses*, une capsule témoin de notre été, et qu'est-ce qu'on en tire ? Un ramassis de cochonneries, un tas de promesses brisées. Rien de ce que Thomas m'a donné n'a de la valeur, pas même sa parole. Je ne sais presque rien de lui. Je refoule la voix qui me souffle : *tu ne lui as jamais demandé.*

Je n'avais pas le choix. Je disparaissais sans cesse dans des trous de ver.

C'est vrai ? répond la voix de Grey. *Faut être déterminé, mon gars. C'est toi qui conduis la tondeuse.* Que dois-je faire de tous ces trucs liés à Thomas ? Grey appellerait ça une purge et me les ferait brûler avec un assortiment d'herbes. Sof donnerait le tout à une association de bienfaisance. Ned foutrait tout à la poubelle. Mais moi, qu'est-ce que j'en fais ? Est-ce que je me connais assez bien pour prendre une décision ?

Je fouille dans mon placard, à la recherche de mon sac à dos, que je n'ai pas utilisé depuis les derniers jours de cours, et je fourre le tout à l'intérieur. La poche de devant fait un bruit. Je tire sur la fermeture Éclair. En sort un papier froissé. L'interro de Mme Adewunmi. Comment ai-je pu oublier sa question sur l'Exception de Weltschmerzian ?

Je range le sac au fond de mon placard. Je pose la SUPER INTERRO DE L'ESPACE-TEMPS sur le rebord de la fenêtre. Puis je me glisse dans mon lit sans drap, et je dors seize heures.

Je me réveille le lendemain après-midi. Des rayons de soleil jouent avec le lierre. La première chose que je vois, c'est l'interro. *Les horloges sont un moyen de mesurer le temps... Il est infini... C'est une limite de l'espace-temps – un point de non-retour... Quelle est l'équation pour l'Exception de Weltschmerzian ?*
Bonne question.
Dix minutes plus tard, me voilà dehors. Le ciel est immense, infini, vide. Je suis le chemin désert qui longe la côte. Je suis la seule personne qui reste dans l'univers. Le monde entier est en 3D haute définition, plus grand, plus brillant que je ne l'ai jamais vu. Ou c'est peut-être moi. Faisant face à ce dernier trou de ver, je suis un soleil qui dissipe le brouillard sur son passage.

Une fois à l'école, j'accroche mon vélo. Il y a des élèves partout. Je suis prise d'une angoisse. Est-ce déjà la rentrée ?

La salle de Mme Adewunmi est vide. La porte ouverte. C'est étrange d'être à l'école quand on n'a rien à y faire. C'est un peu stressant de voir tous ces tabourets sur lesquels je m'assoie d'habitude, ces tableaux que je recopie, soudain devenus telles des pièces de musée que l'on ne touche qu'avec les yeux.

Le tableau est couvert des équations du trimestre dernier. Des trucs de classe de première. Il sera sûrement nettoyé avant la rentrée de septembre. Alors je prends un stylo feutre et j'écris l'équation qui figurait sur l'e-mail de Thomas, celle écrite de ma main. Je ne sais toujours pas ce que ça veut dire.

— Waouh !

Je sursaute. Mme Adewunmi se tient sur le seuil, les yeux fixés non pas sur le tableau, mais sur moi.

— T'as changé de coupe de cheveux, apprécie-t-elle.

— Heu... Ouais, dis-je en passant une main gênée dans ma coupe mulet. Vous aussi.

Elle pose la boîte qu'elle portait sur son bureau, rejette ses nattes en arrière.

— J'aime bien. Ça fait très Chrissie Hynde.

— Vous déménagez ?

— Je prépare la rentrée.

Elle déballe la boîte et en sort des marqueurs neufs pour le tableau, des rames de papier, des dossiers en carton sous film plastique, un énorme sachet de sucettes. Elle agite ce dernier vers moi.

— Prends-en une au Coca avant qu'il n'y en ait plus.

Je lui prends le sac et pêche une sucette au hasard. J'attends qu'elle ait terminé de ranger ses affaires avant de la bombarder de questions.

— Assieds-toi, petite maligne, dit-elle en désignant son bureau. Laisse-moi passer. Je reviens dans une seconde.

Je me pose au bord de la table et je regarde le tableau. *Suis-je intelligente ?* Je sais que je comprends les nombres qui sont devant moi. Mais Sof a le même talent pour déchiffrer une peinture de la Renaissance, et Ned applique le sien à la musique. Et puis Thomas peut transformer une recette en gâteau.

Cet été, c'est l'univers qui décide, pas moi – les trous de ver auraient pu arriver à n'importe qui. Je savais juste les reconnaître de manière mathématique. Pourtant, les équations au tableau – je ne peux pas y croire. C'est peut-être ce que je devrais faire à l'université. Apprendre toutes les manières de décrire le monde.

— Alors, mademoiselle Oppenheimer, dit ma prof en se hissant à côté de moi sur le bureau et en me parlant, la sucette au coin de la bouche, comme s'il s'agissait d'une cigarette. T'es un peu en avance. La rentrée, c'est le mois prochain.

— Il faut que je vous parle, dis-je. Je vous ai apporté mon interro. Et je voulais vous poser une question sur une théorie – il manque une page, dans un des livres sur votre liste de lecture...

— Oh ! Ça me revient, j'ai quelque chose pour toi.

Elle me prend l'interro des mains, mais ne la regarde pas. Elle la pose sur son bureau, puis fouille dans ses affaires.

— Voilà. J'ai trouvé ça, j'allais te les donner le jour de la rentrée, en échange de ta dissertation. Mais bon... tiens.

Mme Adewunmi me tend une pile de fascicules : Oxford, Cambridge, Imperial à Londres. Mais aussi, des lieux plus éloignés auxquels je n'avais pas pensé, Édimbourg et Durham, certains dont je n'ai même pas entendu parlé : MIT, Ludwig-Maximilians. Je passe la main sur leurs jaquettes glacées, essayant de m'imaginer dans un an. Qui serai-je alors ?

Elle tapote sur la pile d'un ongle orné d'un éclair.

— J'ai reçu tes messages. *Le Principe de Gottie H. Oppenheimer* ?

Il me faut un instant pour me souvenir : les e-mails que je lui ai envoyés du Book Barn.

— C'est bien. C'est un peu de la science-fiction sur les bords, mais quand même. Refais ça dans un langage compréhensible et le monde est à toi.

— C'est peut-être une question stupide, mais...

— Bien sûr que tu seras acceptée où tu veux, Gottie. Si l'argent est un problème, il y a des bourses, surtout pour les filles qui veulent étudier les sciences appliquées. C'est difficile de les trouver, mais elles existent. Je t'écrirai des lettres de recommandation.

— En fait, j'allais vous demander si vous compreniez l'équation que j'ai écrite sur le tableau.

— Non. Ah, ça non. Je ne comprends pas.

Elle se tourne vers moi en ouvrant de grands yeux faussement terrifiés.

— Tu dois être un *génie*.

Je pousse un soupir agacé. Elle éclate de rire, encore plus fort que quand elle m'a souhaité la bienvenue au Club des Univers Parallèles. Puis, enfin, elle dit :

— Désolée. Ha, ha. C'est une boucle temporelle paradoxale.

Je l'interroge d'un regard confus.

— C'est une blague, explique-t-elle. Une équation pour quelque chose qui n'existe pas. C'est un truc de science-fiction. Ben alors, tu regardes pas la télé ?

— Est-ce que vous pourriez me l'expliquer quand même ?

— Heu… pourquoi pas ?

Elle saute sur ses pieds, libère de l'espace sur le tableau, et parle par dessus son épaule en faisant un schéma de l'équation.

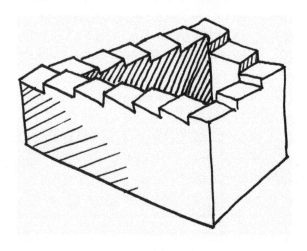

— Ça décrit une boucle, tu comprends ? Un tunnel vers le passé, créé dans le présent. Un vortex à deux sens. Mais la blague, c'est qu'il ne peut s'ouvrir que s'il a déjà été ouvert dans le passé, dit-elle en entourant avec son marqueur. Et l'inverse est vrai aussi. Il existe parce qu'il existe. C'est un paradoxe. Tu vois ?

— Un peu, dis-je en désignant ce qui me trouble le plus. C'est quoi ce facteur-là, alors ?

— C'est la matière créée quand tout cela arrive. Une sorte de valve pour le surplus. De l'énergie en trop. L'équation n'est valide que si on applique la solution à son domaine restreint – ce qui veut dire que ça ne marchera jamais. Tout ça, c'est une blague d'un chercheur en physique qui s'ennuie.

Je répète :
— Une blague.

Je suis déçue. Je pensais que c'était l'Exception de Weltschmerzian. Visiblement, ça aussi, c'est une plaisanterie de physique, une légende urbaine mathématique hilarante. Je ne saurai jamais ce qui s'est passé cet été. Mme Adewunmi vient se rasseoir à côté de moi, elle balance les jambes sous le bureau.

— Tu vois, dit-elle. C'est une blague. Mais c'est super cool, comme maths. C'est tout, tu n'as plus de questions ? Tu dois sûrement vouloir profiter du beau temps aujourd'hui ?

Je me laisse glisser à terre. Une fois à la porte, je fais demi-tour.

— Je me demandais aussi. Sur votre liste de lecture, vous avez mis *Pour toujours*. Pourquoi ?

Elle éclate de rire.

— Je me suis dit que ça te ferait du bien, une lecture divertissante. C'est un classique.

Samedi 23 août

[Moins trois cent cinquante-six]

— *Liebling*, dit papa comme sorti de nulle part
Il frappe doucement à ma porte.
— Ça va, papa, dis-je dans mon oreiller. On a un nouvel emploi du temps, tu te souviens ? C'est mon jour de repos.
— *Ja*, je sais, dit-il en posant une tasse de thé à côté de ma tête.
Ça fait presque une semaine que je me morfonds sur mon sort, et il n'arrête pas d'essayer de me remonter le moral en m'offrant des « cadeaux » – par exemple, il laisse Ned jouer de la musique au Book Barn. Cela dit, c'est la première fois qu'il vient me parler dans ma chambre. Je crois qu'il ne l'a jamais fait. Grey a toujours été celui qui essayait de me sortir de mon cafard.
J'ouvre un œil et je l'observe qui regarde partout. Il constate l'aspect dépouillé des lieux, étudie les équations sur

le mur. Il s'arrête devant mon bureau, passe les doigts sur les brochures que m'a données Mme Adewunmi. Sur les journaux.

Il se retourne vers le lit.

— Sof est là, dehors.

Bah.

J'avale mon thé, papa me surveille – comme s'il avait peur que j'envoie valser la tasse par la fenêtre.

Il va faire chaud aujourd'hui – l'air sent déjà le caramel, le soleil commence à brûler. Je trouve Sof assise à l'ombre avec son carnet de croquis, entourée de framboises trop mûres, de lierre tout emmêlé, de ronces et d'orties.

— Salut.

Je lui fais un coucou timide de la main, et papa s'en va tranquillement. Je m'assieds dans l'herbe à ses côtés. La rosée mouille mon pyjama. Son carnet est plein de petites esquisses du jardin.

— Tu te rends compte que je peux *littéralement* dire que c'est la jungle ici ? dit Sof en désignant les plantes d'un mouvement de crayon.

Umlaut bondit, puis se fond dans les herbes hautes. Les fleurs se sont flétries sous le coup de la chaleur. Elles traînent par terre, comme des vieux ballons après la fête. L'hiver, les plages du Norfolk sont voilées d'un épais brouillard. On s'attend à ce que le printemps ne reparaisse jamais. Le jardin a ce même air solitaire aujourd'hui.

— Tu crois que ta mère pourrait venir ?

Je ne suis pas vraiment en position de demander une faveur, mais sa mère aimerait sûrement nous aider.

— Pour nous apprendre... je sais pas... à tailler ?

Je n'en voudrais pas à Sof si elle m'envoyait paître, si c'est pour ça qu'elle est venue. Mais elle est peut-être ici pour Ned, et papa aura mal compris.

— Tu pourras lui demander tout à l'heure, dit-elle. Elle tient le stand jardinage à la foire.

Ah. La foire. Les réjouissances annuelles d'Holksea, une profusion de concours de gâteaux et de tours à dos d'âne qui marque la fin de l'été pour le village. Pour moi, la fête de Grey avait ce rôle. Dans ma tête, la foire a toujours été synonyme du début de l'automne. Un nouveau commencement.

— Tu pourrais venir avec moi... dit Sof si doucement que je l'entends à peine.

— T'as envie ? Je croyais que t'étais fâchée.

— Je l'étais en effet.

Elle détourne le regard, puis ajoute :

— Enfin, je le suis encore un peu. Écoute... L'année dernière... Tu m'as pas dit que tu ne prendrais plus l'option art, tu m'as laissée tomber, c'était horrible. Encore pire que de me faire larguer. Mais maintenant, je comprends. Tu as perdu ton père.

Je suis choquée par l'étrangeté de son erreur :

— Mon grand-père.

— Nan. J'en ai parlé avec Ned. C'était ton père. Bien sûr, ton papa, c'est ton père. Mais Grey, c'était comme votre père, à lui et à toi. C'était... un peu notre père à tous, je sais pas.

— Ouais, c'est vrai.

Je pousse un soupir et j'appuie ma tête sur son épaule. Elle passe un bras autour de moi, et on attend toutes les deux de se sentir plus à l'aise. Peut-être que ce sera toujours tendu entre nous. Je regarde mes pieds, constate à quel point ils ont bronzé. Et ils sont tout sales. De la terre s'est glissée entre mes orteils, et le vernis à ongles rouge cerise que j'ai mis au début de l'été s'est écaillé. Je suis prête à m'endormir sur Sof jusqu'à l'automne, mais elle s'écarte de moi.

— Allez ! Je veux aller voir la course de cochons ! Et les gâteaux – je vais vraiment me lâcher et manger du gluten *et* du lait. Et du sucre ! Et la sculpture en légumes ! S'il te plaaaaaîîîîît ! supplie-t-elle. Je veux pas y aller toute seule.

— Et Meg, alors ? Et... comment...

J'ai oublié le nom de sa dernière copine en date.

— ... heu... Susie ? Et Ned, il peut pas venir avec toi ?

— Meg sera là. Ça fait longtemps que je suis plus avec Susie. Et Ned joue les Fingerband. Mais de toute façon, c'est avec *toi* que je veux y aller.

Elle me chatouille du bout de son crayon. Je ris malgré moi.

— Fingerband ? Tu voulais pas faire un concert avec les Jurassic Parkas ?

— J'aimais bien répéter, dit-elle. Et puis chanter à la fête, c'était sympa. Mais je crois que je préfère rester en coulisses. Je n'aime pas qu'on me regarde.

Elle mime un grand frisson. Je détaille son haut à paillettes dorées, son pantalon hawaïen et ses cheveux relevés au-dessus de la tête en palmier géant. Je ne sais pas si on restera amies. Mais je sais que si Sof peut simultanément avoir horreur de monter sur scène et porter une tenue qui attire tous les regards, et que cette contradiction habite une seule et même personne, alors... nous sommes peut-être tous un peu plus que la somme de notre passé.

Sans Thomas, la foire se passe sans histoires. Ma colère justifiée contre lui s'est comme évaporée, le chaos qu'il aurait peut-être créé me manque un peu.

Après la course de cochons, Sof et moi nous promenons entre les étalages. Moutons à tondre, brocante, ferme pédagogique la plus petite du monde. Au loin, j'entends les grincements des Fingerband. Par un accord tacite, nous évitons la tente sous laquelle a lieu le concours de gâteaux.

— Qu'est-ce que tu penses des Beautés aux Banderoles ? dit Sof alors qu'on s'approche des stands de nourriture où l'on trouve de tout, du veggie burger au donut tout chaud. Des filles qui ne se donnent en concert que dans les foires de village estivales. Sur toutes les chansons, elles font taper le public dans les mains.

— Le groupe va bien avec le duo des Hommes du Chapiteau. Tu veux une saucisse ?

Je lui montre le stand de hot dogs. Un peu de choucroute me réchauffera l'âme.

Elle secoue la tête.

— C'est pire que tout. On voyagera dans un bus motif vichy.

— Et on ne se nourrira que des produits fermiers trouvés sur le marché.

Sof continue de froncer le nez devant la nourriture en question, jusqu'à ce que je lui suggère de la glace. Elle va joyeusement se mettre dans la queue pour une boule, pendant que je m'assieds dans l'herbe et observe le spectacle. Des enfants tirent leurs parents par le bras, une fillette pleure en voyant le ballon qu'elle a lâché s'élever à des kilomètres dans le ciel. Il y a des jeunes du lycée, d'autres que j'ai aperçus à la fête, ils boivent du cidre dans des bouteilles de lait, et mangent du poulet et de la salade de choux sur des plateaux en polystyrène. Quelques-uns me saluent de la main. Je leur renvoie un sourire timide.

Et puis, s'avançant vers moi lentement sous le soleil : Thomas.

Il a deux glaces à la main. Un cornet garni d'une simple boule, un deuxième débordant de couleurs, de pépites, de noix, et de gaufrettes. Sans un mot, il me tend la vanille. J'accepte en silence. Je suis encore plus remuée que sa glace, semblable à un Sunday en équilibre sur un cornet. Mon cœur est la cerise qui trône dessus, et il croque dedans.

Je lève le regard vers lui, il me contemple en contre-plongée, il me cache le soleil.

— J'ai croisé Sof, finit-il par expliquer en avalant. Elle m'a fourré ça dans les mains, t'a pointée du doigt et a embarqué Meg. Elles sont parties toutes les deux. Comme si c'était prémédité. La glace était en train de fondre sur ma main, et je trouvais pas de poubelle, alors…

— Oh. Merci.

— C'est juste de la glace. Ça veut pas dire que je te pardonne.

— Oh.

Tout en disant ça, il s'assied à côté de moi. La peau me brûle et je gèle en même temps, je suis perdue, entre ombre et soleil. Il ne me pardonne pas ; je ne suis pas sûre d'avoir commis un tel crime qu'il me faille son pardon. Mais il savait sans demander que la vanille était pour moi. J'en grignote un bout. Comment pourra-t-on jamais réparer notre amitié ?

— Meg et Sof avaient prévu ça ? je finis par demander.

Thomas se trémousse, l'air coupable.

— Je suis restée chez Sof les deux premières nuits. Bizarre, n'est-ce pas ? Maintenant je suis chez Niall, sur le canapé. Oh, et j'ai participé au concours de gâteaux.

Il écarte son gilet, me montre la rosette sur son tee-shirt.

— Premier prix. Je ne suis plus banni.

— *Mein gott*, Thomas ! C'est super !

Ma voix sonne faux, je parle trop fort. Je suis énervée, ravie, embrouillée, tout ça en même temps.

— Ouais. Tu sais, j'ai travaillé dans une pâtisserie à Toronto ? Tous les samedis depuis mes quatorze ans. Et tous les étés.

Il lève la main, passe un doigt sur les cicatrices de brûlures quasi invisibles. Comment a-t-on pu passer tout l'été ensemble sans qu'on parle jamais de ça ?

— Je sais faire les brownies, les mille-feuilles, tout ça. Je suis pas mauvais. J'avais économisé des sous en travaillant. Mon père arrêtait pas de répéter que ce serait pour payer l'université. Je ne sais pas pourquoi c'était, peut-être pour voyager après le lycée – j'aimerais bien voir un requin. Ou alors faire des études de cuisine. Emménager à Vienne, apprendre à faire du strudel.

— Tu vas faire quoi finalement ? je demande, mal à l'aise.

— Bah en fait j'ai économisé moins que ce que je pensais. C'est cher, les gilets. Je n'avais pas assez pour le requin. Ni pour Vienne. Une fois que j'ai eu vendu ma voiture, il me restait juste assez pour un billet d'avion pour l'Angleterre. Ce voyage affreux de trente-huit heures avec deux escales : Zurich et Madrid. Le vol le moins cher que j'ai trouvé pour partir dès la fin de l'année scolaire. J'ai laissé un mot à ma mère pour lui dire que j'habiterais avec toi jusqu'à ce qu'elle arrive – elle et mon père avaient décidé que je resterais avec lui au Canada. C'est pour ça qu'elle a appelé autant. C'est l'histoire de M. Tuttle. Fois dix. Je suis dans la merde.

La glace me monte à la tête et me gèle le cerveau. Aïe.

J'ignore comment son histoire va se terminer. Je suis juste contente de l'entendre bavasser à nouveau. Mais ça, c'est énorme – aussi gros qu'un collisionneur de hadrons. Thomas a déboursé toutes ses économies pour me voir. *Pourquoi ?*

Je n'ai pas le temps de poser la question.

— J'ai eu tort de pas t'en parler avant, regrette-t-il.

— Heu. Ouais. Probablement, dis-je d'une voix grinçante en essayant de respirer, mais on dirait que mes poumons se sont affaissés. Pourquoi t'as rien dit ?

— Parce que c'est encore plus fou que cette glace ? questionne-t-il en haussant les épaules. Je n'ai jamais trouvé le bon moment pour te l'avouer. Tu l'as peut-être remarqué, je sais pas très bien communiquer. Et puis... j'utilisais ton e-mail comme une excuse. L'idée de quitter Toronto et d'aller vivre avec ma mère – ça faisait longtemps que j'y pensais. Si je les mettais devant le fait accompli, ils n'auraient plus qu'à arrêter de se disputer à propos de ça. Je ne t'ai pas parlé de Manchester, je ne t'ai pas dit que j'étais là en partie pour énerver mon père...

Thomas s'est remis à agiter les bras comme s'il tenait des battes. Il envoie valser des gouttes de glace dans les airs. Ses paroles m'ont atteinte en plein cœur. Mes émotions s'écroulent les unes sur les autres comme des dominos – l'amour, l'affection, le désir, une volonté d'arranger les choses entre nous. Que ce soit pour de l'amitié ou plus.

— ... et je ne t'ai rien dit du tout, parce que tu avais l'air si contente de me revoir, et j'avais un faible pour toi.

Il se tourne vers moi, pour observer ma réaction. J'ai au moins cent questions à lui poser, mais je les ravale et continue à manger ma glace.

— Je ne veux pas que tu penses que je me suis enfui. Je veux que tu te dises que c'est vers toi que je courais. C'était pour toi.

— Tu veux me faire croire que t'as dépensé tout ton argent dans un billet d'avion pour venir me voir, alors qu'en fait tu fuyais ton père ?

Je hausse un sourcil.

— C'était quand même un peu pour toi. Je voulais savoir si tu me donnerais un nouveau coup de menton.

Il sourit, se frotte la mâchoire. Je ne sais comment, même quand nous ne sommes plus sur la même longueur d'onde, on a le même rythme.

— C'est plutôt marrant que tu l'aies vraiment fait.

Je pose mon cornet à moitié mangé à côté de moi et m'essuie les mains dans l'herbe. Je murmure en regardant mes genoux :

— C'est assez marrant que tu te sois sauvé une nouvelle fois...

— Heu. Ouais.

Il pousse un soupir. C'est tout ce que je mérite ? Un soupir ?

— Écoute, dis-je en me redressant, mon regard planté dans le sien. Je vais t'expliquer une fois pour toute pour Jason et moi, après ça, je n'en parlerai plus jamais. Mais tu n'as pas le droit de disparaître de ma vie à nouveau. Tu m'as promis que tu ne le ferais plus. D'accord ?

Sans regarder derrière lui, il balance le reste de sa glace par-dessus son épaule, et me tend la main.

— Marché conclu.

— Bon. OK. Je suis désolée d'avoir menti.

Thomas hoche la tête, il me tient toujours la main, il attend que je continue.

— Non. C'est tout. C'est tout ce que j'ai à te dire. Je suis désolée d'avoir menti – de t'avoir laissé sur un malentendu, bref. C'est tout. Ned me dit que je suis centrée sur moi-même. Je ne suis pas désolée d'avoir couché avec Jason, ou d'avoir été amoureuse de lui, et je maintiens ce que j'ai dit dans le jardin – ça ne te regarde pas, je n'ai aucune explication à te donner, et tu n'as pas le droit de me juger ou d'être jaloux. Et si c'est le cas, garde-le pour toi.

Après mon petit discours, je hoche la tête fermement. Sof serait fière de moi, je crois.

— Mais pourquoi ? Pourquoi t'as menti ? demande-t-il alors que je reprends ma main. Désolé. C'est juste que... OK, j'aurais quand même été jaloux. Mais c'était comme si tu te moquais de moi.

— J'avais pris l'habitude de garder ça secret. Tu sais, ce que t'as dit, que j'étais ton premier baiser, celui qui compte ? J'ai trouvé que c'était sympa comme idée. Tu as été mon premier véritable ami, mon meilleur ami. Mais je ne suis pas sûre que ça ait encore de l'importance – premier, second, l'ordre des choses.

Il ne dit rien. Il reste là silencieux, une attitude très anormale chez Thomas. Il ne bouge pas. Ai-je encore arrêté le temps ? Peut-il m'entendre ? Il cligne des yeux.

— Alors ? Et maintenant ? Qu'est-ce qu'on fait ? je demande la gorge serrée. Est-ce que tu vas rentrer à la maison ? Papa, Ned, Umlaut, tout le monde veut que tu sois là. Même si tu repars dans une semaine.

— Est-ce que tu me demandes de revenir en tant qu'ami, ou en tant que... ce qu'on était.

— Je ne sais pas, dis-je honnêtement. Tu ne peux pas juste revenir, et on verra ce que le destin nous réserve ?

— Le problème, c'est que j'ai toujours un faible pour toi. Et après la fête, tu as tout plaqué ! On ne serait même pas en train de parler si je n'étais pas venu vers toi. Et je suis si fou de toi, que je te laisserais probablement faire.

— Faire quoi ?

— Ne rien me donner en retour. Tu m'envoies un mail, et moi je viens pour toi, du Canada. Tu me demandes de rentrer à la maison, mais tu ne viens pas vers moi. Quand j'ai menti pour Manchester, je suis venu te trouver. Et puis toi, tu me brises le cœur, et c'est encore moi qui viens te chercher.

Il y a un conte que Grey me lisait autrefois. *Pain d'épice et culpabilité.* Le cœur d'or de la princesse est volé, et remplacé par une pomme. La pomme pourrit dans la princesse, il y a un ver. Elle soupire, puis elle meurt. C'est moi. Je suis pourrie. Là où mon âme devrait être, il n'y a qu'un truc mort tout fripé.

Je déclare :

— Tu vas voir, je vais faire quelque chose pour toi en retour.

— Hmmmmm.

— Je te jure ! Je ne sais pas ce que ce sera. Mais d'abord, reviens.

Il rit presque :

— Et refaire mon sac ? Encore ?

Je me rassieds à côté de lui. Nous sommes tous les deux appuyés à la barrière. Nous sommes amis. C'est une promesse que nous nous sommes faite.

— Je me rappelle pas que c'était si petit, fini par dire Thomas en indiquant la foire.

— On a grandi. Proportionnellement, c'est plus petit. Si tu fais trois fois la taille que tu faisais à l'époque, et autrefois tu représentais un demi pour cent de la foire, maintenant, par rapport à toi, elle est plus petite.

— Hé ! J'ai presque compris ce que tu viens de dire !

Il me donne un coup de coude, puis se lève et ôte l'herbe séchée de son jean.

— Alors... je vais te revoir avant de partir pour Manchester, n'est-ce pas ? Pour te dire au revoir.

Le soleil a glissé dans le ciel, et quand je lève la tête vers lui, il est un être de lumière.

— OK, dis-je.

Il s'en va. Je reste assise là un moment, avec la sensation d'avoir raté un événement important, sans même pouvoir rejeter la faute sur un trou de ver.

Quand je rentre à la maison, je trouve papa dans le jardin. Il est allongé au milieu des étoiles-pissenlits et regarde le ciel de cette fin de journée. Il tient un verre de vin rouge en équilibre précaire dans la main. La bouteille dépasse des herbes à côté de lui, et on dirait qu'il a pleuré. J'ai envie de partir en courant, de courir jusqu'à l'horizon. Mais je m'assieds à côté de lui. J'ai décidé de dire oui. De ne plus me sauver.

Il me sourit, pose sa main sur la mienne.

— *Grüß dich*. C'était comment, la foire ?

— J'ai vu Thomas, dis-je tout de suite. Je suis désolée. Je lui ai demandé de revenir, c'est ma faute s'il est parti. Et puis le robinet... tout.

— *Liebling*, dit-il avec un sourire. Ce n'est pas vrai, voyons. Ned a tapé dessus avec une clef à molette.

— Oui, mais... je proteste, la gorge serrée.

J'ai un océan à me faire pardonner, et personne ne veut m'écouter.

Papa se redresse, prend une gorgée de vin, fronce les sourcils en voyant son verre vide, le remplit.

— C'est tout de ma faute, c'est tout de ma faute, se moque-t-il. C'est comme ça que Thomas a écopé de sa réputation de... comment on dit ? De gremlin ? Vous deux, vous étiez toujours à faire des bêtises. Et après ça, tu étais rongée par la culpabilité. Tu allais demander pardon, tu avouais – je serais *gut* pour une semaine, promis. Et tu t'y tenais. Bien sûr, on pensait toujours que les idées venaient de Thomas.

— Il n'arrête pas de me dire que tout était toujours *mon* idée. Tu savais que c'était *son* idée de venir cet été, pas celle de sa mère ?

— Ha, ha ! dit papa avec un sourire malicieux. Pas au début. Je pensais que c'était toi. Comme pour le chat.

— Papa, dis-je prudemment. C'est pas *moi* qui ai ramené Umlaut à la maison.

— *Nein* ? En tout cas, après la fête, j'ai appelé la mère de Thomas, et elle m'a dit que c'était ton idée qu'il vienne cet été, dit-il en me tendant son verre. Tu m'as manqué.

Je prends une gorgée – le liquide est aigre, comme du vinaigre – puis je dis :

— Pourtant j'étais là.

— Tu es sûre ?

Son ton n'est pas aussi tranchant que le goût du vin, mais il me fait souffrir. Si tout le monde me répète que je ne suis qu'à moitié là, ils doivent avoir raison.

— Tu m'as manqué aussi.

Papa remonte ses genoux sur sa poitrine. Il observe le jardin en friche.

— Grey me manque, dis-je en reprenant une gorgée de vin pour cacher la gêne que je ressens.

Nous n'avons jamais parlé de ça. Un sujet à éviter.

— *Ich auch.* Moi aussi. Je ne sais pas. Est-ce que j'ai eu tort ? De vous laisser vous débrouiller seuls, avec Ned ? À la mort de votre mère, c'est ce que Grey a fait pour moi. Il s'est retiré. Pour me laisser explorer.

Papa s'arrête, reprend son verre de vin.

— *Liebling.* Tu as lu ses journaux. Tu sais qu'il était malade. Tu sais pour la radiothérapie ?

*R
*R
*R

La radiothérapie ? Le vin et cette deuxième révélation de la journée m'envoient valser dans le crépuscule. Je repense aux sautes d'humeur monumentales de Grey l'été dernier. À ses soirées écourtées par le sommeil. Toutes les fois où je suis passée au Book Barn pour y trouver la porte fermée. Le fait qu'il m'ait offert un livre pour mon anniversaire. La voix de Thomas dans la cuisine, qui dit : « morphine ».

Et puis Grey, qui saute par-dessus les flammes. Qui hurle qu'il veut mourir comme un Viking.

— Non. Je ne sais pas.

Tous ces secrets qui se brisent.

— *Ja, Liebling.*

Papa avale son vin, jusqu'à ce qu'il en reste à peine, et me tend à nouveau le verre.

— Vas-y doucement, j'ai déjà Ned à contrôler. C'était un lymphome de Hodgkin.

Il a du mal à prononcer le nom peu familier.

— Un cancer. Depuis longtemps. Il y avait un risque qu'il fasse une attaque. Mais de toute façon, il ne lui restait pas beaucoup de temps, et il ne voulait pas que tu saches. Toi et Ned, vous aviez vos contrôles de fin d'année. Vous aviez déjà perdu votre maman. Il aimait quand tout le monde était heureux, tu sais ?

Et moi qui pensais qu'il nous restait tant de temps. Je m'étais accrochée à un vœu sans importance toute l'année. Cela fait un peu mal, de le laisser partir. Il avait pris racine. Puis, je verse du vin dans mon verre : c'est un rituel. Voilà ma culpabilité qui part en fumée.

Papa me regarde.

— *Ich liebe dich mit ganzem Herzen*, dit-il.

Je t'aime de tout mon cœur.

Ned choisit ce moment de tendresse pour mettre AC/DC à fond la caisse. Le bruit s'échappe de sa fenêtre.

— Ton frère est ici ? s'étonne papa en faisant la grimace.

— Je vais le chercher.

Je me lève, marche à pas lourds jusqu'à sa fenêtre. Tulipes jaunes, trou de ver et un vœu. Il m'a hanté une année entière, et le voilà parti.

— Ned ! je crie en frappant aux carreaux de sa fenêtre. On se bourre la gueule !

Il sort la tête tout de suite.

— En quel honneur ?

— Grey.

— Tu te rappelles les limaces ? je demande.

— Les limaaaaaaaces.

Ned rallonge le mot jusqu'à la lune et se laisse retomber dans l'herbe. Nous sommes là depuis que j'ai frappé à sa fenêtre. Le crépuscule se transforme en nuit, nous partageons nos histoires préférées sur Grey. Le linge dans l'arbre. Les oranges congelées. Les limaces.

C'était un des premiers tests de l'éveil spirituel de Grey. Il avait lu tous ces livres, était devenu végétarien pour un temps, il s'était mis à la méditation. De petites statues de gros Bouddha étaient disséminées partout sur la propriété, et les jambes de Grey étaient pleines de piqûres parce qu'il refusait de tuer les moustiques.

L'été et les moustiques s'en étaient allés pour laisser place à l'automne et aux araignées à longues pattes. Vers octobre, il s'était mis à pleuvoir. La pluie nous avait amené les limaces, les limaces s'étaient reproduites, et les limaces, petit à petit, avaient fait perdre son sang-froid à Grey. Pendant quelques semaines, il avait douloureusement détaché les grosses apostrophes de l'allée pour les envoyer dans le potager des Althorpe.

Puis, une nuit, nous avions été réveillés à deux heures du matin par un « putain d'éveil spirituel de merde ! » : Grey massacrait les limaces au racloir.

— Est-ce que je vous ai déjà raconté l'histoire des cloches ? Il était juste resté planté là, dit papa en montrant l'église. Il leur hurlait de fermer leurs gueules.

Les cloches ont sonné tout l'après-midi après son enterrement. Tout le monde se tait. Ned se relève tant bien que mal.

— On devrait faire quelque chose, dit-il, brisant le silence.

— Il est tard, fait remarquer Papa. C'est l'heure d'aller se coucher. Plus de fête, plus de picole.

— Je voulais dire, dit Ned en levant les yeux au ciel. Pour Grey. Ça fait presque un an. On devrait pas faire sonner des cloches, ou… bon, non, d'accord. Un feu d'artifice ?

— Si vous le voulez tous les deux, on peut disperser ses cendres, dit papa. Elles sont dans la cabane à outils.

— Dans la *cabane à outils* ? s'indigne Ned. On peut pas les garder là-dedans... C'est... c'est...

— Où d'autre voudrais-tu les mettre, *Liebling* ? s'étonne papa. De toute façon, c'est Gottie qui les a mises là.

— *Comment ça ?* dis-je en m'étouffant avec mon vin.

— Je les ai mises dans un des bouddhas, et tu les as tous rangés, dit-il en se levant. Alors c'est là qu'elles sont.

— Papa, quand tu dis qu'elles sont dans un des bouddhas... Il en reste la moitié dans la maison. Tu sais dans lequel ?

— Oui.

Il est clair qu'il a toujours su. Est-il aussi vague et absent que je le crois, ou est-ce simplement que je ne fais pas attention à lui ?

— Je vais le trouver. Vous deux, réfléchissez à l'endroit où vous voulez les disperser. Peut-être ici.

Sur ce, il disparaît dans la nuit.

— Par « ici »... tu crois qu'il veut parler du jardin ?

Ned éclate de rire, et tout redevient normal.

— C'est un peu morbide. Pourquoi pas près du Book Barn, ou dans les champs ? Qu'est-ce que t'en penses ?

J'attends que papa soit revenu de la cabane. Il a une boîte en carton dans les mains. Il la pose délicatement dans l'herbe entre nous. C'est tellement petit.

— Grotsy ? dit Ned. Où est-ce qu'on les disperse ?

— Dans la mer, dis-je.

Grey voulait mourir comme un Viking.

Il n'y a nulle part ailleurs. La mer est le seul endroit assez vaste. Et cette boîte est bien trop petite. Comment peut-on tenir l'univers au creux de sa main ?

Dimanche 24 août

[Moins trois cent cinquante-sept]

Si seulement je pouvais comprendre comment marche le monde. Le lendemain, je me réveille à l'aube avec un mal de crâne affreux, et l'e-mail de Thomas tout froissé dans ma main. Cette fois je suis capable de le lire.

De : thomasalthorpe@yahoo.ca
À : gottie.h.oppenheimer@gmail.com
Date : 4/7/2015, 17:36
Sujet : La terreur fois deux

La réponse est oui, évidemment.
Mais je crois que tu le sais déjà.
En ce qui nous concerne tous les deux, ne dit-on pas toujours oui ?
Je veux voir les étoiles avec toi.
Et tout ce que tu me diras, je le croirai.
Parce que souviens-toi…

Tout peut être noir,
Mais la putain de cicatrice dans ma main te rend indélébile.

Je le relis une dizaine de fois, et ne comprends toujours pas. « Les étoiles » – ce sont à l'évidence celles qu'il a accrochées à mon plafond. Mais à quoi dit-il oui ? Que lui ai-je dit qu'il croit ? J'ai envie de l'étrangler. Quelle façon d'annoncer qu'on vient vous rendre visite depuis de l'autre côté de l'Atlantique ! Cela dit, c'est du Thomas tout craché – des pensées qui viennent du cœur, c'est touchant, et un peu fou, puisqu'il ne tient pas compte des conséquences de ses actions.

Je sais pourquoi je peux le lire maintenant. Cela n'a rien à voir avec l'Exception de Weltschmerzian. Je me suis enfin pardonné la mort de Grey. J'ai le droit à un peu d'amour dans ma vie.

Et je sais comment me rattraper. Encore en pyjama, je sors mon sac à dos de mon armoire et traverse le brouillard matinal jusqu'à la cuisine.

Un peu plus tard, quand je monte dans le pommier, le soleil brille. Umlaut chasse les écureuils dans les branches, et je fais gaffe aux grenouilles – je ne voudrais pas en enfermer une par erreur. Puis, lentement, je vide mon sac et remplis la petite boîte en fer. L'algue de la journée à la plage, les pièces canadiennes, la carte au trésor et ma constellation, les petites étoiles en plastique, une paire de chaussettes de Thomas roulée en boule, la serviette souillée de glace de la foire d'hier. La recette qu'il a écrite pour moi.

Puis, j'ajoute le résultat tout écrasé et désastreux de ma première tentative aux fourneaux de ce matin : un cupcake au chocolat.

Je referme le couvercle et le cadenas qu'ouvrira Thomas. La capsule témoin de notre été. C'est le mieux que je puisse faire. Puis, je m'adosse à une branche et lui écris un e-mail de mon téléphone.

    De : gottie.h.oppenheimer@gmail.com
    À : thomasalthorpe@yahoo.ca
    Date : 24/8/2015, 11:17
    Sujet : cot-cot-cot

    La terreur fois deux. Tu te souviens ? Le fait est : fois un, c'est pire. Je ne peux rien t'expliquer, mais il faut que tu viennes pour ouvrir la capsule témoin avec moi. Je sais que tu n'as aucune raison de le faire. Mais je ne sais pas exister sans toi.
    Si tu as besoin d'une raison de plus... Imagine-moi devant toi, le petit doigt levé. Disant : Thomas, je te lance un défi.

    Je relis ce que j'ai écrit. Je repense à l'e-mail de Thomas. Il m'a dit que c'était une réponse au mien. Je corrige la date : le 4 juillet. Ça va marcher, puisque les événements se sont déjà déroulés. J'appuie sur *envoyer*, puis je fourre le téléphone dans ma poche, en compagnie des clefs du cadenas. Maintenant, il ne me reste plus qu'à prendre ma douche et aller chercher Thomas.
    Je me lève, je me retourne sur la branche, un pied en l'air, je cherche une prise, lorsque tout à coup la capsule témoin se met à changer. D'abord, le cadenas tout rouillé que j'ai pris dans la boîte à outils ce matin se met à briller, tout neuf. Puis, les noms sur la boîte, *THOMAS & GOTTIE*, s'estompent.
    — Hein ? dis-je à personne, ou à Umlaut.
    Je m'arrête, à moitié descendue de l'arbre. Je croyais que toute cette mascarade était terminée depuis la fête. Depuis le dernier trou de ver. *À part,* um Gottes Willen, *idiote de Gottie, le fait que tu aies pu lire l'e-mail de Thomas ce matin ! Si ça ne compte pas comme un phénomène !*

Je regarde, fascinée, l'écriture réapparaître, la boîte se ternir. Le cadenas rouille à nouveau en un éclair. La capsule témoin semble battre comme un cœur, crescendo : sale/propre, noms/rien, rouillé/brillant. Passé/futur, futur/passé, passé/futur. L'Exception de Weltschmerzian n'a pas commencé à la mort de Grey. C'est maintenant qu'elle débute.

Une goutte de pluie se met à tomber.

À tomber vers le ciel. Le ciel sans nuage. Une seconde goutte vient s'écraser sur moi, je m'éloigne de la capsule témoin, et

— Et merde...

Je crois entendre quelqu'un hurler mon nom pendant ma chute de l'arbre.

Cinq ans plus tôt

— T'as vu ça ? hurle Thomas sous la pluie battante.

Il fait assez sombre, mais je vois quand même le chat roux qui passe devant nous avant de se glisser sous la cabane en brique.

— Oui, il est là-dessous.

Je me mets à quatre pattes pour essayer de voir sous la maisonnette. L'herbe est dégueu, mouillée et glissante, mais mon jean est déjà trempé. Ce n'est que de l'eau. Je suis une fillette de dix ans, pas la Méchante Sorcière de l'Ouest.

— Viens, minou minou.

— Quoi ? Non… dit Thomas derrière moi. G, viens voir.

— Hmmm… une seconde.

— G, dit Thomas, impatient. Oublie ce chat pour l'instant. Il y a une fille qui vient de tomber de l'arbre.

— Non, c'est pas vrai.

— Géééééé….

Je pousse un soupir. Thomas est bizarre depuis ce matin, depuis le baiser raté. Je n'ai pas envie de jouer à son jeu débile. Je veux attraper le chat. Mais je me lève quand même, je me retourne et j'essuie mes mains boueuses sur mon jean.

Il y a une fille étalée sur l'herbe sous le pommier.

Sans blague.

Il n'y avait que moi et Thomas dans le jardin. Grey nous a chassés du Book Barn, puis il est rentré à la maison et nous a à nouveau chassés. C'est pas croyable ! Thomas part au Canada aujourd'hui, c'est ma dernière chance de pouvoir l'embrasser – de pouvoir embrasser QUI QUE CE SOIT pour le restant de mes jours – et on n'arrête pas de nous interrompre. Puis le chat est passé. Et maintenant, cette fille. Elle se redresse, se frotte le crâne.

— Elle est tombée du ciel, chantonne Thomas en avançant vers moi comme un crabe.

— En fait, dit la fille en se levant, grande, grande, grande. Je suis tombée de l'arbre.

Elle protège son visage de la pluie avec sa main et nous observe. Elle me regarde.

— Salut, Gottie.

Je la regarde à mon tour, un peu effrayée. Comment connaît-elle mon nom ? Elle ressemble à maman, que je n'ai vue qu'en photo : la peau mate, toute mince, avec un grand nez et des cheveux épais comme les miens.

— T'as pas froid ? je lui demande.

J'ai des bottes en caoutchouc, un jean et un tee-shirt. Thomas est en pull, avec un imperméable. La fille est en pyjama, avec un sac à dos, pieds nus. Ça doit être une amie de Grey. Elle ne porte pas de soutien-gorge. Je le vois bien. À ses doigts de pieds le vernis rouge est écaillé.

— Tu t'es cogné la tête ? s'inquiète Thomas.

Je m'avance vers lui, lui prends la main. Il la serre dans la sienne.

— Non, j'ai cogné la haie, dit la grande fille en riant.

Elle est dingue, la haie n'est pas à cet endroit. Le chat court vers elle, il ronronne et se frotte contre sa cheville.

— Je *savais* que j'aurais dû t'appeler Schrödinger ! dit-elle au chat.

Puis elle se retourne et regarde le pommier.

— Nom d'une division divine, c'est une boucle temporelle paradoxale !

Mais qu'est-ce qu'elle raconte ? Thomas me regarde, et, lentement pour qu'elle ne le voie pas, je lève mon doigt vers mon oreille, puis je le fait tourner comme pour dire : « Elle est folle. »

Comment peut-il sourire alors qu'il part aujourd'hui ? Ça ne le dérange pas ?

— Mais pourquoi ici ? Pourquoi s'ouvre-t-elle ce jour-là ? Est-ce à cause de la capsule témoin ? murmure la fille à l'arbre.

Puis, elle se tourne vers nous :

— Hé, la terreur fois deux. Vous pouvez me rendre un service ?

— Non, dis-je.

En même temps, Thomas dit :

— Oui.

Je lui lance un regard noir.

— Quand je serai partie, montez dans l'arbre et voyez ce que vous trouvez, dit la fille en prenant quelque chose dans sa poche.

Elle le lance à Thomas à travers la pluie. C'est petit et argenté.

— J'ai un couteau, je dis.

Et c'est vrai.

— Je sais, dit-elle en m'adressant un clin d'œil. Et tu ne devrais pas. Gottie. Écoute. Je sais que je devrais te donner des conseils pleins de sagesse. Du style : parle à papa, mange tes légumes, appelle Ned quand il sera à Londres. Observe bien le monde. Dis oui quand quelqu'un te demande de faire un gâteau. Montre ton affection par de grands gestes. Sois audacieuse.

Elle rit.

— Mais... de toute façon on va oublier et tout faire de travers quoi qu'il arrive. Attention avec ce couteau, d'accord ? On pourrait se faire mal.

On ? Je m'interroge. Mais la fille est déjà partie en courant et Thomas me tire par la main en disant :

— Il y a quelque chose dans l'arbre. J'ai la clef. Viens.

Il va me quitter pour toujours dans une heure, on a un pacte de sang à accomplir, alors je monte avec lui, le couteau dans la poche.

Puisque tout cela est déjà arrivé, je ne peux empêcher mon jeune moi imbécile de se prendre un coup de couteau dans cet arbre, alors je vais me mettre à l'abri de la pluie dans la voiture de Grey. Elle est échouée de travers, à moitié dans la haie. La roue qui lui manque est debout contre un arbuste. Le même jour, on a pris une ambulance pour l'hôpital, alors je suis en sécurité ici. Je ne croiserai personne d'autre.

Qu'ai-je causé en me croisant moi-même à l'instant ? Quand Thomas m'a interrogée sur le voyage dans le temps, j'étais certaine de mon explication quant à l'impossibilité de cette situation. La censure cosmique. Manifestement, j'avais tort – on *peut* voir au-delà de l'horizon d'un trou noir. Mais il y ça : je ne me souviens toujours pas de ce qui s'est passé pour le pacte de sang. Je me rappelle avant. Avant, quand

Thomas et moi étions dans le jardin, sous la pluie. Tout me revient.

Il n'y avait pas de chat, ça c'est sûr, et certainement pas un autre moi. Qu'y a-t-il de différent cette fois-ci ?

La pluie bat contre les vitres de la voiture. Je tente de trouver l'élément manquant à ma théorie, ce qui a pu causer la perte de mémoire. Puis il y a un cri, je me retourne. Le petit Thomas traverse le jardin en courant, serrant sa main ensanglantée, il hurle, appelle à l'aide : Grey, papa, la fille de l'arbre – *ça doit être moi* – n'importe qui. Il faut venir, vite.

Papa passe la tête par la porte de la cuisine. Quand il voit Thomas, il devient tout vert et se détourne. Quelques secondes plus tard, Grey se rue hors de la maison.

Et je suis coincée.

C'était une chose, de le voir dans mes souvenirs, de lire ses journaux. De me souvenir de lui, tous les jours. Mais là, c'est lui, en chair et en os, il est vivant…

Il me manque tellement, j'en ai mal.

Il est dans le jardin, il court à moitié vers le pommier, Thomas pleure en le suivant.

Grey. Grey, en vie, et *ici*, et moi aussi je suis là, et si je pouvais simplement le suivre dans le jardin – il disparaît derrière le petit bois, il est presque parti, si je pouvais juste lui parler… Ma main est sur la poignée de la porte, prête à bondir, à courir vers lui, une dernière fois…

Si seulement je pouvais.

Mais je ne peux pas. Cet instant n'est pas le bon. Nous sommes au mauvais endroit. Je ne suis pas la bonne « moi ».

De toute façon, Grey sort maintenant des rhododendrons, prudemment, il avance aussi vite qu'il peut. Il porte l'autre Gottie dans ses bras. Je suis déjà avec lui. C'est une autre moi, d'un autre temps, et je serai toujours avec lui.

Je ris un peu, entre mes larmes. Je vois mon visage si jeune, si têtu, avec un regard tout à la fois triomphant et terrassé par la douleur. Et j'ai l'air si fière ! En sécurité. Je crois que Sof avait raison – Grey était notre père à tous. C'était *mon* père. Me voilà dans ses bras.

Tout l'amour que nous avons perdu me frappe comme une vague sur un rocher.

On entend des sirènes. Papa a dû appeler une ambulance. Et il y a des cris. De la douleur.

Mais pourquoi je ne me souviens pas de tout ça ?

Est-ce parce qu'il y a deux exemplaires de moi-même ? Et pourquoi je n'étais qu'une quand j'ai fait un bond d'une semaine en arrière dans la cuisine ? J'avais tout inventé, cet univers qui vous cache dans un cannolo – mais j'avais peut-être raison, finalement, c'est là-dedans que mes souvenirs se dérobent depuis toujours.

Ou alors, c'est peut-être ça. Quand l'écart n'était que de sept jours, j'étais la même personne, je n'avais pas changé. Je ne pouvais pas croiser le moi d'il y a une semaine, car il y avait des risques. Mais ça, c'est différent. Moi à douze ans, et moi à dix-sept ans – il y a entre nous un gouffre rempli de chagrin. Je me suis égarée à la mort de Grey, il ne reste plus une seule particule de celle que j'étais. Je peux rencontrer la version plus jeune de moi-même, parce que nous ne sommes pas les mêmes. Je ne serai plus jamais cette fillette-là.

Thomas lutte pour suivre les bottes de sept lieues de Grey. Il court à travers le jardin, son poing qui n'est pas blessé refermé. Je plisse les yeux pour voir ce qu'il a à la main. Les pièces canadiennes ? Il a du gâteau au chocolat autour de la bouche. Et j'espère, dans sa poche, une recette. Il ne regarde ni à gauche ni à droite, ni vers la voiture, où je me trouve : il court après Grey, après moi, dans la cuisine. Et nous disparaissons.

Il est temps de rentrer.

La pluie se calme. Je m'extirpe hors de la Coccinelle, je traverse le jardin. Sous le pommier, je récupère mon couteau abandonné dans l'herbe. La pluie en a lavé le sang. Je le fourre dans ma poche, je grimpe dans les branches.

Umlaut m'attend auprès de la capsule témoin. Le cadenas est posé à côté, et tous les trucs que j'y avais mis : l'algue, les pièces – tout a disparu. Allais-je vraiment convaincre Thomas de rester avec une vieille paire de chaussettes ?

Je m'installe sur ma branche habituelle, tire un cahier de mon sac à dos et me mets à écrire :

*LE PRINCIPE DE GOTTIE H. OPPENHEIMER, V 7.0
UNE THÉORIE GÉNÉRALE DES CŒURS BRISÉS,
DE L'AMOUR, DE LA SIGNIFICATION
DE L'INFINITÉ, OU :
L'EXCEPTION DE WELTSCHMERZIAN*

Cher Thomas,

Tu m'as promis que quoi que j'aie à te dire, tu me croirais. Tu te souviens ? Alors voilà.

Les voyages dans le temps existent.

Il y a cinq ans, toi et moi, nous avons créé une boucle temporelle paradoxale, sans faire exprès. C'était un coup du destin.

Qu'est-ce qu'une boucle temporelle paradoxale ? Alors : tu confectionnes un cannolo... Je plaisante ! C'est un trou de ver qui existe parce que ça existe. Tu sais, l'équation que j'ai écrite sur ton e-mail ? Ma prof de physique a dit que c'était une blague. Elle décrit un trou de ver qui s'ouvre dans le présent, parce que, en même temps, il s'ouvre dans le passé. C'est impossible, n'est-ce pas ?

Je ne suis pas d'accord.

Ça existe. Et je crois qu'il se compose à partir d'énergie négative, ou de matière noire, qui existe naturellement dans l'univers.

Je crois qu'il se crée à partir du chagrin.

J'avais déjà perdu ma mère. C'était déjà un gouffre énorme dans mon monde. Les circonstances idéales pour l'Exception de Weltschmerzian (j'en dirais plus là-dessus plus tard). Et tu étais plus que mon meilleur ami. Notre amitié ne pouvait être remise en question. Quand tu es parti, il ne me restait plus qu'une cicatrice, un trou dans ma mémoire*, et la pensée que tu ne voulais pas m'embrasser. Je t'ai brisé le cœur ? Tu as brisé le mien d'abord. Alors on est quittes. C'est pour ça que la boucle revient à ce jour-là en particulier. (J'écris ça dans notre arbre, le jour où tu m'as coupé la main.)

À la mort de mon grand-père, j'ai implosé. Cette seconde blessure a fermé la boucle. Aurais-je été capable de voyager dans le temps et de revenir cinq ans en arrière si Grey n'était pas mort ? Sa mort m'aurait-elle détruite si tu n'étais pas parti d'abord ? Pour dire les choses autrement : te perdre aurait-il été si douloureux si je n'avais pas perdu Grey dans le futur ?

Et puis, il y a cet été. Tu n'es pas censé être ici. Tu es là car j'ai envoyé un e-mail. Mais je ne l'ai envoyé que parce que tu étais déjà là. Quand tu es revenu à Holksea, le temps a perdu la tête. Je crois que tu as déclenché quelque chose. Qu'avons-nous trouvé, ce jour-là, dans l'arbre ? Je ne m'en souviens toujours pas, mais laisse-moi deviner : des pièces canadiennes, que tu as emportées à Toronto. Est-ce que tu t'es acheté une BD avec, que tu as rapportée dans ton sac cet été ? Tu m'as écrit une recette de gâteau au chocolat en juillet, et tu l'as retrouvée cinq ans plus tôt — est-ce pour ça que tu t'es mis à la pâtisserie ?

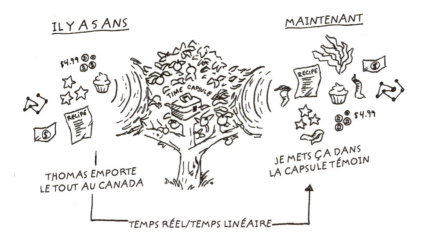

L'univers fait des nœuds pour essayer de corriger tous ces paradoxes.

Ça s'appelle l'Exception de Weltschmerzian.

Les règles de l'espace-temps ne comptent plus. Quand tu m'as brisé le cœur, le monde s'est divisé en mille présents possibles. Dans ta version de l'univers, tu as reçu un e-mail de moi. Tu veux savoir pourquoi j'étais aussi bizarre cet été ? Chaque fois que tu mentionnais cet e-mail, nous passions à un présent différent. Tu sais comment les particules parviennent à destination sans voyager ? J'étais comme ça. Parfois, le temps se figeait, comme quand on tombe sur un nœud. Ou il se pliait, se distordait complètement, me laissant entrer dans ma chambre une nuit d'orage, pour me retrouver dans la cuisine une semaine plus tôt. Où je t'ai embrassé. (Voilà un secret que je ne t'ai jamais confié !)

Il y a eu des années tout entortillées, mais l'univers me ramenait toujours à l'été dernier, parce que c'est là qu'il me fallait être. Et pour ça, je voulais te dire : merci.

Indélébilement vôtre,
G.H. Oppenheimer x
PS *Ce souvenir est planqué dans un mini cannolo quelque part. Perdu dans l'espace-temps. Je n'en ai plus besoin.

J'écris la date du futur, le 24 août, tout en haut, puis je mets la lettre dans la capsule témoin, je referme le couvercle, et je replace le cadenas.

L'effet est instantané. D'abord, le pommier se met à fleurir. Quelques secondes plus tard, les pétales tombent comme des confettis. Le soleil se lève, se couche, se lève, se couche, un cœur qui bat dans le ciel. Les nuages passent à toute allure.

— Tout va bien, je murmure à Umlaut roulé en boule sur mes genoux. On rentre à la maison.

Je n'ai plus peur. Je vois toutes les boucles, les nœuds et les trous que j'ai fait dans le temps. Je vois l'univers entier qui défile.

Les présents s'entremêlent. Je regarde une douzaine de Gottie différentes jouant dans le jardin, apparaissant et disparaissant, plus vite, toujours plus vite. Mathématiquement parlant, tout ça va se passer pour toujours, des centaines de chagrins différents. Une des Gottie va se réveiller sous cet arbre au début de l'été, criblée de déjà-vu, triste et seule. Mon cœur a mal pour elle. Mais pour moi, c'est du passé.

Je suis prête à vivre dans le *présent*.

Les années filent de plus en plus vite, de la neige, du soleil, de la neige. Le jardin n'est plus qu'un paysage flou. Le ciel dessine un dernier automne, les feuilles tombent et un morceau de papier volette devant moi. Je me lève pour l'attraper : c'est une page d'un manuel du futur. L'équation non encore écrite de l'Exception de Weltschmerzian. Et j'aperçois mon nom à côté, précédé d'un titre : « Dr ».

Dans un moment de lucidité complète, la vérité me frappe : je ne me souviendrai de rien. En tout cas, je ne devrais pas me souvenir de tout. Surtout pas de ça. Alors je laisse la feuille s'envoler au vent pour aller rejoindre la neige. Elle disparaît dans l'éther. C'est un secret que l'univers peut garder. Le soleil pointe, d'abord printemps, puis été. Je ferme les yeux, et je saute du pommier…

Maintenant

J'atterris dans l'herbe. Mon pyjama est encore trempé.

Étourdie, je me redresse, je retire mon sac à dos, je jette un regard circulaire au jardin. La pelouse vient d'être tondue et dégage un parfum d'herbe coupée. Les fruits pourris sur le sol ont disparu. Des roses jaunes, par centaines, poussent devant la fenêtre de la cuisine.

J'incline la tête en arrière. Je vois ma chambre à l'envers. Le lierre a été taillé, j'aperçois des rideaux à l'intérieur. Derrière, contre toute attente, je crois voir des étoiles briller.

Des rideaux à ma chambre. Des roses jaunes, et pas pêche. La cosmologie de Thomas de retour à mon plafond. Mille petits détails, mille petits changements. J'ai modifié l'univers. Je l'ai rendu meilleur. C'est la fin de mon *Weltschmerz*.

Soudain, j'entends Black Sabbath à fond la caisse qui s'échappe de la chambre de Ned. Certaines choses ne changeront jamais. Quand je redresse la tête, Thomas me regarde depuis le pommier, caché par les feuilles. Est-ce lui qui a crié mon nom quand je suis tombée ?

— De retour parmi nous ? dit-il, un sourire au bout des lèvres.

— Heu… salut, dis-je en lui rendant son regard. Qu'est-ce que tu fais ?

— Je lis ta lettre.

Il agite les pages devant moi, à travers les branches. S'il est surpris par ce que j'ai écrit, ou par mon pyjama trempé un jour de grand soleil, ou par mes pieds couverts de boue, il n'en montre rien. À moins que… Des bribes de souvenirs de cet été me reviennent, pareilles à l'éclosion cotonneuse du pissenlit.

« Tu te souviens ? Ce jour-là, avec la capsule témoin. Tes cheveux étaient courts. »

« La capsule témoin. On l'a peut-être ouverte trop tôt. »

« Faire cuire à 150 °C pendant une heure. Même toi, tu peux le faire. Fais-moi confiance. »

— Je voulais dire : ici ? dis-je en laissant mes souvenirs se disperser.

Peu m'importe s'il sait, ou si tout ça s'est même passé comme ça au final.

— Dans mon jardin, dans un arbre. Ici.

— Oh. Attends.

Il y a un bruit de feuilles, puis un éclat de lumière argenté, et un petit truc atterrit dans l'herbe à côté de moi.

Je le ramasse. C'est la clef du cadenas, celle que j'ai lancée à Thomas sous la pluie il y a cinq ans.

— Tu l'avais gardée ? je demande, même si c'est évident.

Sinon, comment aurait-il pu lire ma lettre – en attaquant la boîte à la scie ? Quand j'y pense, cela n'aurait pas été surprenant de la part de Thomas…

— Après la foire hier, la mère de Niall m'a chassé de leur canapé, explique-t-il. Je l'ai trouvée dans ma valise en rassemblant mes affaires. Et j'ai repensé au jour où on a ouvert la capsule témoin, quand il n'y avait rien dedans. Tu m'as promis de faire quelque chose pour moi. Je me suis dit que le moment était enfin arrivé...

Il baisse le regard vers moi. Je lève la tête vers lui. Nos cicatrices sont jumelles. Aucune explication n'est nécessaire.

— Oh, tu t'es trompée au fait, dit Thomas. Ce n'était pas en juillet, mais en avril. Ton e-mail. Je suis canadien. On inverse les mois et les jours.

En avril... Vous plaisantez, satanés scientifiques qui vous ennuyez ! C'est *ça* le facteur multiplicatif de la boucle temporelle, le truc que nous avons créé pour tout contrebalancer ? Umlaut ??

— Je suis désolé, dit la voix de Thomas dans l'arbre, et il a de nouveau toute mon attention. Écoute. Ton e-mail, c'était ça, le premier grand geste entre nous.

Il agite une nouvelle fois les pages arrachées à mon cahier.

— Je n'avais aucune certitude... mais découvrir ce qu'il en était, ça valait toutes mes économies de pâtissier. Je pensais que toi et moi, nous étions destinés l'un à l'autre. Aucun doute possible. Et puis, ce type à la veste en cuir ! J'étais jaloux.

— Et maintenant ?

— Juste là, j'étais assis dans le pommier, inquiet de ta disparition, attendant ton retour. Je me suis souvenu de toi et Grey ce jour-là, de l'amour énorme qu'il avait pour toi, que tu avais pour lui – il m'a grondé comme jamais pour la blessure dans ta main ce jour-là. Sa mort, ça aurait déboussolé n'importe qui. Je n'ai pas pris la mesure de ton chagrin.

Mes yeux cherchent son visage, ses taches de rousseur, il est trop loin pour que je les distingue. Il va partir dans une semaine. Mais nous voilà. Je suis couverte de brins d'herbe, il se cache dans l'arbre – nous sommes peut-être l'un et l'autre assez fous pour que ça marche.

— Hé, Thomas.

Je ferme le poing, lève la main et relève mon petit doigt.

— T'es cap ?

Quand il atterrit à côté de moi dans l'herbe, je roule sur moi-même pour le regarder. Je ne lui prends pas tout de suite la main. Je profite du moment. Mon pyjama est toujours trempé d'une pluie très ancienne, mais c'est une odeur agréable. Pas tout à fait pétrichor. Quelque chose de nouveau.

— Tu crois que si nous nous étions écrit après ton départ, nous aurions pu éviter tout ça ?

— Nan-nan.

Il tend la main et retire un pétale de printemps de mes cheveux, fait la grimace, puis le laisse retomber.

— Peut-être que ce ne serait jamais arrivé alors. Les cannoli et tout ça. Maintenant, redemande-moi ce que je fais dans ton jardin.

Il appuie son front contre le mien, ses lunettes m'écrasent le nez.

— Qu'est-ce que...

— Je ne pouvais pas partir à Manchester sans te promettre que je reviendrai. Je te rendrai visite. Je t'enverrai des mails. Je ferai fortune avec mes pains à la cannelle, et je te rejoindrai dans un lieu situé entre nous deux, au milieu du pays, avant que tu ne partes pour faire tes grandes études de sciences, et que tu m'oublies.

Je vois bien qu'il voudrait agiter les bras, mais ce n'est pas facile quand on est allongé.

— Fabriquons une nouvelle capsule témoin, je suggère, ma bouche contre la sienne. Ça te donnera une raison pour revenir. On pourrait mettre la stéréo de Ned dedans.

Thomas rit.

— G, je sais comment exister sans toi. Mais la vie est tellement plus intéressante quand tu es là.

— Et je suppose que... dis-je en lui prenant la main... que ça a toujours été le cas.

Cette fois, quand je l'embrasse, ce n'est pas la fin du monde. L'univers ne s'arrête pas. Les étoiles ne tombent pas du ciel. C'est un baiser ordinaire.

Un baiser où l'on entend battre nos deux cœurs. Un baiser pour se redécouvrir l'un l'autre – et nos bouches, et nos mains, et nos rires. Thomas qui trouve le couteau dans ma poche, moi qui lui retire maladroitement ses lunettes. Nous sommes tous les deux à bout de souffle, couverts de brins d'herbe, ivres de promesses.

C'est un baiser qui arrête le temps, à sa manière.

Lundi 1er Septembre

[Un]

Une semaine plus tard, nous offrons à Grey son enterrement de Viking. Je dis à papa que je les rejoindrai à la plage – je dois d'abord faire quelque chose.

Il fait noir dans la librairie, mais je n'allume pas la lumière – je ne vais pas rester longtemps. Dans le grenier, dans un recoin caché dont personne ne s'approche, je sors les journaux de Grey de mon sac. Je tourne les pages, je lis sa belle écriture calligraphiée, presque vivante : *Je suis furieux contre l'univers. Mais Gottie me rappelle que tout ira bien. Je suis un viking.*

Il n'y aucune boucle temporelle en vue, et pourtant, autour de moi, c'est l'hiver. Les livres se couvrent de neige. Je me souviens…

Je suis assise à la table de la cuisine, le dos au poêle. Je fais mes devoirs d'anglais, je me demande pourquoi E=mc² n'a pas de secret pour moi, alors que le gérondif reste un mystère complet.

J'envoie un texto à Sof – C'est quoi, un genre de chien ? *– et Grey entre dans la pièce, emplissant tout l'espace de sa hauteur. La table vibre sous ses pas. Il se dirige vers la bouilloire de laquelle s'échappe des bruits d'ébullition.*

Une tasse atterrit devant moi. Puis il s'installe plus ou moins à la table. Le journal qu'il est en train de lire le fait rire. Je sirote mon thé, et je sursaute quand une main géante referme mon manuel d'un coup sec.

— Allez, mon gars, dit-il. Allons faire un tour en voiture.

Je proteste : il faut que je révise. Mais je le laisse tout de même m'entraîner dans le jardin glacé. Je m'agrippe à la porte de la voiture alors que nous roulons à toute allure, loin d'Holksea. Je suis heureuse d'être sortie de la maison.

— Tu sais, je faisais ça quand tu étais bébé. On roulait sans but le long de la côte. Tu t'arrêtais de pleurer, et tu m'observais. Tu devais sans doute penser : « Hé, le vieux, où est-ce que tu nous emmènes ? » Ned détestait la voiture. Mais toi et moi, mon gars, on roulait pendant des heures, on longeait la côte dans le ronron du moteur. Parfois, je te parlais, comme si tu pouvais me comprendre. Parfois pas, parfois on mettait de la musique, ou on roulait en silence, comme maintenant. Bref, tu vois ce que je veux dire, mon gars ?

Il me lance un regard.

— En gros... dis-je en faisant semblant de réfléchir. Tu ne sais pas où on va ?

Grey rit de sa voix sonore.

— Tu veux dire dans la vie ?

— Non, je parle de la route.

— Où est-ce que tu veux aller ? me demande Grey. C'est tout pour toi, une journée pour s'échapper de la réalité. Je ne suis que ton chauffeur. Le monde t'appartient.

La phrase provoque chez moi une sensation de déjà-vu. Je regarde le compteur.

— Il nous reste vingt-cinq kilomètres d'essence.
— Alors allons manger. Tu veux des huîtres ? dit-il en allumant son clignotant.

Mais il fait trop froid pour les huîtres, alors on mange des frites dans des cornets en papier. Elles dégoulinent de vinaigre. On les mange assis dans la voiture, à regarder les vagues à travers le brouillard. Le vent fait mousser les vagues.

Une fois rentrés, il va tout de suite se coucher, alors qu'il n'est que six heures.

— C'est toute cette conversation... me dit-il en posant un baiser sur mon front. Ça m'a épuisé.

Le lendemain, me voilà à nouveau à la table de la cuisine, en train de lutter avec les adjectifs. Grey ébouriffe mes cheveux de sa paluche géante chaque fois qu'il passe, il prépare un ragoût pour me tenir compagnie. On allume la radio entre deux chaînes, et on chantonne. Nous sommes heureux.

Tic-tac.
Tic.
Tac.

L'horloge me ramène à la librairie. Et je me laisse faire. Je souris au souvenir de mon grand-père me trimbalant le long de la côte en voiture. Soudain, j'arrête de vivre dans le passé.

J'empile les journaux sur l'étagère. Le Book Barn, c'est l'endroit idéal pour garder les secrets de Grey. Peut-être quelqu'un essaiera-t-il de les acheter. Ou ils disparaîtront peut-être. En les cachant derrière des livres de poche, je crois entendre un « miaou ». Je crois apercevoir un petit éclair orange qui traverse l'univers.

Tout ce temps qui file entre mes doigts.

La mauvaise date sur un e-mail. Un chat qui ne devrait pas exister. Une capsule témoin trouvée dans un arbre il y a cinq ans, et le garçon qui m'a offert un été. Une meilleure amie des années cinquante, un frère des années soixante-dix. Un père qui apparaît et disparaît, une mère que je ne connaîtrai jamais.

Et Grey. Grey, pour qui mon cœur saigne encore. Grey, que je pleurerai toujours. Grey, que je pourrai toujours retrouver.

Aimer quelqu'un, c'est ça. Pleurer quelqu'un, c'est ça. C'est un peu comme un trou noir.

Ça ressemble à l'infini.

Ned m'attend au bas des escaliers. Il est penché sur le bureau, en train de feuilleter un livre, son pied tape sur un rythme invisible. Il lève la tête, me prend en photo comme je m'approche, son visage, derrière l'objectif, plein d'eye-liner, son grand nez. Mon grand-frère un peu tordu.

— Hé, Grotsy. Tout le monde t'attend dehors, dit-il. Tu viens ?
— Je te suis.

Il se précipite vers la porte, sa cape flotte derrière lui. Dehors, je reste immobile un instant, le temps de laisser mes yeux s'ajuster à la lumière. Quand je peux enfin voir à nouveau, tout le monde s'entasse dans la voiture de Grey, entrant par la seule portière qui marche. Sof se glisse derrière lui, pleine de paillettes, puis c'est au tour de Thomas. Il se contorsionne pour me faire coucou depuis la vitre arrière. Il nous reste une journée.

Papa m'attend patiemment à côté de la voiture. Ses Converse sont aussi bleues que le ciel.

Je suis toujours sur la marche, je me balance sur mes orteils, je retiens ma respiration en voyant l'avenir se déplier devant moi – monter dans la voiture, rouler jusqu'à la plage, disperser les cendres, dire au revoir, allumer un feu, écrire ma dissertation – et là, Thomas sort la tête par la fenêtre.

— G ! hurle-t-il. Dépêche-toi – tu vas tout rater !

Il a raison. Je ne veux plus attendre une seconde. Mon cœur s'emplit de jaune alors que je sors, parce que tout se met à…

Maintenant.

∞
───────────

Trouvez un morceau de papier. Sur un côté, écrivez : « Pour connaître le secret du mouvement perpétuel, retournez la feuille. » Puis, de l'autre côté : « Pour connaître le secret du mouvement perpétuel, retournez la feuille. »

Lisez ce que vous venez d'écrire. Suivez les instructions. Et ne vous arrêtez plus.

Remerciements

À la mémoire de ma grand-mère, Eileen Reuter. Cet ouvrage, par-dessus tout, est une lettre d'amour à ma famille – ma famille qui après l'avoir lu, dira : « Ce n'est pas tout à fait comme *ça* que ça s'est passé. » Je dédie ce livre à mes parents, Mike Hapgood et Penny Reuter ; à ma sœur et à mon frère, Ellie Reuter et Will Hapgood ; et à tous mes amis de Rabbit (en particulier Martha Samphire).

Et un million de mercis à :

Mon agent de talent, mon amie, Gemma Cooper de The Bent Agency, qui a changé ma vie. C'est aussi simple et aussi extraordinaire que ça. Ses conseils, ses idées et sa joie de vivre ont transformé mon écriture. Merci aux écrivains fantastiques de la team Cooper. Et à tous les co-agents et scouts exceptionnels de l'univers (si vous vouliez bien me publier sur la Lune…) qui ont travaillé sans relâche pour faire aboutir ce livre, et ne se sont énervés (modérément) que sur les traductions automatiques en ligne de mon allemand. Je suis très, très *glüklich*.

Merci à mon éditrice, Connie Hsu, chez Roaring Brook Press, qui m'a gentiment laissée me plaindre de toutes ces expressions idiomatiques anglaises, et m'a laissée m'accrocher à des virgules, tandis qu'elle transformait calmement et avec intelligence mon livre en une merveille. Merci à Elizabeth H. Clark pour avoir si bien représenté l'univers de Gottie sur la couverture de l'édition américaine, merci à Kristie Radwilowicz pour ses merveilleuses illustrations, et à l'équipe entière de la maison d'édition pour avoir dit *« Ja ! »* à un étrange roman anglais plein de bottes en caoutchouc, de pasteurs et de glace à la vanille.

En Grande-Bretagne, mon autre éditrice (comme pour les martinis, deux, c'est la quantité idéale), Rachel Petty, m'a séduite avec du Judy Blume et quelques verres de vins, et m'a encouragée à écrire sur l'adolescente que j'étais et ses aventures sans maillot de bain. Merci à Rachel Vale pour ma couverture dorée, et à tout le monde chez Macmillan Children's Books, pour leur enthousiasme débordant.

Je n'oublie pas mon groupe de sorcières ! Ne jamais s'enfermer dans l'écriture avant d'en avoir trouvé un. Merci à Jessica Alcott, dont les e-mails sont interminables (sérieusement, la touche « effacer », elle existe, non ?) et qui se moque de moi, eh bien, *tout le temps*. Merci à Mhairi McFarlane, qui a gentiment lu les trois premiers chapitres, ne les a pas détestés, et a cité Batman au moment où j'en avais le plus besoin. Merci à Alwyn Hamilton, à mes côtés dans les tranchées de la révision. Merci aussi à John Warrender, de loin, je suppose. Bref.

Merci de m'avoir laissée voler vos noms, Bim Adewunmi, Megumi Yamazaki et Maya Rae Oppenheimer. Merci pour les livres, Stacey Croft. Merci à A. J. Grainger pour son excellence, à Keris Stainton pour les leçons d'écriture, à Genevieve Herr pour m'avoir présenté à Gemma, et à Sara O'Connor pour son cours sur la nouvelle. En ce qui concerne les conseils impeccables sur la physique de l'espace-temps, merci à Georgina Hanratty et au docteur Luke Hanratty – toutes les erreurs sont de moi. Merci à tout le monde à YALC, à la team #UKYA, et à tous les blogueurs littéraires. Tom Carlton, merci pour tout. Et, pour s'être assis dès qu'il le pouvait sur mon manuscrit, merci à Stanley le chat.

Pour terminer, je n'aurais pu écrire un mot de tout cela sans mes amis. Je m'étonne toujours, et j'en suis reconnaissante, quand ils m'accueillent à bras ouverts au pub alors que je les ai abandonnés pendant des mois pour leur préférer mes mondes imaginaires. Merci, Catherine Hewitt. Merci, Jemma Lloyd-Helliker. Merci aux 5PA : Rachael Gibson, Isabelle O'Carroll, Laura Silver et Emily Wright. Merci au Video Club : Dot Fallon, Anne Murphy, Maya (une fois encore !), et, plus que tous, Elizabeth Bisley – l'être humain le plus génial de la terre et la meilleure navigatrice de l'univers.

Ouvrage composé par
PCA – 44400 Rezé

Cet ouvrage a été imprimé
en France par

Dupli-Print à Domont (95)
en avril 2016
N° d'impression : 2016041337

Dépôt légal : septembre 2016

PKJ • POCKET JEUNESSE — www.pocketjeunesse.fr

12, avenue d'Italie - 75627 PARIS Cedex 13